KB015736

중국불교와
문화전통

팡리톈(方立天) 지음 | **김승일(金勝一)** · **이경민(李京珉)** 옮김

중국불교와
문화전통

초판 1쇄 인쇄 2018년 1월 12일
초판 1쇄 발행 2018년 1월 15일

지 은 이 팡리톈(方立天)
옮 긴 이 김승일(金勝一) · 이경민(李京珉)
발 행 인 김승일(金勝一)
디 자 인 조경미
펴 낸 곳 경지출판사

출판등록 제2015-000026호
주소 경기도 파주시 산남로 85-8
Tel : 031-957-3890~1 **Fax :** 031-957-3889
e-mail : zinggumdari@hanmail.net

ISBN 979-11-88783-76-2 03820

중국불교와
문화전통

경지출판사

CONTENTS

제3장 불교와 중국의 철학

제4장 불교와 중국의 문학

제5장 불교와 중국의 예술

제6장 불교와 중국의 민속

머리말

1

불교는 인류역사에서 발생한 하나의 중대한 사회적 현상으로, 교주·교의·교도조직·계율·의궤제도·감정체험 등 복잡한 내용들의 종합체이다. 이런 종합체를 이루고 있는 불교의 구조는 불교도와 그 조직, 불교의 사상문화와 의식제도 등 세 가지 기본요소로 되어 있다. 불교는 일종의 신앙적 실천이기도 하지만, 또 일종의 사회적 역량이며, 나아가서는 일종의 문화현상이기도 하다.

불교는 오랜 세월동안 축적된 종교문화 현상으로 인해 상호 연계되고 상호 침투하면서 아주 광범위한 내용을 내포하게 되었다. 그러한 내용을 구체적으로 살펴보면 다음과 같다.

첫째, 불교는 신앙적 관념을 포함하고 있다는 점이다. 불교의 신화나 교의신조(敎義信條)는 초자연적인 신비한 역량과 초현실적이고 허황되기까지 한 신앙을 체현하고 있다. 이는 마치 마르크스가 "모든 종교는 사람들의 일상생활을 지배하는 외부역량이 사람의 머릿속에서 반영된 환상에 지나지 않는데, 여기서 인간의 역량은 초인간적인 역량의 형식을 취하게 된다"[01]라고 했듯이, 불교신앙 관념은 객관현실의 환상적·허구적·신비적 반영이라는 점에서 왜곡된 세계관이라고 할 수 있다. 이것이 불교문화가 갖는 가장 심층적인 구조인 것이다.

둘째, 불교는 사회적 의식을 포함하고 있다는 점이다. 불교신앙 관념의 많은 내용은 사회존재에 대한 반영이며, 서로 다른 계급사회에서 특정한 계급이익의 수요이고 반영이다. 불교의 사회의식에는 역사와 시대적 현실생활의 투영을 내포하고 있으며, 동시에 계급투쟁과 계급모순을 포함하고 있는 것이다.

셋째, 불교는 도덕관념을 포함하고 있다는 점이다. 불교 사회의식의 중요한 내용은 바로 종교윤리도덕규범이다. 불교는 인생의 가치와 의의에 대해 특정한 판단을 내리고, 사람들의 사상행위를 억제하는 일련의 준칙과 규범을 제기했는데, 이는 역사적으로 인류사회에 지대한 영향을 미쳤다.

넷째, 불교는 문학예술을 포함하고 있다는 점이다. 불교는 문학예술이라는 수단을 통해 그 존재와 역량을 표현하고, 그 교의와 사상을 전파하는 것을 아주 중시해왔다. 불교의 문학예술은 수많은 신도들을 흡인하고, 신도들의 종교의식·심경(心境)·격정·도덕감(道德感)·미감(美感) 등에 영향을 미쳤으며, 또한 세속문화의 발전 등 방면에 아주 중요한 작용을 하였다.

다섯째, 불교는 심리습속을 포함하고 있다는 점이다. 저우언라이(周恩来)는 아래와 같이 예리하게 분석한 적이 있다. "사람들에게 사상적으로

---

01) 『마르크스엥겔스선집』 2판, 제3권. 1995, 베이징, 인민출판사, 666-667쪽.

해석하지 못하거나 해결하지 못할 문제가 조금이라도 남아있는 한 종교 신앙이라는 현상을 피할 수 없다.'[02] 종교는 종교적인 수요가 있는 사람들의 일종의 진실하면서도 허구적인 심리적 수요이다. 종교의 신앙과 의식에서 유발되는 특수한 정감적 체험은 그 신도들로 하여금 내면의 안정과 해탈을 갖게 하며, 또 오랜 역사적 축적을 통해 민족의 정감과 심리구조·풍속습관 속에 침투하게 된다. 중국에서 불교신앙은 티베트족·몽골족·타이족(傣族) 등 여러 민족들의 민족적 정감과 심리구조 속에 응축되어 있다.

이러한 여러 가지 내면에 포함하고 있는 여러 종류의 특징을 갖고 있는 불교를 일종의 문화현상으로 인정하고 고찰·연구하는 것은 십분 필요한 일이다. 종교의 탄생은 인류역사 발전의 필연적 산물이다. 이는 인류가 자아의식을 가지게 되었을 때, 자기의 역량에 대한 허망한 인식이며, 자신의 나약함에 대한 가련한 보충이며, 필연적인 이화현상인 것이다.

동시에 종교는 또한 인류문화 발전과정의 필연적인 단계이기도 하다. 종교현상은 인류의 문화현상과 긴밀히 연계되어 있다. 어떤 의미에서 보면 지금까지의 인류문화는 종교문화와 세속문화 두 가지 유형으로 구분할 수 있다. 신화 역시 일반적으로 종교적인 것과 세속적인 것 두 가지로 나뉜다. 중국에서는 한위양진남북조(汉魏兩晋南北朝)이래 유가·도가(와 도교)·불교 등 세 가지 사상문화가 결합되어 형성된 중국의 전통문화가 중국문화의 복합한 구조를 형성하고 있다. 일부 학자들은 다음과

---

02) 『주은래선집』 하권, 267쪽. 베이징. 인민출판사. 1984년.

같이 말하고 있다. "불교를 모르면 한위(汉魏) 이래의 중국문화를 알 수가 없다", "불교문화를 내버린다면 말조차도 완전하게 하기 힘들다." 이러한 발언들은 불교와 중국문화의 밀접한 관계를 깊이 이해한 기초 위에서 나온 관점이다. 우리가 불교에 대해 분석하고 연구하는 것은 중국의 전통문화를 전면적이고 투철하게 이해하는데 큰 도움이 될 수 있다.

불교는 중국에서 2천년 넘게 널리 퍼지면서 발전되어 왔는데, 시탐(試探)·종속·충돌·변화·적응·융합 등의 과정을 거쳐 중국의 전통문화에 깊이 스며들었다. 인류문화는 끊이지 않는 하나의 과정으로, 현대문화와 전통문화는 그 경계선을 명확하게 나눌 수가 없다. 우리가 우리나라의 우량한 문화를 비판적으로 계승하고 발양시키기 위해서는 지난날을 반성하고, 불교문화가 사람들의 전통관념 속에서 생존할 수 있는 여러 가지 요인들을 찾아보고, 불교문화가 사람들의 심령에 누적한 여러 가지 영향들을 분석해야 할 것이다. 이렇게 해야만 중국 불교문화 속의 가치와 활력이 있는 정수(精髓)를 진정으로 흡수하여 사회주의 민족문화를 충실히 하고 발전시킬 수 있는 것이다.

이성과 신앙, 과학과 종교, 무신론과 유신론은 대립되는 개념이다. 종교의 가치체계와 여러 가지 편견을 극복하고 초월하기 위해서는 철학과 사회과학·자연과학의 이성에 근거하여 종교 심리를 극복하고 해소해야만 한다. 우리는 또한 인문과학과 문학예술의 힘을 이용하여야 한다. 인간의 존엄·가치·재능·개성을 찬양한 문예작품으로써 신의 위엄·은덕·영이(灵异, 기이함)·신성(神性)을 칭송하는 종교형상적 표현과 대항해야 할 것이다. 오직 인간의 진정한 존엄을 회복해야만 허구된 신의 위엄을 떨쳐낼 수 있기 때문이다.

필자가 이 책을 집필한 목적은 독자들이 "중국의 불교문화와 전통문화를 이해"하는데 필요한 약간의 기초지식을 제공하기 위한 것이다. 따라서 이 책에서는 주로 불교와 중국문화의 내재적 연관성을 해설하는데 그 역점을 두었다.

이 책에서는 불교와 중국문화의 횡적인 연계에 치중하여, 정치의식·윤리·철학·문학·예술과 민속 등 여섯 개의 장절로 나누어 해설했다. 불교와 정치·철학·윤리의 관계를 논술함에 있어서 역사의 발전행적을 따라가는데 치중하였는데, 서로 다른 시대의 역사적 실제에서 출발하여 서로의 진실한 관계를 객관적으로 밝히려고 노력했다.

이 책에서는 불교와 (중국)정치관계의 복잡성을 강조했다. 불교와 봉건통치계급의 이익은 기본적으로 일치했는데, 봉건통치계급은 흔히 사회위기에 대처하고, 간섭하고, 도피하는 수단으로 불교를 이용했다. 하지만 불교와 봉건통치계급의 이익은 모순적인 일면도 갖고 있었다. '삼무일종(三武一宗)'[03]에 의한 네 차례 "불교 훼멸(毀滅)사건"이 바로 이러한 모순의 일례이다. 이 책에서는 또 불교가 오랜 기간 동안 봉건통치계급

---

03) 삼무일종(三武一宗) : 중세 중국에서 발생한 네 차례의 대규모 불교탄압(법난)을 말한다. 규모도 크고, 또 후세에의 영향력도 컸던 4명의 황제에 의한 폐불 사건을 일컫는다. 북위 태무제, 북주 무제, 당 무종, 후주 세종이 주도자였는데, 북위 태무제와 당 무종은 도교를 진흥하면서 불교를 탄압했지만, 북주 무제는 도교와 불교를 함께 탄압했다. 폐불을 단행하게 된 이유로서 여러 가지를 들 수 있으나, 표면적으로는 유·불·도 3교, 특히 불교와 도교 양교의 대립항쟁 형태를 취하고 있다. 그러나 이와 같은 대립을 이용하여 그것을 결정적인 단계로까지 이끌어간 것은 역시 정치적·경제적 요인이었 다. 이러한 의미에서 본다면 당시의 지배자는 폐불을 단행함으로써 스스로의 정치적 위기를 벗어날 수 있었다고 할 수 있다. 불교교단 쪽에도 폐불을 유발할 만한 조건이 갖추어져 있었다. 세금과 노역 (勞役)을 피하기 위하여 출가한 방대한 인구는 이를 감당해야 할 정부의 재정을 위협하였고, 또 그들 의 타락과 비행이 아주 심했던 것이 그러한 조건이었다.

이 인민들의 혁명투지를 마비시키는 도구로도 이용되었지만, 특정한 역사적 시기에는 진보적인 사람들에게 이용되어 불교사회기능의 다양한 성격을 가지게 되었음을 밝혔다. 불교와 중국윤리의 관계를 논술함에 있어서 다음과 같이 지적했다. 불교 역시 자신의 종교윤리와 개성적 특정을 유지하기 위해 노력했지만, 장기적인 전제사회제도 하에서 유가윤리의 기본 입장에 영합·부회(附会)·타협·융합됨으로써 유가윤리를 보충하고 거기에 종속하게 되었는데, 이는 중국 유가윤리의 공고함과 강대함을 보여주는 것이며, 한편으로는 불교의 적응능력과 타협적인 성격을 보여준다고도 할 수 있다.

불교와 중국철학의 관계는 그 상황이 좀 달랐다. 초기의 중국 불교철학은 위진(魏晉)의 현학(玄学)에 종속되어 유행했다. 뒤이어 불교철학과 세속철학의 논전(论战, 영혼소멸론과 영혼불멸론의 논쟁, 인과응보와 반인과응보의 논쟁)이 일어났다. 그 후 중국의 불교학자들은 불교윤리의 개조와 혁신을 중시하게 되었는데, 이는 천태종(天台宗)·화엄종(华严宗)·선종(禅宗) 등 중국화한 불교종파를 나타나게 했으며, 인도의 불교철학과는 다른 명제와 사상을 제기하는 계기가 되게 하였다. 이러한 것들은 중국의 고대철학을 풍부히 하고 발전시켰으며, 후에는 송·명(宋明)의 이학(理学)에 흡수되었고, 중국 고유의 철학과 합류하여 고대 전통철학의 일부분이 되었던 것이다.

이 책에서는 불교와 문학·예술·민속 등 3자의 관계를 논술함에 있어서, 그 중의 몇 가지 주요한 문제로 귀결하는데 치중하여, 불교가 상술한 영역들에서 중국의 전통문화에 대한 작용과 영향을 보여주고 있다. 이를 위해 불교번역문학이나 시가·설창문학·고전소설·문학이론비평과 어휘 등과 불교의 관계에 대한 간단한 논술을 통해, 불교가 중국문학사에 대한 공헌은 중요하고 현저한 것임을 밝혔다. 또한 불교의 건축·조각·회화와 음악을 간단하게 소개하여 중국예술사에서 불교의 공헌이 중요하고 거대한 것이었음을 밝혔다. 이 책에서는 불교가 문학이나 예술에서 일으킨 작용과 윤리나 철학에서 일으킨 작용이 서로 다름을 지적하면서 그 적극적인 작용이 소극적인 작용을 훨씬 초과했음을 밝혔다. 물론 불교와 중국문화의 관계는 당연히 이러한 몇몇 방면에만 국한되는 것은 아니었다. 하지만 상술한 몇 개 방면은 가장 기본적이고 중요한 것이라고 할 수 있다.

이 책의 대부분 장절의 제목과 내용에는 모두 방대한 불교문헌들이 포함되어있는데, 그 중에는 서로 모순되는 여러 가지 사료(史料)와 관점들도 있다. 그러나 이 책의 분량과 필자 능력의 제한으로 가장 필요하고 가장 전형적인 자료들만 채택했는데, 동일한 문제에 대한 다른 견해에 대해서도 일일이 열거하지 못했다. 이 책은 종횡으로 교차하는 서술방법을 사용하였기에 내용적으로 서로 교차되거나 중복되는 현상이 나타날 수밖에 없었다. 이러한 문제를 될수록 피하려고 노력했지만, 각각 다른 주제의 완정성과 체계성을 유지하기 위해 일부 필요한 중복은 불가피적으로 기술하였음을 밝힌다.

3

1980년대 초에 출판사에서 일하는 친구가 아속공상(雅俗共賞, 문예 작품이 훌륭하면서도 통속적이어서 누구나 다 감상할 수 있음을 말함 - 역자 주)할 수 있는 불교저서의 집필을 의뢰해왔다. 나 스스로도 이러한 종류의 책을 집필할 생각이 있었기에 흔쾌히 동의하고 바로 자료를 수집하고 읽고 생각하면서 집필을 시작했었다. 하지만 그동안 더 절박한 교학과 과학연구임무로 바쁘게 보내다 보니 이 계획은 오랫동안 보류하게 되었다. 최근 몇 년간 사람들의 관념 깊은 곳에 내재한 전통문화와 개혁적인 사조가 서로 충돌하면서 학술계에도 전통을 되돌아보는 붐이 일었다. 이러한 붐에 힘입어 필자는 분초를 다투는 마음가짐으로 집필에 정진하여 마침내 1986년 초에 기본적으로 초고를 완성할 수 있었다. 그 후에 또 4개월 동안 틈틈이 시간을 내어 정리하고·보충하고·수정하여 마침내 탈고하게 되었다. 스스로 심혈을 기울여 완성한 작품이라 뿌듯함이 없는 것은 아니지만, 이는 중국불교와 전통문화의 대요(大要)만 논술한데 지나지 않으며 아속공상(雅俗共賞, 고상한 사람이나 속인이나 다 같이 감상할 수 있다는 의미 - 역자주)과는 거리가 멀다는 것을 필자 스스로도 잘 알고 있다.

이 책이 종교학이나 인문사회과학을 연구하는 사람이나 외교통전(外交統战) 사업자, 혹은 가이드나 여행객들에게 각자 필요한 불교지식을 조금이라도 제공할 수 있다면 필자로서는 더 바랄 것이 없음을 밝힌다. 또한 이 책이 우리의 위대한 조국의 사회주의 정신문명 건설에 조금이라도 도움이 될 수 있기를 바라마지 않는다. 왜냐하면 자신의 전문지식을 이용하여 사회주의 정신문명 건설을 추진하는 것은 우리 인문사회과학 연구자들이 마땅히 이행해야 할 숭고한 책임이기 때문이다.

중화서국(中华书局)의 부총편집(副总编辑) 천진성(陈金生) 선생과 부사장 슝궈전(熊国祯) 선생이 이 책의 집필에 성원을 해주셨고, 이미 작고하신 중국인민대학(中国人民大学) 철학과 스쥔(石峻) 교수님께서 이 책의 기본 틀을 확정해주시고, 초고의 몇 개 장절을 봐주셨으며, 저명한 화가 판청(范曾) 선생이 열성적으로 제첨(題簽)을 써주셨는데, 정말 감사해 마지 않을 일이다. 이 지면을 비러서 일일이 감사를 드린다.

15

필자는 1962년에 중국불교학원(中国佛学院)에서 연수를 받을 때 저명한 불교학자 저우수쟈(周叔迦) 선생의 가르침을 받은 적이 있다. 저우수쟈 선생은 목록을 일일이 봐주시고 정성들여 지도하고 가르쳐주셨다. 이 책의 불교의궤(仪轨)제도 등은 선생의 논술에 의거하여 완성한 것이다. 역시 이 지면을 빌려서 은사님에 대한 그리움의 정을 밝히고자 한다.

필자 본인은 종교를 신앙하지 않지만 타인의 종교 신앙을 존중하며 종교의 부흥을 반대하지도, 종교의 소멸을 주장하지도 않는다. 이는 오랜 시간 동안의 관찰과 사고를 거친 이성적인 판단이기 때문이다. 나는 스스로의 임무를 학술적인 각도에서 종교를 연구하고 실사구시적인 태도로 종교의 복잡한 현상을 서술하고 평가하며 나 스스로가 긍정해야 한다고 판단되는 것은 긍정하고, 부정해야 한다고 판단되는 것을 부정하는데 국한시켰다.

끝으로 이 책은 중국 불교와 전통문화에 대한 초보적인 논술에 지나지 않고, 적지 않은 관점들은 필자 개인의 천박한 견해로 미비한 점들이 많을 것임을 다시 한 번 밝히며, 이에 대한 독자들의 비평과 지적을 바라 마지 않는다.

제1장

불교와 중국의 정치

제1절
인도불교와 정치의식

　불교와 중국정치, 이는 복잡한 하나의 과제이다. 그러나 이러한 과제도 전반적으로 양분 할 수가 있는데, 하나는 불교에 대한 정치의 결정적 작용이고, 다른 하나는 불교에 대한 정치의 반작용이라는 두 가지로 나눌 수가 있다. 본 장에서는 출세(出世)를 주장하는 종교인 불교가 중국의 역대정치와 어떤 관련이 있었는지, 불교는 어떤 방식으로 정치에 영향을 미치고 있었는지, 역사적으로 볼 때 이러한 영향은 어떤 법칙적 변화를 보여 왔는지 등에 대해 중점적으로 서술하고자 한다.

　중국불교는 인도불교로부터 전해왔다. 먼저 인도불교의 정치에 대한 입장을 간단히 소개하고자 한다. 불교의 창시자 석가모니는 "인생과 세상은 고된 것"이라는 기본이념으로 부터 출발하여 세속을 벗어나고 생사를 해결하는 것으로써 개인적 탈출을 구하는 것이 최고의 경지라고 주장했다. 초기의 불교는 부귀영화를 누리는 것을 허무한 것으로 보고, 권세를 흙처럼 하찮은 것으로 간주했으며, 정치는 인간의 개인적 해탈을 속박하는 장애물로 생각했다. 또한 통치계급의 지지가 없이는 불교가 생존하고 전파·발전하기 어렵다고 생각했다. 그리하여 불가피하게 통치계급에 의지하고 그들의 지지를 얻기 위해서 신경을 기울여야만 했다. 나아가 이러한 국가정권, 최고통치자와 '왕법(王法)'을 인정하고 칭송하는 문제에 직면하게 되었다. 부파(部派)불교시기 상좌부(上座部)의 『비니모경(毗尼母経)』에는 불법(佛法)과 왕법(王法) "이 두 가지 법은 어겨서는 안 된다"고 명확히 기록되어 있다. 즉 "두 가지 법을 어겨서는 안 된다. 그 하나는 불법을 어겨서는 안 되며, 다른 하나는 전륜성왕법(轉輪聖王法)을 어겨서는 안 된다"고 한 것이다. 그러나 여기서 말하는 소위 두 가지 법을 엄수해야 한다는 뜻은 왕법을 어겨서는 안 된다는 뜻으로 불법은 왕법에 복종해야 한다는 의미였다.

불교의 '호국경'에는 나라를 지키는 '도(道)'에 대해 기술했다. 예를 들면 『불설인왕반야바라밀경(佛說仁王般若波羅蜜經)』은 국토의 크기와 상관없이 재난이 발생할 경우 "나라의 왕은 재난을 피하기 위해 반야바라밀 경전을 읊게 되면, 칠난(七難)이 사라지고 칠복이 생길 것이며, 만백성이 안락하고 제왕(帝王) 또한 기뻐하리라..... 훗날 여러 나라 중 세 가지 보배(불, 법, 승)를 가진 국왕에 대해 나는 오대력보살을 그 나라에 파견하여 그 나라를 호위하여 보위토록 할 것이다. 금강후보살(金剛吼菩薩)은 손에 천보상륜(千寶相輪)을 들고 그 나라로 가서 보필할 것이며, 용왕후보살(竜王吼菩薩)은 금륜등(金輪燈)을 들고 그 나라로 가서 보필할 것이며, 무외십력후보살(無畏十力吼菩薩)은 금강저(金剛杵)를 들고 그 나라로 가서 보필할 것이며, 뇌전후보살(雷电吼菩薩)은 천보나왕(千寶羅網)을 들고 그 나라로 가서 보필할 것이며, 무량력후보살(无量力吼菩薩)은 오천검륜(五千劍輪)을 들고 그 나라로 가서 보필할 것이다." 이로써 국왕이 불교를 믿으면 재난이 있더라도 여러 보살들의 보필을 받아 무사할 수 있다고 홍보하였다. 불교에서는 흔히 지구천왕(持國天王), 증장청왕(增長天王), 광목천왕(廣目天王), 다문천왕(多聞天王)을 4대 호국천왕이라 불렀다.

대승불교가 발전하면서 그러한 주장은 소승불교와 다른 특징을 보였다. 대승불교는, 불조(佛祖)는 자비로 구세하며, 중생(衆生)을 널리 제도(濟度)하고, 세속사(世俗事)와 출세사(出世事), 즉 출세와 입세를 융합시켜야 한다고 주장했다. 대승불교의 중관(中觀)학파 창시자인 용수(龍樹)는 당시 감자왕(甘蔗王)의 커다란 지지를 받았다.

그는 『보행왕정론(宝行王正论)』[04], 『권계왕송(劝诫王颂)』 등의 책에서 감자왕을 대상으로 나라를 다스리는 도리, 대신과 백성을 관리하는 방법, 삼보를 모시는 방식, 불법을 지지하는 방도, 기타 종교를 멀리하는 방법 등에 대해 전문적으로 기록했다. 이는 통치자를 대상으로 한 전문적인 종교적 설교로서 대승불교의 정치적 주장을 피력한 것이다. 훗날 굽타 왕조가 한때 불교를 소홀이 하자 불교는 『왕법정리론(王法正理论)』을 저술하여 국왕에게 보호를 요구했으며, 또한 승려에게 자주 정치를 문의하곤 했는데, 이는 대승불교 유가행파(瑜伽行派)가 왕조에 대해 크게 의지하고 있음을 반영한 것이다. 훗날 대승불교는 점차 밀교(密敎)로 기울게 되었으며, 밀교와 왕조는 서로 의지하는 사이가 되었다. 13세기 초에 이르러 인도의 이슬람교 통치자들이 불교에 대해 대규모적으로 탄핵함에 따라 불교는 점차 사라지게 되었다.

인도불교의 대승경전과 소승경전은 서로 뒤섞인 상태가 되어 중국에 전해졌다. 인도불교가 지닌 피세(避世), 염세(厌世), 출세(出世)적 관점, 그리고 국왕의 외적 보호를 원하는 의뢰사상 및 호법(왕법)·호국 주장은 중국의 승려들에게 고스란히 받아들여지면서 행동으로 옮겨졌다. 중국 역사상의 고승과 현실 정치가 사이의 관계는 대체로 두 가지로 구분된

---

04) '보행왕(宝行王)'은 현장(玄奘)과 의정(義净)이 '인정왕(引正王)', 즉 감자왕(甘蔗王)으로 번역했다.

다. 그중 하나는 세속과 동질화, 속세 사람들을 교화하기 위한 편의성을 강조했다는 것이며, 이들은 한 결 같이 현실 정치활동에 참여하면서 왕실과 밀접한 관계를 유지하고 종교 특유의 방식으로 현실적 정치활동을 위해 복무했다. 대부분의 사람들이 이 부류에 속했다.

그 외의 한 부류인 소수 사람들은 대개 삶에서 타격을 받아 속세를 떠나 불교에 입문하거나 또는 지고지상의 도덕 및 청고함을 지키기 위해 속세를 멀리하고 산속이나 고찰에 살면서 현실 사회의 문명·번화(繁華)·정치에 대해 혐오감을 보였다. 불교는 사회정치적 변화, 일부 농민 반란 및 근대 자산계급의 개혁활동과도 관련이 있었다. 따라서 중국역사의 발전상황으로 볼 때, 불교와 역대 전제주의 왕실정치 간의 관계를 탐색하는 것은 불교와 중국정치를 탐구하는 기본 방식인 것이다.

불교와 중국정치의 관계는 불교 고승의 정치적 태도, 정치적 주장에 한하지 않고, 불교 자체의 종교적 관념, 철학사상을 통해 전반적·간접적으로 사회의 현실정치에 작용했다. 종합적으로 불교사상의 사회적·정치적 의의를 연구하는 것은 불교와 중국정치 사이의 관계를 탐구하는 것은 중요한 과제이므로 결코 간과해서는 안 된다.

중국의 전제적 통치사회에서 "수신·제가·치국·평천하(심신을 닦고, 집안을 정제한 다음, 나라를 다스리고, 천하를 평정함)"라는 유가사상은 왕실의 정통사상으로 자리 잡았다. 유가학자들은 비록 불교의 일부 심성학설을 흡수하긴 하였으나 불교에 대해서는 거의 비판적 입장이었다. 특히 불교의 '무 부친(父親)' '무 군주(君主)' 사상을 가장 중점적으로 맹렬히 공격했다. 불교학자들이 이러한 비판적 관점에 대해 답변을 해야 하고, 나아가 설명, 타협, 협상을 하고자 하면 반드시 중국불교의 정치적인 관점 분야에 대해서 언급해야만 한다.

불교와 유가의 논쟁은 중국불교의 정치적 관점을 집중적으로 제시하고 있다. 따라서 이는 우리가 불교와 중국의 정치를 탐색하는 또 하나의 중요한 경로인 것이다. 내용상의 반복을 피하기 위해 이 부분의 내용은 본 장 다음 장절에서 중점적으로 논하고자 한다.

제2절
불교와 중국의 역대정치

동진 이전 시기에 불교의 발전은 별로 규모가 크지 못했으며, 사회적으로도 큰 역량을 과시하지 못했다. 비록 통치계급 중 간혹 불교를 신앙하는 자가 있기는 했으나 단순히 재난을 피하고 복을 기원하면서 자신의 행복을 얻기 위한 개인적인 행위로써 정치와는 거리가 멀었다. 동진 시기에 이르러서야 불교가 성행하고 중대한 사회세력으로 부상하기 시작했고, 그러면서 점차 통치계급으로부터 중요시 여기게 되었다. 이로부터 불교는 통치계급의 정치활동과 날로 관계가 밀접해져 갔으며, 통치계급이 전제적 통치를 실행하기 위한 보조수단으로 이용되기 시작하면서 새로운 모순과 충돌이 발생하기도 했다. 불교와 통치계급의 전제적 정치는 일치하면서도 충돌이 동반하는 구조적 특징을 보였으며, 전제사회가 끝나는 말기까지 계속 유지되었다. 이러한 상황을 세 개의 시기로 나누어 설명하고자 한다.

1) 동진·남북조시기

이 시기 불교와 정치의 양자 관계는 주로 다음과 같은 네 가지로 구분되었다.

(1) 불교의 흥행 및 고승들이 정치에 참여했다.

동진시기 북방의 16국 통치자들은 대부분이 불교를 이용하여 정치적 통치를 강화하면서 불교를 홍보했다. 특히 후조(後趙), 전진(前秦), 후진(後秦)과 북량(北凉)에 이르러서는 통치계급들이 불교 홍보에 더욱 심취했다. 그렇기 때문에 그들은 덕이 높은 승려를 매우 중요시했다. 예를 들면, 고승 불도징(佛圖澄)은 후조의 시조인 석륵(石勒)에 의해 대화상(大和尙, 승려를 높여 일컫는 말)에 올랐으며, 석륵의 대장인 곽리략(鳩摩罗什)은 그를 스승으로 섬겼다. 불도징은 후조의 군사행정에 협조했는데, 역사 기술에 따르면 백성을 너무 참혹하게 살생하지 말라고 석륵에게 권유했다고 한다. 또한 전진의 부견(符堅)은 구마라습(鳩摩罗什)을 모셔오기 전에 고승 도안(道安)을 모시기 위해 병사를 이끌고 양양(襄阳)을 공격했다고 한다. 장안에 온 후 도안은 사실상 부견의 정치적 고문 역할을 했다. 그는 "나라의 왕에게 의지하지 않고서는 법사(法事)를 세우기 힘들다"고 주장하며, 부견을 향해 적극적으로 계책을 올렸다. 기록에 의하면 부견이 백만의 병사를 거느리고 남방을 공격하려 할 때 도안이 극구 반대했으나 부견은 도안의 건의를 무시하고 백만 대군을 거느리고 남방으로 공격했다가 사현(謝玄)이 거느린 병사들에 의해 패했다. 이것이 바로 역사상 유명한 비수의 싸움(淝水之战)이다. 전진에 이어 후진의 요흥(姚兴)은 군사를 거느리고 여광(吕光)을 토벌하고 구마라습을 국사로 맞이했다. 북량의 저거몽손(沮渠蒙逊)은 담무참(昙无谶)을 영접하여 군사 참모로 모시고자 했는데, 후위(後魏)의 탁발도(拓跋焘)가 담무참이 여러 가지 법술에 능통하다는 소식을 듣고, 담무참을 위도(魏都)로 데려오도록 했다. 그러자 몽손은 담무참의 위엄에 겁을 먹고 위나라 왕이 고승 담무참을 얻으면 자신한테 불리할거라 염려하여 그를 호송하는 길에 담무참을 살해했다. 소수민족의 통치자들이 불교의 고승들을 중요시한 것 역시 종교 신앙의 작용을 이용하여 더 효과적으로 백성을 다루기 위한 목적에서였다.

중국 남방지역에서 동진왕조 최고의 통치자인 원제(元帝), 명제(明帝), 애제(哀帝) 등은 모두 불교를 신앙했다. 남조의 역대 최고 통치자들은 더구나 불교를 대대적으로 제창하면서 적극적으로 활용했다. 송나라 제왕 중 송문제는 불교가 정치에 대한 작용을 깊이 깨닫고 시중(侍中)인 하상지(何尚之)에게 다음과 같이 말했다.

> 육경의 글은 본래 세속을 구제하여 다스리는데 있다. 반드시 신령한 본성의 진실로 오묘함을 구하고자 한다면, 어찌 불경으로 나침반을 삼을 수 있지 않겠는가?……만약 온 나라 구석구석까지 모두 이 교화로 두텁게 할 수 있다면, 짐은 앉아서 태평성대를 이룰 수 있을 것이다. 무슨 할 일이 있겠는가?[05]

효무제(孝武帝)는 고승 혜림(慧琳)을 중용하여 정치활동에 참여시켰다. 그는 한때 '흑의재상(黑衣宰相)'이라 불리기까지 했다. 소제(蕭齊) 황실 역시 불교를 신봉했다. 무제의 아들 경릉문선왕 소자량(竟陵文宣王蕭子良)은 불교의 교리를 강론하며, 신 불멸론 사상을 널리 홍보했다. 훗날의 양무제(梁武帝)는 더욱 불교를 신봉함에 뜨거운 열정을 보였다. 양무제는 처

---

05) "六経典文, 本在済俗為治耳; 必求性霊真奥, 豈得不以仏経為指南耶?… 若使率土之浜皆純此化, 則吾 坐致太平, 夫復何事!)(『홍명집(弘明集)』 11권 「하상지답송제찬양불교사(何尚之答宋帝賛揚仏教事)」)

음에는 도교를 신봉했으나 즉위한 후에는 도교를 버리고 불교를 신봉하기로 결심하면서 신하와 백성들에게 불교를 신봉할 것을 호소했다. 양무제는 수차례나 황실을 떠나 동태사(同泰寺)에 들어가 사찰의 '종(奴隷)' 노릇을 했으나, 매번 대신들이 사찰에 거금을 보시하고 다시 모셔오곤 했다. 사실 그가 이렇게 한 것은 정치와 불교의 통일을 노렸던 것이다. 양무제가 통치하는 시기의 불교는 여러 차례나 국교(國敎)의 지위까지 올랐으며, 이는 그가 나라를 다스리는 중요한 이용이 되었던 것이다. 양나라 다음의 진(陳)나라 시대에도 역대 왕들은 모두 통치의 필요성에 의해 양무제의 방법을 모방했다. 진무제와 문제는 황실을 떠나 사찰에 입문했으며, 자신이 솔선수범하여 불교를 신봉함으로써 나라의 안정적인 정치적 국면을 유지케 하고 왕위를 지키고자 했었다.

⑵ 승려들이 속세의 예법대로 왕이나 부모님께 절을 해야 하는지 안 해야 하는지에 대한 논쟁

불교의 기본 교의는 『무군무부(無君無父)』를 주장한다. 즉 왕이나 부모님께 절을 하지 않고 가족을 만나더라도 절을 하는 대신 두 손을 합장하는 것으로써 인사를 대체하며 세속의 예법이나 도덕에 구속받지 않아야 한다는 것이다. 이는 중국의 전제 종법(宗法) 사회의 충효윤리와 서로 저촉되었으며, 유가의 강상명교(綱常名敎)와도 첨예하게 대립하는 모순이었다. 동진·남북조시기 이 모순의 초점이 예제(禮制)문제에 집중되면서 왕에게 승려가 절을 해야 하는가 안 하는가 하는 문제가 첨예하게 논쟁꺼리가 되었다. 동진의 성제(成帝)시기 유빙(庾氷)이 국정을 보좌했는데, 그는 진성제를 대신하여 "승려는 반드시 왕에게 절을 해야 한다"고 하는 영을 내렸다. 그는 승려가 충과 효를 무시하고 예의를 저버리고 절을 하지 않는 것은 사회도덕과 정치에 악영향을 미친다고 했다. 이에 대해 상서령(尚书令) 하충(何充) 등은 승려는 왕에게 절을 할 필요가 없다고 주장했다. 사례관(使礼官)들은 이를 두고 의논이 분분했으나 의견 불일치로 세 차례의 토론 결과 모두 결론을 내리지 못했다. 안제(安帝)시기에 이르러 태위(太尉) 환현(桓玄)은 재차 유빙의 주장을 논쟁의 화제 꺼리로 꺼냈지만 조정의 일부 실권자들의 반대를 받아야 했다. 고승 혜원(慧远)은 심지어 『사문불경왕자론(沙门不敬王者论)』을 작성하여 중재 및 반대를 했다. 북방지역을 보면, 북위시기 통법과(统法果) 승려(沙门)들은 혜원과 달리 직접 앞장서서 왕을 경배했다고 한다. "태조는 현명하고 덕이 높으며 현세의 여래(如來)이다. 승려는 반드시 그에 대해 예를 갖추어야 할 것이다."(『위서』 114권 「석노지(释老志)」). 또한 "승려가 왕을 향해 절을 올리는 것은 부처를 향한 것이지 왕을 위한 것이 아니다. 왕은 부처의 변화신(變化身)이다"라고 주장했다. 남조(南朝)의 송효무제(宋孝武帝)는 한때 "승려는 반드시 왕을 향해 절을 해야 한다"는 영을 내렸었다. 그러지 않을 경우 "채찍질을 가하여 얼굴을 터지게 만들고 죽음에 처하게 될 것이다"[06]라고 했다. 이에 승려들은 굴복하는 수밖에 없었다. 스승이 세속의 왕과 부모님께 절을 해야 하는지의 여부를 둘러싼 논쟁은 불교와 왕권, 유가의 모순을 잘 보여주는 예라고 할 수 있다. 동진·남북조(東晉南北朝)시기의 상황에서 볼 때, 결론적으로 말하자면, 상호 타협하거나 또는 왕권과 유가의 승리로 구분할 수가 있다. 이는 중국 전제사회의 국가의 실정, 특히 정치적 체제에 의해 결정된 것이라고 할 수 있다.

---

06) "鞭顔皴面而斬之." (『광홍명집』 6권 「서례대왕진체혹해(敘列代王臣滯惑解)」)

(3) 훼불(毀佛)사건

북조의 역대 왕들은 불교에 대한 선전과 불교의 이용을 중히 여겼다. 북위의 탁발씨(拓跋氏)인 도무제·명원제·문성제·효문제·선무제(道武帝、明元帝、文成帝、孝文帝·宣武帝) 등은 모두가 이러했다. 하지만 그 사이에는 정권을 이용하여 불교를 훼멸하는 사건도 처음 나타났다. 명원제의 적자인 태무제(太武帝)는 "예지무공(銳誌武功)"을 실시했는데, 병사를 충족시키기 위해 그는 도사 구겸지(道士寇謙之), 사도 최호(司徒崔浩)의 의견을 받아들였다. 태연(太延) 4년(438년)에 영을 내려 50세 미만인 승려는 일률적으로 환속하도록 지시했다. 뿐만 아니라 관민이 사사로이 승려를 공양하는 행위도 엄금시켰다. 태평진군(太平眞君) 7년(446년)에 장안의 한 사찰에서 병기(兵器)·양조기기(釀具) 및 관리와 백성이 기탁한 재물이 대량 발견되었는데, 그때 나라에서 한창 내란을 겪고 있던 시기였기에 태무제는 승려들과 내란이 반드시 연관이 있을 것이라고 추측하고는 장안 및 각지의 승려들에 대해 대학살을 지시했으며, 경서와 불상을 모두 태워버리도록 했다. 태자 탁발준(拓跋濬)은 일부러 명령을 미루어 선포함으로써 각지의 승려들이 이 소식을 듣고는 피신처를 찾아 불경 및 불상을 감추는 등의 대책을 강구하는 시간을 벌어주었지만, 사찰과 탑은 흔적도 없이 모두 훼멸되었다. 북주시기 통치세력들은 불교신앙 및 이용을 중시했으나 무제는 유교를 받들면서 참위(讖緯)를 믿고 불교·도교에 대해서는 멸시하는 태도를 보였다. 특히 불교에 대해서는 더욱 그러했다. 그는 7차례나 여러 사람들을 소집하여 유교, 불교, 도교 등 3대 종교의 우열을 논의하도록 했으나 각기 의견이 분분했다. 그 후 대신들에게 불교와 도교의 지위, 깊이 정도, 차이점 등에 대해 논의케 했는데, 그 진정한 목적은 이를 통해 불교를 폄하하고 배척하기 위한 것이었다. 의견과 주장이 서로 달랐기에 결국 판단이 내려지지는 않았다. 건덕(建德) 3년(574)에 무제는 도사 장빈(張賓)과 승려 지현(智炫) 두 사람에게 논쟁을 하도록 하자 양자 모두 의지를 굽히지 않았다. 그러자 불교, 도교 두 종교의 파벌 일체를 폐지했으며, 200여 만 명에 달하는 승려와 도사들을 환속시키고, 몰수한 재물들은 대신들에게, 사찰 탑 등은 왕공들에게 나눠주었다. 3년이 지난 후 북제로 진입하여 제나라 경내의 불교마저 훼멸시켰으며, 300만 승려들을 강박하여 환속시키고, 4만여 개의 사찰을 전부 저택으로 개조시킴과 동시에 재물을 몰수했다. 이것이 바로 중국불교 역사상 유명한 삼무일종4차대규모멸법(三武壹宗四次大規模滅法. '삼무일종의 법난') 중 제일 먼저 발생한 두 차례의 사건이었다.

북조시기 북위(北魏)의 태무제 훼불사건과 북조 무제의 훼불사건은 전제 통치계급과 불교의 모순을 잘 보여주고 있다. 구체적으로 말하자면 불교 세력이 확대될 경우 국가 정부의 병사 내원은 수동적으로 제약을 받았다. 또한 이는 유학, 도교, 불교의 모순을 폭로한 것이다. 이런 모순은 나아가 최고 통치자 개인의 종교 신앙과도 밀접하게 연관되어 있다. 북위의 문성제는 태무제의 후계자로 즉위 후 얼마 되지 않아 불교를 다시 중흥시킬 것을 지시했다. 북조의 무제가 사망한 후 선제(宣帝)가 즉위하면서 바로 불교를 회복시킬 것을 명하고 전국적으로 불교를 회복시킬 것을 명했다. 이는 전제왕권이 불교를 흥행케 하고 훼멸시키는데 있어서 커다란 작용을 했음을 잘 보여주고 있으며, 또한 불교와 전제정권 양자의 사이는 상호 적응하는 면이 있는가 하면, 모순되는 면도 있음을 잘 보여준다.

(4) 승려들의 봉기

전제적 박탈과 압박이 날로 심화되고 사찰 교직제도 등급화가 격화됨에 따라 불교 사찰의 하층 승려들은 각종 착취에 못 이겨 반기를 들고 일어났다. 북위 말년인 효문제 태화 5년(481년), 사문의 승법수는 평성에서 봉기를 기획했다. 태화14년(490년) 평원군(平原郡) 사문(沙门)인 사마혜어(司马惠御)가 군의 승려들을 이끌고 봉기했다. 선무제(宣武帝) 영평(永平) 2년(509년) 경주(泾州, 감숙성 경천[泾川] 서북쪽에 위치함) 사문 류혜왕(刘慧汪)도 봉기를 일으켰다. 영평 3년(510) 태주(泰州) 사문 류광수(刘光秀) 또한 봉기를 일으켰다. 연창(延昌) 3년(514)에는 유주(幽州, 북경) 사문 류승소(刘僧绍)가 봉기를 일으켰다. 연창 4년(515)에는 기주(冀州) 사문 법경(法庆)이 봉기를 일으켰다. 봉기 대오는 성을 공략하고 땅을 빼앗고 관리들을 도살하고 일부 고위급 승려들도 사살하면서 사찰을 불사르기도 했다. 이런 봉기의 주력군인 승려들은 대부분이 농민 출신이었는데 그들은 가혹한 정치를 피하여 위해 사찰로 들어왔던 자들이었다.

그들 입장에서는 불교를 진정으로 신앙하기 위해서 입문한 것이 아니라 일종의 현실도피였던 셈이다. 그들은 불교의 형식을 이용하여 북위 정권의 전제 통치에 반항했고, 승려 및 지주세력을 반대했다. 이러한 현상들을 통해 우리는 불교역할의 복잡성·다중적 특성을 엿볼 수 있는 것이다.

2) 수·당·오대 시기

수·당 시기는 정치적으로 통일하고 경제가 발달하고 문화가 번영했으며 불교 종파가 생기고 전성기에 달하는 단계였다. 이와 동시에 불교는 전성기로부터 쇠약단계로 향하는 전환기에 들어섰다고 할 수 있다. 국가의 정치적 통일은 불교의 통일을 요구했다. 수·당 왕조시기 각 조대가 바뀌고, 각종 정치적 통치 집단과 불교 지도자들의 관계도 여러 가지 양상을 보였다. 이러한 배경 하에서 불교는 여러 개의 종파가 생겨났다.

의식형태 면에서 분석할 때, 수·당시기의 통치자들이 직면한 현실은 장기적인 역사과정 중 형성된 유교·불교·도교 3교가 병립하는 국면이었다. 3개 종교에 대해 대다수의 통치자들은 공동으로 지지하고 전면적으로 이용하는 정책을 시행했다. 이와 동시에 정치세력의 발전, 경제적 이해관계의 충돌, 3개 종교 사이의 세력다툼, 최고 통치자의 개인적 신앙 등 요소들은 불교의 지위와 운명을 변화하는데 직접적인 영향을 주었다. 불교는 통치계급의 대폭적인 지지를 얻는 동시에 통치계급과 여러 가지 모순을 유발하기도 했다. 당무종(唐武宗)의 불교 금지정책 및 오대 이후 주세종(周世宗)의 훼불사건이 모두 이로부터 유래된 것이었다.

이러한 상황 속에서 불교는 통치계급의 지지를 받으며 날로 흥행되어 나가기도 했고, 또한 통치계급의 타격을 받아 좌절 후 재기하지 못하기도 했다. 유가, 불교, 도교 3개 종교가 서로 경쟁하는 중에 문인과 관리들의 불교 지지 혹은 불교 반대라는 다른 주장과 견해도 사상투쟁의 복잡성을 충분히 반영하고 있었다.

(1) 불교 종파와 수·당 왕조

수문제(隋文帝) 양견(楊堅)의 부모는 불교에 대한 신앙이 매우 지극했다. 비구니 암자에서 태어난 양견은 지선(智仙)이라는 비구니의 보살핌 속에서 성장했다. 그는 사찰에서 성장한 특수한 경력을 활용하여 "내가 흥하게 된 것은 불법에 따라 이룬 것이다." 즉 자신이 황제가 된 것은 부처의 뜻에 따라 된 것임을 강조했던 것이다. 수문제와 영장율사(靈藏律

師) 사이는 포의지교(布衣之交)[07]라 할 수 있을 만큼 사이가 좋았다. 그는 영장율사를 칭송하는 기회를 이용하여 자신의 이미지를 구축하기에 열중했다. "제자는 속인 천자이고 율사는 도인 천자이다… 율사는 사람들이 선행을 하도록 다스리고, 국법은 사람들이 악행을 저지르는 것을 방지하기 위해 존재하는 것이다. 둘의 표현이 다를 뿐 의미는 같은 것이다."(『속고승전[续高僧传]』 21권 「영장전[靈藏傳]」) 수문제가 즉위할 당시 비구와 비구니 약 24만 명을 득도할 수 있도록 도왔고, 부처상 200여 만 존을 제조했으며, 각지에 5,000여 개의 탑을 만들도록 명했다. 또한 각지의 사리탑 안에다가 자신을 길러준 비구니 지선(智仙)의 상(像)을 만들어 넣게 함으로써 생전의 은혜에 보답했다. 수문제는 불교를 대대적으로 지지했는데 이는 정치적 필요성에서 출발한 것이었다. 그는 "불교를 선전하고 우매함을 깨우치게 하라"는 조서를 내렸다. 그리하여 불교는 백성들의 사상을 통치하는 도구로써 널리 제창되었다. 수양제 양광(楊廣)은 가장을 살해하고 황위에 올랐는데, 유가적 관점에서 볼 때, 부친 및 왕을 살해하는 것은 잔혹한 폭군임에 틀림없었고, 역대의 폭군인 걸(桀)왕과 주(紂)왕 보다 더 심했다. 그래서 그는 불교 경전과 천태종 창시자인 지의(智顗)를 비러 자신을 신성화시키려는데 급급해 했다. 천태종은 남조시기 진·수의 최고 통치계급의 지지 하에 설립된 종파였다. 진나라 왕과 대신이 지의에게 선사한 칙(敕), 서(书)는 30~40여 건이나 된다. 또한 천태현(天台縣)에서 징수한 부세를 지의가 주지로 있는 사찰로 넘겨

---

07) 포의지교(布衣之交) : 베옷을 입을 때의 사귐이라는 뜻으로, 벼슬을 하기전 선비 시절에 사귐, 또는 그렇게 사귄 벗을 비유적으로 이르는 말.

사용하도록 베풀었다. 진나라가 멸망한 후 지의는 "수나라의 국토를 옹호"하는 입장으로 변했다. 지의와 수양제의 관계는 각별했다. 양광이 왕위에 오르기 전에 그는 이미 지의로부터 보살계를 받아 "총지보살(総持菩薩)"로 불리어지고 있었다. 『대열반경(大涅槃經)』을 보면 아도세왕(阿闍世王)이 부친과 군주를 살해하고 이를 대신하여 왕위에 오른 것과 관련한 내용이 있는데, 이러한 행위는 죄가 될 수 없다는 경문이다. 『아도세왕(阿闍世王) 수결경(受决经)』은 특히 아도세왕이 반드시 장차 미래에 성불할 것이라는 예언이 들어 있었다. 이렇게 하여 수양제가 정권을 빼앗은 것은 이미 전세에서 정해진 필연적이고 합리적인 결정이라고 미화했다. 불교가 왕과 부친을 시해(弑父弑君)하는 행위를 두둔하고 나선 것은 불교가 정치를 위해 얼마나 교묘하게 이용되고 있는가를 잘 보여주고 있다.

당나라 시기 약 290년 사이에 20여 명의 황제가 등극했다. 당태종은 조칙을 내려 도사와여관(女冠)은 비구와 비구니보다 지위가 높다고 했고, 측천무후는 불교는 도법(道法)보다 위라는 정책을 실행했으며, 또한 당예종(唐睿宗)은 승려와 도사는 지위가 동등하다며 병행 발전시키는 등 세 차례의 큰 변화를 가져오게 했다. 무종(武宗) 이염(李炎)은 불교를 반대했으나 그 외의 역대 황제들은 모두 정도는 달랐지만 불교를 중시하고 이용했다. 당나라의 각 황제들이 불교를 정치에 이용한 동기와 배경은 각기 달랐으나 그들의 출발점은 거의 같았다. 당시의 이러한 상황에 대해 이절(李节)은 다음과 같이 말했다:

"속세의 인간은 아프기 마련이고 인간이라면 고달프기 마련이다. 부처님은 마음의 안정을 가져다 줄 것이다. 용감한 자는 분투하여 노력할 것이고, 현명한 자는 조용히 방책을 생각할 것이며, 백성들은 반기를 들고 일어나야 한다."[08]

전제 통치자들이 불교를 이용하는 것은 바로 불교의 특수역할을 알았기 때문이었다. 그들은 이로써 백성들의 고난을 위로하고, 사람들의 투지를 상실시키고, 본분을 지키고, 조용히 살기를 바랐으며, 농민봉기를 견제했다.

당고조 이연(李淵)은 태원(太原)에서 군사를 일으킬 때, 흥국사(兴国寺), 아육왕사(阿育王寺) 등을 병영으로 삼았었다. 그때 승려 경휘(景晖)는 이연이 하늘의 뜻을 받고 황제가 될 것이라고 말했다. 원래 당태종 본인은 불교를 신앙하지 않았다. 그는 "불교는 믿을 마음이 없다"고 말하기도 했다. 또한 도교를 불교보다 더 중요시 했으며, 승려 현장(玄奘)을 설득하여 환속하고 정치에 참여하도록 강요하기까지 했다. 하지만 불교가 왕권통치의 지위를 공고히 하는데 유리한 역할을 알고 나서는 적극적으로 불교를 추진했다. 당태종은 전쟁에서 많은 사람을 죽였으며 그의 손에 죽어난 사람만 해도 천 명이나 되었다.

훗날 그는 자신이 전쟁을 치렀던 곳에다 불교사찰을 건립토록 하고 죽은 자들을 위해 제도하여 죽은 넋들이 고행의 불바다를 벗어나 행복한 세상으로 향하도록 하는 것으로써 인심을 사로잡으려 했다. 당현장과 규기(窺基)가 창립한 법상유식종(法相唯識宗)은 바로 당태종, 고종 부자의 지지 하에 창립된 종파였다.

고종이 죽은 후 중종, 예종이 즉위했으나 불과 1년 만에 측천무후가

---

08) "俗既病矣, 人既愁矣, 不有釈氏使安其分, 勇者将奮而思鬥, 智者将静而思謀, 則阡陌之人皆紛紛而群起 矣."(「전당문(全唐文)」788권 「전담주소언선사지태원구장경시서(餞潭州疏言禅師詣太原求蔵経詩序)」)

정권을 탈취하여 섭정했다. 측천무후의 어머니 양씨는 수나라 왕족 출신인데 불교를 신앙했다. 측천무후는 어려서부터 가정의 영향을 받아 불교 분위기가 농후한 환경에서 자랐다. 14세에 입궁하고 당태종이 죽자 출가하여 비구니가 되었으나 후에 고종에 의해 다시 궁으로 불려오게 되었다. 그는 자신의 재능과 수단을 마음껏 이용하여 황후의 보좌를 약탈했으며, 여자의 신분으로 제왕의 자리에 오르면서 중국 역사상 유일한 여자 황제가 되었다. 그녀는 '불교제자', '여자 부처'라는 명의를 걸고 불교를 이용하여 자신의 여 황제 자리를 지키려고 애를 썼다. 불경의 교의를 빌려 자신이 정치적으로 향유하는 특수한 지위를 증명했다.

불교신도들도 측천무후 가정의 전통적인 신앙을 비러 이씨의 당나라가 건국 이래 잃어버린 권리와 지위를 다시 되찾고자 노력했다. 중국에서 유가전적은 여자들이 국가정치에 대해 논하는 것을 허용하지 않았다. 비록 왕후일지라도 누에고치로 방직하는 일에만 종사토록 하였다. 『상서·위공전(尙书·伪孔传)』에는 "암컷이 수컷을 대신하여 울면 집안이 망하고, 부인이 지아비의 정권을 탈취하면 나라가 망한다"[09]라고 쓰여 있다. 이러한 관점은 모두 측천무후에게 매우 불리했다. 그는 오직 불교의 부참(符讖, 점술에서, 뒷날에 일어날 일을 미리 알아서 해석하기 어렵게 적어놓은 글)에만 희망을 걸고 자신의 특수한 지위에 대한 합리성을 강조할 수밖에 다른 길이 없었다. 처음에는 불교 역시 여성의 신분을 천하게 여겼다. 후에 부단히 변화하면서 대승경전은 여성이 명을 받고 전륜성왕(轉輪聖王)으로 변신하여 부처님이 되었다고 하는 교의가 적히게 되

---

09) "雌代雄鳴則家尽, 婦奪夫政則国亡"

었다. 후량시대 담무참은 『대방등대운경(大方等大雲經)』을 번역하면서 부처님이 정광천녀(净光天女)에게 이르기를, 천형(天刑)을 벗고 여자 몸으로 나타나 나라의 국왕이 되어 중생을 이끌도록 했다고 적었다. 남천축국의 곡숙성 등승왕(南天竺谷熟城等乘王)이 죽은 후 딸 증장(增長)이 왕세자 자리를 계승하고 천하에 위엄을 떨쳤다. 이러한 사례는 측천무후가 하늘의 뜻을 받아 왕위에 오르게 되었음을 증명하는데 유력한 증거가 되었다. 설회의(薛怀义)와 법명(法明) 등은 측천무후에게 『대방등대운경』을 올려 바치면서 새로이 해석하여 측천무후의 환심을 샀다. 그들은 측천무후는 미륵불하생(彌勒佛下生)으로 현세대의 당나라 염부제(閻浮提, 땅의 주인)[10]이라고 칭송했다. 측천무후는 이 경(經)과 소(疏)를 천하에 반포하여 자신은 하늘의 정해진 뜻을 받아 당나라의 운명을 개혁할 것이며, 국호를 '주(周)'로 정하고 '금륜황제(金輪皇帝)', '성모신황(圣母神皇)'이라고 자칭했다. 측천무후는 불경을 이용하여 자신의 황제자리에 대한 합리성을 강조하고 홍보했으며, 불경도 그러한 특수역할을 충분히 발휘했다. 측천무후는 화엄종의 창립을 극력 지지했다. 화엄종의 창시자 법장(法藏)은 원래 무씨(武氏) 조묘(祖廟)인 태원사(太原寺)의 승려였는데, 훗날 당고종, 당중종, 당예종, 당현종, 측천무후의 문사(门师)로서 3품 대관의 상을 받았다. 한번은 법장이 『화엄경』을 한창 강의할 때 지진이 발생했다. 법장은 즉시 측천무후를 향해 보고하고 측천무후는 이 기회를 비러 부처님이 신통력을 발휘한 것이라고 적극적으로 홍보했다. 그들은 이런 방식으로 서로 협조하면서 측천무후의 주 왕조를 신격화했던 것이다.

---

10) 염부제 : 남염부제, 불교가 말하는 4대 대륙 중 남첨부주(南瞻部洲)를 말함.

선종과 통치계급의 관계는 복잡했다. 북종의 신수(神秀)는 측천무후의 접견을 받았는데, 그때 측천무후는 "친가궤례(亲加跪礼, 발에 입을 맞추고 절하는 것)"의 예로써 높은 대우를 해주었다. 남종의 승려 혜능(惠能, 선종의 실제 창시자)은 줄곧 남방 산림과 평민 가운데서 불교활동을 전개했다. 혜능이 입적한 후 40여 년 동안 '안사의 난(安禄山·史思明의 亂)'이 발생하면서 당나라 정권의 재정은 어려움을 겪게 되었다. 혜능의 문도들은 이를 눈치 채고 계단을 설치하여 도승(度僧, 남을 제도하여 승려를 만듦)케 하고 승려들로부터 세금을 거둬들여 군영에 보태어 쓰게 했다. 이렇게 하여 당숙종과 당덕종의 존경을 받았다. 훗날 당무종이 불교를 훼멸하는 정책을 실시할 때도 선종이 지리적으로 산림 속에 거주하고 중앙정권과 멀리 위치해 있으며 평민적 특성을 발휘하고 있었기에 간신히 생존할 수 있었던 것이다.

(2) 당무종(唐武宗)의 훼불사건 및 오대(五代) 후주(後周) 세종(世宗)의 불교 도태정책.

당무종(唐武宗) 회창(會昌) 2년~5년(842-845) 연간에 사찰을 허물고 승려들을 환속시키는 정책을 실행했다. 당시 4,600여 개소의 대·소형 사찰을 훼멸시켰고, 4만여 개의 소형 사찰을 파괴했으며, 환속시킨 승려는 모두 26만여 명에 달했다. 노비 15만 명을 풀어주고 사찰 및 비옥한 농토 수천만 경(頃)을 몰수했다. 사찰경제는 전에 없는 치명적인 타격을 받았다. 또한 수많은 불교 경전들이 불살라졌는데, 특히『화엄경』,『법화경』등 서적들은 그 훼멸·인멸 정도가 심각했다. 화엄종, 천태종 등 종파들은 이때부터 점차 쇠퇴의 길로 나가게 되었다. 당무종이 불교를 훼멸하는 정책을 실행하게 된 데는 심각한 경제적 원인과 사상적 원인이

내포되어 있었다. 하지만 근본적인 목적은 불교 사찰의 경제적 능력을
타파하려는 데 있었다.

> "스승과 제자들이 날로 확대되고, 사찰이 날로 백성들 속에서
> 인심을 얻게 되었다. 인력을 낭비하여 토목을 건설하고, 백성
> 의 고혈을 짜서 재부를 약탈하였고....고약한 불법이 사람들
> 을 해치고 있으니, 불교를 용납할 수가 없도다."[11]

그 다음은 당무종 개인의 신앙과도 관련이 있었다. 그는 도교를 신앙
하고 도사 조귀진(趙歸眞)을 크게 믿으면서 장생불로하기를 원했다.

> "무종은 신선을 따라 배우려 했고, 도사 조귀진이 사망하자
> 이를 구실로 불교를 타파하였다. 그는 불교는 중국에 어울리
> 지 않는 종교이며 사라져야 한다고 강조했다. 왕은 일리가 있
> 다고 판단하고 천하의 승려들을 숙청했다"[12]

무종이 불교를 금지시킨 것은 도사 조귀진이 불교를 공격한 것과 직접
적인 연관이 있었다. 이는 불교와 도교가 경쟁하고 다투는 표현 중의 하
나였다. 훗날 오대의 후주 세종은 현덕(顯德) 2년(995년)에 단호하게 불
교를 도태시켰다. 그는 명을 내려 무릇 사찰은 반드시 왕실에서 반포한

---

11) 『구당서』 18권 상권 「무종본기[武宗本紀]」

12) 『당회요(唐会要)』 50권 「존숭도교(尊崇道教)」

정원 자격시험을 거쳐야 하며, 그러지 않을 경우 일률로 폐지한다고 했다. 또한 일반인이 불교에 입문할 경우 반드시 시험을 치러야 하며 사사로이 승려가 될 수 없으며, 동으로 만든 불상은 전부 회수하여 돈으로 제조하고 이로써 국가 재정을 확충한다고 지시했다. 이 두 차례의 불교에 대한 타도정책은 남북조시기 두 차례의 불교 훼멸사건과 함께 역사상 "삼무일종(三武一宗)"의 훼불사건이라고 불린다. 불교에서는 이를 '법난'이라고 부르며, 중국 역사상 최고 통치계급이 직접 발동하여 불교를 파괴하거나 정돈하는 강력한 사례가 되었다. 앞의 세 개 사건을 분석해 보면 모두 근본적으로 불교를 훼멸시키기 위한 사건이었기에 그 성질은 같았다. 그중 세 번째 사건이 더구나 그러했다. 세 차례의 사건은 모두 전국적인 범위에서 진행되었으며, 불교에 전에 없는 치명적인 타격을 가했다. 네 번째 사건은 앞의 세 사건에 비해 조치가 달랐고, 정리정돈의 성질을 띠고 있었다. 하지만 워낙 간신히 유지해온 북방불교에 대해서는 크나큰 타격일 수밖에 없었다. 북방불교는 이로부터 점차 쇠약의 길로 들어서게 되었다.

(3) 문인·관리들의 불교 반대운동 및 불교 지지운동.

   수·당시기 문인·관리들 중 일부는 강렬히 불교를 반대했고, 그에 비해 일부는 불교를 극력 지지했다. 당고조 시기 태사령(太史令) 부혁(傅奕)은 7차례나 조서를 올려 불교를 폐지할 것을 건의했다. 그 첫 번째 이유라면 승려들은 "빈둥빈둥 놀고먹으며 세금마저 회피한다"는 것이었다. 그의 말에 따르면, 승려들은 생산적인 노동에 참여하지 않고, 재산만을 낭비하며 세금수입마저 크게 저하시킨다는 것이었다. 두 번째 이유는 "거란족의 서적을 중문으로 번역하면서 그 의미를 함부로 바꿔치기 한다"는 것이었다. 불교는 서역나라 거란인의 신이지 중화 화하족이 정통으로 모시는 신이 아니라는 것이었다. 세 번째 이유는 "승려는 가출하여 부모형제를 떠난 신분이 낮은 일개 필부로서 천자를 거역하니 부모로부터 몸을 받았으나 부모님의 은혜를 저버린 자들이다"라는 것이었다. 이는 중국의 전통적인 충·효이론과 도덕을 어겼다는 것이었다. 그는 불교를 폐지하기 위한 목적으로 다음과 같은 주장을 내세웠다.

> "현재 승려들이 혼인을 하면 십만여 가구를 이룰 수 있을 것이고, 아들 딸 자식들을 10명씩 낳아 키우고 가르치면 국가에 유익할뿐더러, 군사력도 충족시킬 수가 있다. 그리하면 천하는 다른 나라에게 침범당하는 재앙을 피할 수 있을 것이며, 백성들은 왕의 위력 하에서 행복을 느끼게 될 것이다."[13]

이를 통해 우리는 물자가 충족하고 병력이 강하며 충효 도덕규범을 강화하여 당나라의 왕권통치를 강화하려는 부혁의 근본적인 정치적 주장을 엿볼 수가 있다. 당현종 시기 재상 요숭(姚崇)은 나라의 교훈을 종합한다는 입장에서 출발하여 불교를 폐지할 것을 주장했다. 그는 요흥(姚興), 소연(蕭衍) 등 불교를 신앙하는 자들이 사찰을 건설하는데 적극적이었으나 "나라가 망한다면 사찰이 무슨 소용이 있겠는가?"하고 제기했다. 불교를 신앙했던 당중종(唐中宗), 무삼사(武三思) 등 역시 쇠퇴와 멸망을 맞이하지 않았는가?(『구당서』 96권 「요숭전」) 요숭의 주장을 보면

---

13) 『구당서』 79권 「부혁전」

국가가 멸망으로 향하게 된 데는 통치자들이 너무 불교를 신앙하는 데에 미련을 둔 것이 중요 원인이라는 관점이 내포되어 있다. 당나라 후기의 문학가이며 사상가인 한유(韓愈)도 부혁 등의 주장을 이어 부국론, 이적론(夷狄論), 유가 윤리도덕 등 여러 방면에서 이유를 대어 불교를 반대했다. 그는『원도(原道)』에서 불교는 이적의 법이며, 승려들은 나라의 재부를 탕진하고 왕을 거역하고 부모의 은혜를 저버린 자들이라고 지적하면서 "반드시 그들 승려와 도사들을 환속시키고, 그 경전들을 불사르며, 불교와 도교 사찰들을 민간 주택으로 개조하고, 선왕이 제창하던 유도(儒道)로서 백성을 교육시켜야 한다"고 주장했다. 즉 행정역량과 수단을 이용하여 불교를 훼멸할 것을 주장했다.

당나라 때의 문인·관리 중 불교를 지지하는 사람도 적지 않았다. 예를 들면 귀족 관료 원재(元載)、두홍점(杜鴻漸)、왕유(王維)、왕진(王縉) 등이다. 왕유·왕진 형제는 더구나 불교를 영불(佞佛, 부처에게 아부하여 복을 비는 것)할 정도로 가까이 했다. 왕유는 "만년시절 소식을 먹고 소박한 옷을 입었으며, 조정에서 물러난 후에는 향불을 켜고 홀로 연화좌(蓮花坐)를 하며 불경을 읽었다." (『구당서』 190권 「왕유전」) 왕진은 관직이 재상에까지 오르자 "나라가 번성하고 안정된 것은 모두 그동안 덕을 쌓은 덕분이며, 인과응보는 이미 정해진 것"이라고 했다. 그는 불교의 인과응보는 나라의 운명을 좌우지한다고 여기면서 당대종(唐代宗)을 설득하여 도량을 설치하고 "도량 내에 우란분(盂蘭盆)을 모시고 금으로 장식했으며 그 비용이 백만 량을 넘었다" (『구당서』 190권 「왕유전」) 유종원, 유우석, 한유 등은 정치사상적으로 분쟁이 컸는데, 유종원(柳宗元)、유우석(刘禹锡)은 혁신을 주장했고, 한유는 다른 태도였다. 불교신앙에 대해서도 입장과 태도가 완연히 달랐는데, 한유는 불교를 극력 반대하는 반면 유종원·유우석은 불교를 옹호하고 칭송했다. 훗날 영정혁신(永貞革新)에서 거듭 실패하자 유종원, 유우석은 정치적 지위가 흔들리고 큰 타격을 받자 불교에서 위안을 받으며 내심의 평형을 유지하려고 애썼다. 유종원은 석가모니, 공자, 노자는 모두 같은 도(道)이며, 불법의 이치와 『논어』·『주역』은 서로 통한다고 주장하였다. 유종원·유우석은 한유의 유불대립 관점을 반대함으로써 유교·불교 간의 모순을 조화시키려고 노력했다.

상기의 문인·관리의 불교에 대한 반대 또는 불교에 대해 지지하는 상황으로부터 볼 때, 일부는 불교가 나라의 군사력 충족과 물자 확보에 불리하고, 봉건도덕에 어긋난다고 판단한 것인데, 이렇게 주장하는 것은 사회의 통치 질서를 확고히 하기 위한 입장에서 출발한 것이라 할 수 있다. 다른 일부는 인과응보를 이용하여 사회의 통치 질서를 유지하기 위해 불교를 제창했던 것이며, 또 다른 일부는 정치적 활동에서 타격을 입거나 인생살이가 순조롭지 않아 정신적으로 불법에 의지하고 위안을 받기 위해 불교를 필요로 했던 것이다. 이는 불교와 정치의 관계가 복잡했음을 잘 보여주고 있다.

3) 송·원·명·청시기

송나라 이후 불교는 점차 쇠퇴의 길로 들어섰으며 사회생활 중 지위가 전보다 못했다. 흔히 전제사상 통치의 보조적 수단으로 이용되었다. 하지만 중국불교의 한 갈래인 장전불교(藏傳佛敎)는 티베트·몽골 등 지역에서 한창 발전 중에 있었으며, 원나라 때에 이르자 통치자들의 큰 중시를 받으면서 불교와 정치가 다시 밀접하게 결합되었다. 일부 고승들은 정치적 결책과정에서 커다란 역할을 하기도 했다. 명·청시기에 이르러 불교는 통치계급이 민족정책, 대외 친선정책을 실시하는데 유대적인 역할을 발휘하기도 했다. 송·명시기 불교는 농민봉기 지도자들로부터 봉기를 홍보하고 조직하기 위한 정신적 수단으로 이용되기도 했다.

(1) 황권통치를 옹호하기 위한 사상도구

송태조 조광윤(赵匡胤)은 전 통치정권인 후주정권과 달리 불교를 보호함으로써 자신의 통치세력을 강화하는 정책을 실행했다. 그는 승려 행근(行勤) 등 157인을 인도로 파견하여 불교를 배우고 대장경판을 조각하도록 지시했다. 그 후 송휘종(宋徽宗) 조길(赵佶)은 도교에 심취했는데 한때 불교와 도교를 합류시키도록 지시하면서 사찰을 도교사원으로 변모시키도록 지시했으나 얼마 지나지 않아 원래 모양으로 복귀했다. 남송시대에 왕실은 불교를 어느 정도 제한하기 시작했으나 역시 지지하고 이용하는 정책을 실시했다.

명태조 주원장(朱元璋)은 안휘 봉양(凤阳)에 있던 황각사(皇觉寺) 승려 출신이다. 승려 신분으로 황제가 된 것은 중국 역사에서 매우 드문 일이다. 그는 불교에 대해 감정이 깊었으며 자신만의 깊은 인식을 갖고 있다. 그는 불교의 좋은 점, 특히 충분히 이용할 만한 점도 잘 알았고, 불교의 위험한 요소도 잘 알고 있었다. 그는 "경장불교(景张佛教)… 사람들은 모두 가정에서 선행을 하고 전례 없는 태평을 누리게 되었다." (『석씨계고약속집(释氏稽古略续集)』 2권) 또한 불교는 "왕권 정책을 보좌해주어야 한다. 이것이 다스리는 길이다"고 지적했다. (『석씨계고약속집』 2권) 그는 승려가 강의하는 내용, 염불 방식, 불사(佛事) 방식까지 일일이 다 간섭하고 규정했다. 그는 명나라 왕조를 세운 것은 부처님의 뜻이므로 초기에는 해마다 법사를 치러 부처님의 보살핌을 빌고, 나라를 위해

기도하며 왕권을 신격화 하고 민심을 얻기에 애썼다. 그는 고승을 뽑아 왕을 시중들도록 했으며, 불교의 자비나 계살(戒殺) 등 교의로써 자손을 교육하여 내란과 역모를 방지하고 왕권통치를 공고히했다. 이전에 주원장은 "미륵강생(彌勒降生)"의 기치를 든 홍건군 농민봉기에 참가했었다. 후에 그는 따로 독립하면서 자신의 힘을 키웠고, 강남 각 지역의 할거세력을 누르고 북으로 올라가 원나라를 물리치고 전국 통일을 계획했을 때, 공개적으로 백련교(白蓮敎)를 '요술'이라고 비하하고 홍건군을 "무단만상(无端万状)"이라고 비하하면서 농민봉기를 배반하고 지주계급의 대리인이 되었다.

그는 승려들 역시 자신과 같이 몰래 뒤통수를 치거나 역모를 꾸미지 않을까 두려웠으며, 비밀사단을 결집하여 명나라 정치에 잠재적인 위험요소로 될 까봐 조마조마해 했다. 그래서 유가학파를 중용하여 정치에 참여시켰고, 불교에 대해서는 일정한 제한적인 규정들을 제정했으며, 유가 윤리사상으로 승려들을 지배함으로써 불교의 확대를 방지했다. 그는 승려규정을 제정하여 승려들이 깊은 산속에 은거해 살면서 "세속의 생활에 간섭하지 말도록" 명하여 불교와 사회를 격리시키고 정치적으로부터 불교가 명왕조 통치에 미칠 위험을 사전에 차단시켰다.

명성조 주체(朱棣)는 고승이면서 전략의 대가인 대신 도연(道衍, 姚广孝)의 지지를 받아 정변을 일으키고 명혜제(明惠帝)의 왕위를 빼앗아 왕이 되었다. 그는 번왕(藩王) 신분으로 정치 대사에 참여했전 것이기에 역시 불교를 이용하여 자신의 행위를 변호할 필요성이 있었다. 그는 서황후(徐皇后, 成祖后) 의 이름을 빌려 『몽감불서제일허유대공덕경(梦感佛说第一稀有大功德经)』 및 서후의 장서(長序)를 작성하고, 서후는 관음보살과 "몽감(梦感, 꿈속에서 감응되어 문답하는 것 - 역자 주)"을 통해 만났는데, 관음보살은 예언하기를 큰 재난이 닥칠 것이며『대공덕경(大功德经)』은 사람들을 이 재난에서 무사하도록 보우할 것이며, "후비(喉痹)는 천하모(天下母)가 될 것이다"라고 했다. 건문(建文)이 속국의 세력을 약화시키려 하자 주체는 이것이 소위 "재난"이라며 이 기회를 빌려 즉시 "정난지변(靖難之变)"을 발동했다. '정난'이란 "불교의 뜻을 따르고 주체를 황제로 지정하고, 서후를 황후로 정하며 이 모든 것은 보살과 부처님의 뜻에 다라 이;루어지는 것이다"라는 말이다. "군권불수(君權佛授, 왕의 권리를 부처가 부여하다 - 역자 주)" 사상을 홍보하고 황위 계승의 합법성을 위해 여론을 조성했던 것이다. 서후가 죽자 성조의 아들 셋은 모두『대공덕경』을 위해 후서(後序)를 작성하고 모후를 찬송했으며 이로써 황실 내부의 단결을 강화했다. 명성조(明成祖)는 친히『불곡(佛曲)』 수천 곡을 편곡하고 궁중과 민간에 널리 보급했다. 그 내용은 주로 충효관념과 인과응보 사상을 선전하는 것이며 "효도·공경·충성·신의를 최우선으로 삼아야 한다(孝悌忠信最为先)", "효성이 지극해야 군에게 충성할 수 있다(至孝在忠君)"를 선전했던 것이다. 충효관념과 인과응보설을 결합하여 "충성하지 않고 효도하지 않는 것은 대악이고(不忠不孝,即为大恶)", "하늘의 그물은 매우 넓어 그 보답함이 매우 빠르다(天网恢恢, 报应甚速)"라고 강조했다.『불곡』은 통속적이며 알기 쉬운 노래로 되어 있어 그 영향이 아주 컸다.

청나라 초기 강희황제와 옹정황제 등은 모두 선종에 대해 흥미와 신앙을 보였다. 특히 옹정제(雍正帝)는 선문종장(禅门宗匠)으로 자처하며『어선어록(御选语录)』19권을 편찬하여 선도(禪道)를 크게 홍보했다. 그중 제12권은『하석옹친왕원명거사어록(和硕雍亲王圆明居士语录)』으로서 그가 친왕일 때의 어록이었다. 하지만 옹정 말년, 특히 건륭(乾隆) 때에는 유학을 정통 종교로 간주하고, 불교·도교는 나쁜 종교로 취급하여 승려·도사들에게 타격을 가해 숙청하는 등 하여 불교와 도교의 발전을 저애했다. 도광제(道光帝) 이후 국세가 쇠락하면서 불교는 더욱 부진했다.

(2) 고승이 원나라 창건에 참여하다.

원나라가 통치했던 100여 년 동안은 역대 제왕들이 모두 불교를 숭상했다. 몽고족 수령인 칭기즈칸 역시 불교를 아주 중시했으며, 원세조(元世祖) 쿠빌라이가 집정을 할 때에 이르러서는 더욱 더 장전불교(藏傳, 티베트에서 전해진 불교)를 숭상했다. 티베트 지역의 고승들을 황제의 스승으로 모셨으며 모든 황제들은 반드시 황제 스승의 계율(戒律)을 받고서야 황위에 오를 수 있었다. 황제의 스승은 사실상 황실의 정신적 수령이 된 것이나 마찬가지였다. 칭기즈칸과 원나라 황제들은 모두 기타 지역의 승려들을 중시했다. 예를 들면, 요나라 황실 출신인 야율초재(耶律楚材)는 법호(法号)가 담연거사(湛然居士)인 선종학자였다. 그는 칭기즈칸을 따라 서역으로 출정했으며, 칭기즈칸과 와활대(窩闊台) 대 칸들이 통치했던 30년 동안 중서령(中书令, 재상에 해당하는 높은 관직 - 역자 주)까지 오르면서 원나라 국가 창건을 위해 큰 역할을 했다. 역사적으로도 유명한 정치가이다. 그의 스승 만송행수(万松行秀)는 금나라에서 매우 유명했던 선사(禪師)였는데, 그는 세 종교의 교리를 통찰했으며, 항상 야율초재에게 유학으로써 나라를 다스리고, 불심으로 마음을 다스리라고 설득했다. 야율초재 역시 만송행수를 지극히 높이 찬양했다. 유병충(刘秉忠) 역시 젊은 시절에는 스승으로 있었으나, 후에 쿠빌라이에게 중용되어 속국으로 불러들여진 후 군사비밀 전략 활동에 참여시켰다. 후에 유씨 성을 회복하고 병충(秉忠)이라 명명했다. 쿠빌라이가 왕위에 오른 후 유병충은 국호를 '원(元)'으로 정할 것을 쿠빌라이에게 권유했으며, 직접 조정의 서류, 관리제도 등 모든 규칙을 작성했으며, 이는 줄곧 원나라의 정치제도가 되었다.

(3) 민족단결을 강화하고 대외 교류를 추진하는 유대적 역할을 하다.

명나라는 장전불교의 상층 승려에 대해 제사(帝師) 혹은 국사(國師)라는 칭호를 부여하면서 각별히 우대하는 정책을 실행했다. 명성조(明成祖)는 대신 4인을 티베트로 파견하여 황교(黃敎) 창시인 총카파(宗喀巴)를 경성(수도)으로 불러들였으며, 총카파는 나이가 많은 관계로 수제자 석가지(釋迦智)를 북경으로 파견하여 황제의 스승 직을 맡도록 했다. 명성조는 그에게 대자법왕(大慈法王)이라는 칭호를 부여해 주었다. 명나라는 장전불교의 승려들에게 관리직을 부여해 주어 종교 지도자들의 정치적 경제적 특권을 확보해주면서 이를 대가로 변강의 안정을 도모하고자 했다. 이러한 '기미(羈縻)정책'은 효력을 거두었다. 청나라는 명나라의 불교정책을 이어받아 티베트지역의 정치와 종교 사무를 크게 중시했다. 건륭 58년(1793)『흠정장정(欽定章程)』제29조를 작성하여 티베트지역의 정치와 불교를 통일시키는 제도를 확정했다. 티베트지역의 모든 사찰과 라마들은 일률적으로 청나라 이번원(理藩院)의 통제를 받았으며, 명나라 건국 이후 평화적인 외교정책을 추진하고 이웃 나라와 우호관계를 증진하기 위해 승려를 사신으로 파견하기까지 했다. 이는 역사상 처음 있는 일이었다. 명태조 주원장 역시 승려 혜담(慧曇)과 종륵(宗泐)을 사절단 신분으로 서역에 보내 승가라국(僧伽罗国, 현재의 스리랑카)과 인도 등을 방문하게 했다. 또한 지광(智光) 승려와 그 제자인 혜변(惠辯) 등을 재새서채폐(赍玺书彩币) 신분으로 니팔나국(尼八剌国, 현재의 네팔)으로 파견하여 서로 우호적인 교류를 추진했다. 태조와 혜제 역시 고승을 사신으로 일본에 파견하여 우호적인 교류를 추진했다. 외국으로 파견된 승려들은 평화사절단의 역할을 충분히 발휘하면서 중국과 이웃나라의 이해를 돕고 우호관계를 추진하기 위해 최선을 다했다.

(4) 농민봉기를 호소하고 조직을 하는 수단이 되다.

불교는 중국에서 오랫동안 전해지면서 하층 백성들에게 복잡한 영향을 미치었으며 점차 농민봉기군의 홍보와 조직 도구로 이용되었다. 이 방면에서 가장 대표적인 사례는 불교의 미륵보살이 농민봉기 지도자들의 상징적 우상이 되었다는 것이다.

전하는 바에 따르면 미륵은 불교의 부처 중 하나이다. 『미륵보살상생경(弥勒菩萨上生经)』에는 미륵이 도솔천(兜率天)에 산다고 쓰여 있고 『미륵보살하생경』에는 미륵이 도솔천으로부터 인간 세상에 내려와 석가모니를 이어 부처가 된다고 쓰여 있다. 불교가 중국으로 전해올 때 주로 상층사회에서 활동했기 때문에 직접 또는 간접적으로 봉건왕조를 위해 복무했다. 하층 백성들의 눈에는 불교의 교조(教祖)이자 최고 정신적 지도자인 석가모니가 왕조의 이익을 보호하는 존재로 판단되었기에, 그들은 자연히 감정적으로나 사상적으로 미륵보살에게 쏠리게 되었다. 즉 "미륵이 하생하여, 언제나 앞에서 이끌었다(弥勒下生, 恒为导首)"를 갈망했다." (『금석추편(金石萃编)』제34권 「합읍제인조불감명(合邑诸人造佛堪铭)」) "미륵이 하생하여 석가모니를 이어 부처가 된다"는 이 설은 그 당시 봉건왕조를 교체하길 희망했던 하층 백성들의 홍보적 수요와 정치적 수요와 맞아떨어졌다. 남북조시기 이후 불교사찰의 미륵석상과 미륵벽화는 점차 많아졌으며, 미륵을 신앙하는 것 역시 보급화 되면서 민간에 깊이 전해졌다. "미륵강생"은 하층 인민들에게 있어서 고난에서 구원되는 복음으로 여겨졌다. 미륵신앙과 불교신앙은 두 개의 추세를 이루면서 피 통치계급과 통치계급의 이익과 염원을 어느 정도 보여주었던 것이다.

수당시기 이후 일부 농민들은 미륵출세의 기치를 들고 역모를 실행했다. 수양제 대업(大業) 6년(610년) 정월, "소박한 모자에 훈련복 차림을 한 도적 수십 명이 향을 태우고 꽃을 들고 미륵불로 자칭하면서 건국문(建國門)으로 들어섰다. 수위들은 모두 머리가 땅에 닿도록 절을 했다. 이어 사병들의 무기를 빼앗아 난장판을 만들었다. 제왕(齊王) 간(暕)은 이를 목격하고 그들의 목을 베었다. 그러자 모두 굴복했는데 연좌된 자가 천 여 집에 이르렀다." (『수서(隋书)』 권3 「양제기(炀帝纪)」) 얼마 뒤 당현(唐縣, 하북성 당현)의 송자현(宋子贤)과 부풍(扶凤 ,陕西省 凤翔县)의 승려 향해명(向海明) 등도 "자칭 미륵 출세"를 선포하면서 폭동 전야에 이르렀다. 수나라 말엽 각지에서는 많은 농민봉기들이 일어나 홍수처럼 범람하면서 수나라의 잔혹한 통치를 신속하게 무너뜨렸다.

당현종(唐玄宗) 개원(開元) 연간에는 미륵하생에 관한 여러 정치적 루머들이 세상을 요동치게 했다.[14] 그러자 개원 3년(715년)에 당현종은 『금단요와등칙(禁斷妖訛等敕)』을 반포하여 이러한 유모가 세상에 유포되는 것을 금지시켰다.[15] 그러나 미륵하생설을 이용하여 군중을 소집하고 세상을 시끄럽게 함으로써 당나라 왕실은 크게 위협을 받게 되었다.

북송 인종 경력 (仁宗慶歷) 연간에 농민 출신인 왕칙(王則, 훗날 송나라 군대 하급 군관 직을 맡음)은 민간에 비밀리에 전파되고 있는 미륵교의

---

14) "釋迦牟尼佛末, 更有新佛出. 李家欲末, 劉家欲興." (『책부원귀(冊府元龜)』 제922권 「요망제이(妖妄 第二)」)

15) "比有白衣長發, 假托彌勒下生, 因为妖訛, 廣集徒侶, 稱解禪觀,妄說災祥."(『당대조령집(唐大詔令集)』 제113권.

"석가불은 쇠하지 않고, 미륵불은 세상을 주지하네(釋迦佛衰謝, 弥勒佛当持世)"라는 전설을 이용하여 세상의 변혁을 위한 여론을 만들고, 패(貝)·기(冀) 등 지역(州)의 농민과 병사들을 부추겨 봉기를 일으키고, 미륵교를 이용하여 덕(德)·제(齐) 등 지역(州) 농민 및 병사들과 접근하고 봉기를 일으켜 국호를 안양(安阳)으로 정했다. 왕칙의 봉기는 비록 송왕조의 진압을 받아 실패했으나 통치계급에 심각한 타격을 주었다.

원나라 후기의 통치계층은 붕괴의 길로 나아갔으며, 농민과 승려들은 미륵강생의 전설을 이용하여 힘을 모으고 끊임없이 봉기를 일으켰다. 태정(泰定) 2년(1325) 하남 식주(息州) 조추사(赵丑厮)·곽보살(郭菩萨) 등은 "미륵불은 지금 세상에 있다(弥勒佛当有天下)"고 하는 구호를 내세우고 농민봉기를 발동하여 원나라 정권의 통치를 전복시키는 농민봉기의 서막을 열었다. 지원(至元) 3년(1337년)에 하남 출신인 봉호(棒胡)는 향을 태우며 사람들을 소집하여 "미륵깃발"을 들고 폭동을 준비했다. 지정(至正) 11년(1351년)에는 한산동(韩山童)이 "천하에 큰 난이 일어나 미륵불이 세상으로 내려온다(天下大乱, 弥勒佛下生)"이라는 구호를 공개적으로 외치자 강회(江淮, 장강과 회하) 일대의 농민들은 일제히 그를 따라나섰다. 류복통(刘福通)은 한산동을 전투 지휘자로 추천하고, 백련교와 연락을 취하도록 하여 농민들을 조직하여 수십만 군중을 이끌고 원나라 정권에 저항하는 투쟁을 벌였다. 이와 동시에 서수휘(徐寿辉)·팽영옥(彭莹玉, 彭和尚)도 백련교를 이용하여 농민봉기를 발동하고, 현재 호북, 호남의 일대 지역을 점령했다. 이 두 갈래의 농민군은 모두 홍색 두건을 썼기에 홍건군(紅巾軍) 또는 홍군이라 불렸다. 또한 모두 미륵불을 신앙했기에 '향을 태우는 군중(焚香聚众)' 또는 '향군(香军)'이라고도 불렸다. 홍건군은 원나라 군대의 주력부대와 용감하고 치열한 전쟁을 벌이면서 원나라 정권의 통치에 타격을 가했다.

　수·당 이래 농민들은 통치계급의 잔혹한 착취와 압박에 못 견디게 되어 여러 차례 "미륵강생"의 기치를 들고 힘을 모아 봉기를 일으켰다. 미륵보살에 관한 전설은 수·당·송·원 시기의 사회정치 변동과 줄곧 연관되었었다. 특히 농민봉기군들에 이용되면서 몽골귀족의 통치를 뒤흔들었다. 그리하여 명청시기 통치자들은 미륵보살 전설이 민간에서 떠도는 것을 아주 두려워했으며, 엄하게 금하거나 진압정책을 실시했다. 명확히 법적으로는 다음과 같이 규정했다. "무릇 미륵보살을 핑계로 하는 집회는 불법적인 짓이며, 민심을 유혹시키는 행위로서 그 우두머리를 교수형(絞刑)에 처하고 참여자들은 각기 곤장 백대에 처할 것이며 삼천리 밖으로 유배시킬 것이다. 이렇게 율을 정하니 각자 명심하기를 바란다."

　불교가 농민봉기 지도자들에 의해 농민운동을 호소하고 조직하는 수단으로 이용되었던 것은 중국 고대 전제사회의 중요한 정치현상이며, 또한 불교의 사회적 작용의 복잡성을 생동적으로 보여주는 사례였다.

제3절
불교사상의 사회정치적 작용

불교사상, 특히 불교의 중요한 사조는 사회정치에 어떤 영향을 미쳤는
가? 이 역시 본 장에서 서술하고자 하는 문제이다. 불교가 중국에 전해
진 후, 한나라부터 서진시기에 이르기까지 불교의 정치적 역할은 그다
지 뚜렷하지 않았다. 동진부터 당나라에 이르는 불교의 번영기를 거쳐
송·원·명·청시기에는 불교가 점차 쇠퇴의 길로 나아갔으며, 불교사상
이 한편으로는 송명이학(宋明理學)에 의해 흡수되면서 송명이학을 통해
정치적으로 작용을 했고, 다른 한편으로는 극단적인 종교로써 간주되면
서 그 작용의 발휘가 제한을 받게 되었다. 본 장에서는 한나라시기에서
서진시기까지와 송·원·명·청시기 이 두 시기에서 불교사상의 정치적 작
용에 대해서는 논하지 않고, 다만 기타 시기 불교사상의 정치적 작용에
대해 조감식(鳥瞰式) 서술을 하고자 한다.

1) 동진·남북조시기

이 시기의 불교사조는 주로 반야학·열반학·인과응보설로 구분된다.

반야학은 중국의 불교학자들이 인도불교 대승공종사상(大乘空宗思想)을
계승한다는 전제하에서 위·진시기 현학(玄学)의 본말유무사상(本末有无思
想)과 결합한 산물이다. 반야학의 중심 이념은 '공(空)'이다. "공"이란 일

체 사물은 무자성(无自性),무실체(无实体)란 뜻이다. 중국 승려들은 200년을 거쳐 인도대승공종의 비유비무(非有非無) 즉 무진공(無真空) 이론을 이해하고자 했다. 반야학은 모든 사물은 진짜가 아니고 가짜이며, 모두가 빈 것이라고 강조하면서 사람들로 하여금 사물을 구별하거나 사물에 집착할 필요가 없이 일체 사물은 모두 비유비무임을 깨닫는 최고의 경지에 도달할 수 있기를 원했다. 반야학의 이런 이론은 문벌사족의 통치권리 및 전제적 착취에 대해 집착을 객관적으로 제약할 수 없을 뿐더러 그들의 탐욕과 죄행을 덮어주는 역할까지 했다. 백성들에 대해서는 현실을 멀리하여 압박과 피압박 등에 연연하지 말고, 착취와 피착취도 따지지 말며, 나아가 봉기와 투쟁도 일으키지 말 것을 요구하였다. 반야학의 이런 사상이 당시 통치계급에 유리할 것은 뻔한 사실이었다.

진(晋)·송(宋) 이후 남조의 문벌사족제도는 날로 강화되면서 압박과 착취도 심해져 갔다. 그리하여 사회는 더욱 불평등한 모순이 나타나고 있었다. 이때 사람들의 사회적 심리에는 다음과 같은 문제에 봉착하게 되었다. 문제등급(门第等级, 집안이 등급)에는 고하귀천이 있지만, 인성에도 고하귀천 구분이 존재하는가? 문벌 지위는 타고난 것이지만, 성현재지(聖賢才智)도 운명으로 정해진 것일까? 불교학자 축도생(竺道生)은 특유한 현실감에 종교이론 형식을 결부시켜 상기의 문제들을 제기하면서 반야학으로부터 열반학을 홍보하는 데로 입장을 바꾸었다. 축도생이 주장하는 열반학이란 주로 불성(佛性)의 열반을 말하는데, 주요 논점은 다음과 같았다. 첫째, 사람마다 불성(佛性, 부처가 될 수 있는 내재적 근거)을 갖추고 있으며 사람마다 부처가 될 수 있다. 둘째, 돈오성불(頓悟成佛, 불교의 참뜻을 문득 깨닫고 부처가 되는 것 - 역자 주)사상이다. 즉 뭇 중생들이 불교의 이치만 터득하면 별안간 불교의 참뜻을 깨닫고 부처가 되어 열반의 경지에까지 이를 수 있다는 것이었다. 축도생의 이론에는 비록 중생 평등의 이념이 포함되면서 현실 불평등에 대한 반항의 의미가 있었지만, 반면에 불성 앞에서는 사람마다 평등하다고 한 것으로 종교 심성의 평등함으로 인해 잔혹한 현실적 불평등을 감추자는 것이었다. 또한 부처가 될 수 있다는 약속으로 사람들을 위안시키는 것은 사람들이 본분을 지키고 불교를 믿으며 이러한 비현실적인 해탈방식으로 고난을 벗어나도록 유도하려는 것이었다. 이는 열반학의 현실작용 역시 통치계급에 이용되고 있음을 잘 보여주고 있다.

인과응보설이란 중생의 언론과 행위(業)는 모두 선 또는 악에 따라 상응하는 보응이 따르며, 이번 생의 업은 이번 생에 보응을 받을 수도 있고, 다음 생에 보응을 받을 수도 있으며, 또는 수백·수천 생이 지난 후에 보응을 받을 수도 있다고 했다. 사람들은 인과응보설의 지배를 받기에 죽은 후 필연코 생전의 선행 또는 악행에 따라 고급 또는 저급의 생물체로 다시 태어나거나 또는 천당에 오르거나 지옥으로 내려간다는 것이었다. 사람들은 보응과 윤회를 초월하여 영원한 해탈을 얻도록 노력해야 한다고 불교는 주장했다. 이러한 방면에서 불교신앙은 특별히 중요했다. 사람들은 죄를 지은 후 불교를 믿으면 죄를 면하고 복을 얻게 될 것이라고 믿었다. 이는 불교가죄를 씻어주고 복을 주며, 사람들은 죄를 팔고 복을 살 수 있다고 홍보하는 것과 마찬가지였다. 이러한 이론이 민간에 널리 퍼졌으며, 커다란 영향을 미쳤다. 중국 전제통치 사회에서 이러한 이론은 전제적 통치의 수요에 완전히 부합되는 것이었다. 이러

한 인과응보의 사회적 작용을 통치계급들은 통찰했던 것이다.[16]

어떤 의미에서 볼 때, 불교의 인과응보설은 전제 통치이론과 법률의 부족함을 보완할 수가 있었다. 즉 통치계급의 보충수단으로써 하층 노동계급의 사상을 더 효과적으로 컨트롤하고 기초정권의 통치를 유력하게 수호할 수 있었던 것이다.

2) 수당시기

수·당 시기 불교는 전성기에 들어서면서 여러 개의 종파가 나타났다. 당시 중요한 종파로는 천태종(天台宗)·삼론종(三論宗)·법상유식종(法相唯識宗)·화엄종(華嚴宗)·선종(禪宗) 등이었다. 이 종파들은 각기 특색 있는 세계관과 인식론을 발표했다. 다음은 이 종파들의 핵심사상의 사회정치적 작용을 중심으로 소개하고자 한다.

천태종은 "일심삼관(一心三觀)"·"삼제원융(三諦圓融)"을 주장했다. '일심삼관'이란 일심(一心)이 동시에 공(空)·가(假)·중(中, 中道) 세 방면으로부터 대상을 완벽하게 관찰할 수 있다는 뜻이다. 공·가·중은 세 가지 관찰방법일 뿐만 아니라, 또한 일체 사물의 진실한 상상(相狀, 진실한 실제 모양)이라고 천태종은 주장했다. 때문에 '일심삼관'이란 동일한 시간대에 한 마음가짐으로 공·가·중 세 가지 실상(實相)을 관찰함을 뜻한다. 이 세 가지 실상을 '삼제(三諦)'라고도 부른다. 모든 사물은 공(空)하며 가(假)하다고 천태종은 여기는 것이며, 공·가는 사물의 본성이라고 생각한

---

16) "若彼愚夫, 愚婦, 理喻之不可, 法禁之不可, 不有鬼神輪回之說, 驅而誘之, 其不入井者幾希."(沈榜,《심방:『宛署雜記』 19권)

다. 즉 중도(中道)[17]와 맞물린다. 때문에 중(中)이라고도 한다. 이러한 공·가·중의 세 가지 이치는 세상 어떠한 경지에도 존재하므로 선후차제(先後次第) 관계가 아니라 동시에 존재하지만 서로 방해하지 않는다. 때문에 공·가·중을 "삼제원융"이라고 하는 것이다. 삼론종과 천태종의 이러한 사상은 아주 비슷하며 모두 사물의 공·가 특성을 강조하면서 집착하지 말아야 한다고 주장했다. 천태종과 삼론종의 이론을 한층 더 발전시킨다면 반드시 사람들로 하여금 현실의 고통에서 벗어나는 길로 유도하게 될 것이다.

법상유식종은 일체의 사물은 모두 주관적인 심식(心識)이 변한 것으로서, 심식은 불교의 지혜가 아니므로 반드시 심식이 지혜로 변한 후에야 불(佛)의 경계로 도달할 수 있다는 주장이다. 즉 미망(迷妄)[18]을 각오(覺悟, 도리를 깨달아 아는 것)로 전환시켜야 한다는 말이다. 평소 사물에 대한 집착으로 갖게 된 실제 견해를 사물 본래의 면모에 대한 이해로 바꾸고 불리(佛理)로 바꿔 이해해야 한다는 것이다. 실질적으로 말하자면 법상유식종의 목표는 사람들이 소박한 유물적 견해를 만물유식의 견해로 전환시키도록 유도시키기 위한 것이라 할 수 있다.

화엄종은 "사사무애(事事無碍)"를 주장한다. '사(事)'란 현상을 말하고 '무애'란 모순이 없음을 말한다. "사사무애"란 곧 일체의 현상 간에는 모두 모순이 없음을 말한다. 현상은 본체의 현현(顯現)이고, 본체는 일(一)이라고 화엄종은 주장한다. 즉 천차만별의 현상은 모두 동일한 본체의 표

---

17) 중도(中道) : 불교에서 밝힌 참다운 수행의 길. 양극단에 치우치지 않는 중정(中正)의 도로, 진실 된 도리를 말함

18) 미망(迷妄) : 사리에 어두워 실제로는 없는 것을 있는 것처럼 생각하고 갈피를 잡지 못한 채 헤맴

현이라는 것이다. 그렇기 때문에 구체적인 사물, 개별적 현상 사이에는 "원융무애(圓融無碍, 만법이 원융하여 일절 거리낌이 없음)"라는 것이다. 화엄종은 이 주장을 비러 우주 만사만물의 모든 관계는 큰 조화로움이라고 강조하지만, 사실 이는 객관적으로 사회모순과 계급모순을 조화시키고 등급사회를 미화하며 왕권통치의 영원한 안정을 도모하기 위한 것으로 풀이하고 있다.

선종은 사람의 본성은 워낙 청정(淸靜)한 것이며, 보리반야(菩提般若. 깨달음의 지혜)의 지혜를 소유하고 있다고 주장한다. 이 종파는 사람들이 원래 소유하고 있는 청정본심을 지적하면서 중생이 이러한 심성을 깨달을 때 성불(成佛)할 수 있다고 해석했다. 중생이 성불하지 못하고 있는 이유라면 항상 망념의 구름에 덮여 깨닫지 못하고 있기 때문이라고 했다. 만약 불리(佛理)를 통찰하는 누군가가 나서서 인도하면 모든 망념은 일체 사라지고 문득 청정본심을 느끼게 되면서 스스로 부처가 될 것이다. 이것이 바로 선종의 근본 취지인 "성정자오(性淨自悟)"설이다. 이는 사람들에게 "반본환원(返本還原, 본래의 근원으로 돌아가다 - 역자 주)"의 자기완성의 길을 제시해준 것이다.

상기 종파들의 불교사상을 통합해 보면, 거의 모두 사람들의 보편적 인식과 견해를 변화시켜 사물에 대한 구별과 집착을 버릴 것을 강조했다. 이로써 사물의 공리(公理)를 깨닫거나 사물간의 "원융무애" 이치를 깨닫거나, 또는 망념을 버리고 본성을 깨닫는 경지에 달할 수 있다고 설명했다. 이런 사상들을 수·당시기의 공간·시간·환경조건으로 분석할 때, 우리는 다음과 같은 결론을 얻을 수 있다. 즉 직접 또는 간접적으로 사람들의 혁명사상을 무력화 시키고, 현실을 외면케 하며, 투쟁의식을 상실케 함으로써 전제정권의 계급통치를 수호하려는 사회적 작용을 하게 하는데 있었다고 말할 수 있는 것이다.

3) 근대시기

전제사회가 날로 몰락하고 송·명 이학(理學)의 폐단이 날로 뚜렷해지자 명조 말기 청조 초기의 진보적 사상가인 이지(李贄, 이탁오)와 훗날의 공자진(龔自珍) 등은 불교를 빌려 예교(禮敎)를 비판하고, 불교를 송명 이학의 사상무기로 삼았다. 청조 말기에 이르러 전제 정권에 대한 변혁의 목소리가 이미 중국 대지에 퍼졌으며, 일부 근대 자산계급 사상가들이 역사무대에 등장하면서 사회 변혁을 호소하고 사회 개조를 추진했다. 하지만 여러 원인으로 말미암아 그들은 서학(청 말의 서양학)을 제대로 받아들이지도 이해하지도 못했다. 그들은 이학(理學)이 말하는 소위 "극단적인 불학(佛學)"을 향해 필요한 내용을 흡수하면서 자신들의 무기로 삼을 만한 이론들을 찾으려고 시도했다. 예를 들면, 강유위(康有為)·담사동(譚嗣同)·엄복(嚴復)·양계초(梁啟超)·장태염(章太炎) 등은 모두 불교의 중생평등(眾生平等)·자비구세(慈悲救世)·용맹무외(勇猛無畏) 등 추상적인 설교이론으로부터 사상을 흡수하여 자산계급의 사상체계를 구축하는 소재로 삼았다. 강유위는 최고 사회의 이상(理想)을 주장한 자신의 저서 『대동서(大同书)』에서 대동세계와 불교의 극락세계를 함께 언급하며 불교의 "거고구락(去苦求乐)"을 대동세계를 실현하는 표지로 삼았다. 이는 사실상 불교의 자비구세주의를 자산계급 개량주의를 실현하는 도구로 삼은 것이다. 담사동은 선종과 유식종 등 종파의 일부 교의를 흡수하여 '인학(仁学)'의 체계를 만들고 자산계급의 평등·박애 사상을 홍보했다. 그는 또 불교의 "내가 지옥에 가지 않으면 누가 지옥에 가겠는가"라는 정신을 굳게 믿고 죽음을 두려워하지 않았으며, 전제 통치세력과의 투쟁에서 자신의 생명을 주저 없이 바쳤다. 양계초는 불교 입교의 목적을 강조하면서 "사람마다 부처님과 평등"하도록 하며, "자신을 희생하고 남을 구하는 큰 업(業)은 오직 불교만이 가능하다"고 강조했다. (『불교와 군치(群治)의 관계』) 그는 사람들이 지옥으로 가는 정신으로 '구국(救國)', '도세(度世, 삶과 죽음의 현실을 극복하고 이상향인 열반에 들어가는 것)'할 것을 호소했으며, 전제정권의 독재통치를 반대하고, 사람마다 평등한 사회를 실현할 것을 주장했다. 장태염은 혁명이 성공하지 못한 원인은 바로 국민 도덕의 타락과 부진 때문이라고 생각하고, "희공(문왕[文王]과 공자[孔子])의 유언은 이미 세상의 발전 추세를 더 이상 만회할 힘을 상실했다. 즉 이학(理學)은 세상에 존재할 힘을 잃었다. 자비 법상의 이치와 화엄적 행위가 아니면 모든 법의 진리에 대하여 잘못된 견해를 가지는 번뇌를 통제할 수 없고, 오염된 풍속을 맑게 할 수 없다"[19]고 주장했다. 또한 그는 선종의 "스스로 자신의 마음을 귀하게 여기고, 귀신을 믿지 않는다(自貴其心, 不援鬼神)"는 정신으로 사람들의 혁명투지를 고무 격려했다. 자산계급 개혁파들은 성심성의껏 불교사상을 통해 자신들의 무사 무위한 품격, 국민도덕의 개조 및 전제사회에 대한 개혁을 홍보했다. 이는 불교의 일부 사상이 특정한 역사적 조건하에서 적극적인 역할을 했음을 보여준다. 이러한 불교사상의 제한성·신비성 등이 갖는 특성은 자산계급 개혁파들의 사업이 성공하기 쉽지 않았던 현실에서 당연히 결정적 요소가 되었다. (물론 이러한 실패에는 다른 심각한 원인도 있었다.) 심지어 불교

---

19) "姬孔遺言無復挽回之力, 即理学亦不足以持世, … 自非法相之理, 華嚴之行, 必不能制惡見而清污 俗)"(『인무아론(人無我論)』)

는 일부 소극적 염세 인생관을 가진 사람들의 안식처가 되기도 했고, 혁명을 반대하는 도구로 이용되기도 했다. 장태염은 신해혁명(辛亥革命)후 『오무론(五無論)』을 창작하여 무정부(無政府)·무취락(無聚落)·무인류(無人類)·무중생(無衆生)·무세계(無世界)사상을 홍보했다. 그는 일체 사물이 모두 '공(空)'하며 본체가 없다고 하는 '법공(法空)'사상을 주장하여 세상의 모든 것을 말소시키고 훼멸시키면 원만하게 된다고 생각했다.[20] 양계초는 신해혁명 후 계급투쟁을 반대하고 사회주의 무산계급 혁명을 적시하는 언론을 더 많이 펼쳤다.

---

20) "衆生悉證法空而世界鳥之消弭, 斯鳥最後圓滿之期也."

제4절
불교와 중국 정치관계의 특징

상기의 논술 내용을 종합해 보면, 불교와 중국 정치관계의 특점에 대해서는 다음과 같은 견해를 얻을 수 있다.

1) 불교는 '해탈(解脫)'·'출세(出世)'를 표방하고 현실적 정치이론이 부족했으며, 중국 정치사상 발전역사 중 별로 특별한 지위를 차지하지는 못했다. 하지만 전제통치계급과 직접적 연관이 있었으며, 하층 민중의 전제통치 반대투쟁과도 어느 정도 연관이 있었다. 동진시기부터 원나라 말기에 이르기까지, 그동안 상황이 다르기는 했으나 불교는 사회정치의 변동과 긴밀히 연관되어 있다는 점만은 변치 않았다. 불교가 사회정치에 대한 영향 및 작용은 대단히 컸고, 오래 지속 되었다. 불교와 중국정치 간의 관계를 연구하는 것은 중국불교의 중요한 부분일 뿐만 아니라, 중국 역사를 연구하는데도 중요한 내용이 되고 있다.

2) 중국 고대 전제 통치자들이 네 차례의 멸불(滅佛)사건을 일으킨 근본원인은 경제와 정치 이익의 모순 때문이었다. 즉 사찰이 증가하고 경제적으로 팽창하자 이러한 상황은 통치계급의 토지·노동력·재부·병사 보충 등 현실 이익면에 직접적인 손해를 주었다. 전제통치계급에게 있어 이익은 근본적이고 신앙문제는 부차적이었다. 불교와 이익 간에 모순이 생길 경우 전제통치계급은 망설임 없이 훼불 조치를 선택했으며,

이로써 자신의 이익을 수호하고자 했다. 이로부터 알 수 있는 것은 불교와 전제통치계급은 대립과 통일의 관계였다는 점이다. 불교는 전제통치계급을 위해 봉사했고, 통치계급은 불교를 지지하고 지원해 주면서도 서로 상대방의 이익을 침범하는 경우도 있다. 이 두개의 방면은 한 시기에 병존한 것이 아니라 역사적 조건의 발전에 따라 변화하고 발전했다. 우리는 반드시 전반적·역사적 시각으로 불교와 중국 전제통치 양자 간의 모순되고 통일되는 이러한 두개 방면을 직시해야 할 것이다. 그래야만 비로소 역사적이고 객관적인 양자 관계를 이해할 수 있는 것이다.

3) 중국불교는 전제통치 사회모순과의 투쟁과정에서 부단히 변화했으며, 새로운 역사조건 및 지리적 조건에 따라 변화해왔다. 따라서 역사적인 정치역할도 복잡했다. 이러한 정치역할의 복잡성에는 다음과 같은 점이 포함된다. 내용적으로 복잡다단하며, 불교의 적극적인 역할과 소극적인 역할이 뒤엉켜 있으며, 주요 역할과 부차적 역할이 구별되면서도 서로 연관되어 있다는 점이다. 중국불교의 정치적 역할 중 가장 기본적인 역할은 전제통치계급을 위해 봉사하는 것이었다. 이는 주로 세 개 방면에서 체현되었다. 첫째는 전제왕권을 위해 합리적인 신학 논거를 제공했다는 점이다. 둘째는 일부 고승들이 직접 최고 통치계급을 위해 책략을 제안하고 군사활동을 위한 결정에 참여했다는 점이다. 셋째는 인심을 무마하면서 "일체개공(壹切皆空)"·"초탈진세(超脫塵世)"·"인과보응(因果報應)"·"천당지옥(天堂地獄)"·"용인조화(容忍調和)"·"공손유순(恭順柔馴)" 등의 교의로써 군중들을 세뇌시켜 본분을 지키고 저항심을 망각하게 했다는 점이다. 불교는 또한 궁중에서 신임을 잃고 정치에서 타격받은 일부 귀족·관료들에게 한 갈래의 출로를 제공해 줌으로써 통치계급 내부의 모순을 완충시키는 역할도 했다. 상황에 따라 전제통치계급은 불교

를 민족 간의 단결을 촉진시키고, 이웃 나라와 친선을 도모하는 유대 역할을 하게 하는데도 활용되었다. 이때 불교는 그 특수하고도 적극적인 역할을 충분히 발휘했다.

이상의 내용들은 불교의 주요 정치적 역할로 귀납할 수 있다. 즉 불교는 일부 추상적 형식으로 교리를 설명하는데, 즉 이상·희망·도덕·평등·자애·중생 구제·자아 희생 등 사상과 일부 전설 등은 고대 농민봉기를 위해 열정·환상·호소력·핑계 등을 제공했으며, 또한 근대 자산계급 개혁파들을 위해 이론·사상·용기·힘을 제공해 주었다. 꼬집어 말하자면, 모든 불교 교의에는 직접 또는 명확히 백성들의 혁명·역모·봉기·혁명을 고무 격려하는 체제적 이론은 없었다. 다만 역사상 진보인사들이 불교이론을 이용하고, 그 사상을 발휘케 하여 민중을 개조시킴으로써 자신들의 정치적 투쟁수단으로 이용하였을 뿐이라는 점이다. 그러나 비록 그렇다고는 할 수 있지만, 이런 상황은 우연적이 아닌 것으로 불교의 일부이론이 어느 정도는 진보인사들의 두뇌에 힌트를 줬던 것은 명확하다. 그렇기 때문에 진보적 투쟁에 이론으로 이용될 수 있었던 것이다. 이처럼 불교가 이용될 수 있었던 것은 그러한 사상이론 요소와 근거가 있었음이 분명하다. 불교를 이용하여 진행한 농민봉기 또는 자산계급 개혁투쟁은 최종적으로 승리를 거두지는 못했다. 결국 이런 결과는 불교이론의 제한성과 연관되었던 것이 아니었을까 생각된다.

종합해서 볼 때, 중국불교는 전제통치세력을 위해 복무하는 것이 주요한 역할이었고, 진보 세력에게 이용된 것은 부차적인 것이었다고 할 수 있다. 이런 결론을 뒤엎거나 두 가지 역할을 같은 레벨로 언급하는 것은 바람직하지 않다고 본다. 우리는 불교의 주요 역할을 강조하고 부차적 역할을 무시하거나 경시해서는 안 됨은 물론, 부차적 역할로써 주요 역할을 감추는 것 역시 안 되는 일이다. 불교가 전제정권의 정치를 위해 봉사할 때, 우리는 불교의 소극적인 역할을 볼 수 있는 한편 동시에 적극적인 역할도 엿볼 수 있다. 예를 들면, 민족의 단결을 촉진시키고, 이웃 나라와의 친선을 도모하는 이러한 현상은 명·청시기 전제정치의 다른 한 측면인데, 이때의 불교 역할을 일괄적으로 소극적이라고 할 수 없다는 것이다. 불교가 농민봉기 및 자산계급의 개혁투쟁에 대해 적극적 역할을 했다고 할 경우 이를 분석할 때는 불교의 필연적 제한성도 반드시 함께 언급해야 할 것이다. 왜냐하면 마르크스 레닌주의 기본 이론과 기본 방법에 따라, 역사 사실로부터 출발하여 구체적 문제는 구체적 상황으로 분석해야 만이 비로소 불교와 중국정치 간의 관계에 대해 역사와 부합되는 세부적인 결론을 얻을 수 있기 때문이다.

제2장

불교와 중국의 윤리

제2장
불교와 중국의 윤리

　불교학에는 계(戒)·정(定)·혜(慧) 3학이 포함된다. 계, 즉 계율은 불교도들의 악행을 금지하기 위한 청규계율(淸規戒律)을 말한다. 정, 즉 선정(禪定)은 수련자들이 명상을 하고 참 뜻을 깨달으며 정욕을 끊는다는 것을 말한다. 혜, 즉 지혜는 수도자들이 번뇌와 방황을 단념하고 해탈에 이르는 것을 말한다. 3학 중 계학·정학은 모두 도덕 수양 방면의 학설이며 혜학 역시 일부 불교 도덕 학설 내용이 관철되어 있다. 이로부터 알 수 있듯이 불교는 일종의 윤리도덕 색채가 농후한 종교이다. 불교는 인생을 고해라고 여긴다. 때문에 인생의 해탈을 얻는 것을 최고의 이상으로 생각한다. 이를 실현하기 위해서 일련의 거악종선(去惡從善) 이론학과 윤리도덕 준칙을 제기했으며, 종교 윤리도덕의 사상계를 구성했다. 불교의 윤리도덕 관념은 완전히 불교의 인생관·해탈관에 복종한다. 불교가 중국에 전해온 후, 불교의 도덕윤리 사상 특히 출생평등·출가·현재 사회질서를 탈출하려는 관념 등 사상은 중국 전제사회의 등급제도 및 유가 윤리도덕 관념과 우열을 가리기 어렵게 되면서 첨예한 모순을 형성했다. 불교 윤리도덕 관념과 유가 삼강오륜 관념의 상호 대립은 사실 중국 전통 문화사상·민족 심리·민속풍습에 대한 최고의 도전이었다. 두 가지 사상문화의 커다란 분기는 마찰과 투쟁을 끊임없이 불러 일으켰다. 불교는 그 전파 과정에서 끊임없이 모순에 직면하고 모순을 조절하고 해결하는 과정을 겪게 된다. 이러한 과정의 기본 추세를 보면, 불교는 중국 고대 전제 사회 정치·경제상황의 제약과 결정을 받는 한편, 또 유가 전통 관념의 저지와 영향도 받았기에 자연히 중국 현지의 정치·경제·문화 등 여러 방면의 구조와 적응하는 변화 발전의 추세를 보였다. 이로써 유가사상을 조화시키고 충효관념을 홍보하는 중국 불교의 윤리도덕학설을 형성했다. 이는 인도불교의 윤리도덕과 구분되기도 하고, 중국 고대 전통 윤리도덕 사상에 대한 보충이기도 하다. 불교의 심성수양경로(心性修養途徑)는 당나라 이후의 유가 학자들에게 받아들여졌으며, 점차 유가의 도덕수양 방법으로 변형되었다. 근대에 이르러 불교의 도덕은 자산계급 개량파·민주파들에 의해 국민도덕을 개조하고, 전제주의를 반대하는 투쟁 도구로 이용되었으나 효과는 미약했다.

제1절
인도불교의 윤리도덕관

　인도불교의 윤리도덕 관념을 보면 소승불교로부터 대승불교로 변화하는 과정을 겪었다. 소승불교 윤리도덕은 고통 속에서 삐뚤어진 인성에 대한 분석으로부터 "인생은 고통이다"라고 판단하며, 자신의 생리적 욕망을 버릴 것을 강조하면서 출가하여 고된 수행을 함으로써 자신의 고통을 제거할 수 있다고 주장했다. 개인적 수행을 거쳐 해탈을 얻는 것이 특점이다. 그러나 사회의 민중생활·민족운명에 대해서는 냉혹하고 냉담한 태도였다. 대승불교는 소승불교의 윤리도덕관을 개조·발전 시켰다. 고(苦)와 난(難)으로부터 중생을 구제하는 것을 도덕의 출발점으로 하며 "자비희사(慈悲喜捨)"·"자리이타(自利利他)"·"자각각인(自覺覺人)"을 강조하고 개인적 해탈과 중생의 해탈을 통일하는 것이 진정한 해탈의 목적이라고 주장했다. 소승불교와 비교할 때 대승불교는 인간관계와 사회 관심이라는 새로운 내용이 추가된 것이다.

　불교 도덕행위의 근본적 준칙은 "일체 악행은 하지 마라", "선행만 하라"이다. 이는 인과응보설로부터 출발한 것이다. 인과응보설에 따르면, 인생의 운명과 앞날은 완전히 인과율(因果律)의 지배와 통치를 받으며, 선행은 선의 결과를 초래하고 악행은 악과를 초래한다고 했다. 사람들은 평범한 인간으로부터 성불(成佛)하기까지 끊임없는 수행(修行)과정을 거쳐야 하므로, 악을 버리고 선행할 것을 고집하며, 죄와 잘못을 수정하는 과정을 되풀이 해야 한다는 것이다. 불교에서 말하는 '선'이란 대체로 두 가지의 기본 내용이 포함된다. 첫째는 중생을 존중하고 중생을 침범하지 않고 중생에 해를 끼치지 않고 중생을 도우며 나아가 중생을 구제하는 것, 즉 자비박애(慈悲博愛)라는 점이다. 둘째는 자기수행에 불리한 일체의 사상·언론·행위를 버리는 것으로, 다시 말해서 개인의 사상·언론·행위는 모두 수행을 하여 성불하는데 유리하도록 유도해야 한다는 것이다. 불교에서 말하는 '악'이란 앞에서 말한 '선'의 내용과는 상반된 사상·언론·행위가 포함된다. 불교의 '거악종선' 사상은 불교 제자들에 대한 일련의 속박·제한적인 규율 규정인 계율(戒律)에 집중적으로 체현되며, 불교제자들의 수행방식에 대한 규정에서도 표현된다. 예를 들면, 오계(五戒), 즉 집에 있을 때 불교 제자들이 반드시 준수해야 하는 오계(五戒)에도 특정한 사회 윤리적 의미가 포함되어 있는 것이다.

즉 '불살생'이란 어떠한 방식임에도 물론이고 각종 생명체에 대한 살생을 금지하는 것으로, 이는 바로 각종의 생명체는 평등권이 있다는 것을 말하는 것이다. 이는 자학하고 자신을 괴롭히는 일부 방식과는 큰 구별점을 보이고 있다. '불투도(不偸盜)'는 타인의 재산과 관리를 할 때, 절도·침범하는 행위를 금지한다는 것이다. '불사음(不邪淫)'은 남녀의 부정당한 관계를 금지한다는 것이다. '불망어(不妄語)'란 허위를 버리고, 개인적 집단적 믿음과 이해를 격려하는 것이다. '불음주(不飮酒)'란 자극을 피하고, 개인적인 정신안정을 유지하며, 그렇게 함으로써 사회의 안정질서를 유지하자는 것이다. 이들 '오계' 중 불살생에는 이중적인 역할이 있다. 예를 들면 인간을 보호하고 농경에 필요한 소 등 가축을 보호하는 한편, 사회의 쓰레기 같은 인간이나 인간에게 해를 끼치는 해충까지도

구분하지 않고 보호해야 한다는 것을 말한다. 계급사회에서 이런 도덕적 조목은 진보세력에 의해 이용되기도 하고, 낙후 세력들에 의해 이용되기도 한다. 초기 불교에서 뚜렷했던 금욕사상과 달리, 오계 중, 소위 '음란죄'는 세 번째 위치로 변했으며, 금지하는 분야도 상대적으로 제한되었다. 그리하여 가정은 더는 인생의 질고나 수행의 장애물로 간주하지 않았다. 이로써 통치계급의 윤리원칙을 수호했으며 사회질서 안정을 지키려고 했던 것이다.

중생 구제를 주장하는 대승불교는 중생을 대상으로 하고, 중생을 깨우치며 중생을 고해로부터 해탈시키는 것을 개인적인 성불(成佛)·지덕(知德)을 키우고 축적하는 표준으로 삼는다. 신도들이 생사에서 경지로 향하는 수행방법을 '육도(六度)'로 귀납시켰으니 곧 보시(布施)·지계(持戒)·인욕(忍辱)·정진(精進. 노력)·선정(禪定)·지혜이다. 그중 보시와 인욕·선정을 가장 중요시 했다. 보시와 인욕은 서로 보완하는 종교의 수행방식이며 모두 도덕적 색채가 있다. '보시'는 신교도들이 자신의 지혜·체력을 이용하여 가난한 사람을 구제하고 요구자들을 만족시키되 유독자신의 재산과 생명은 중히 여기지 말고 아낌없이 중생에게 베풀고 헌신한다는 주장이다. 불교경전에서 크게 홍보했던 보시의 대표적인 인물은 태자 서대나(須大拏)였다. 그는 자신의 나라·전원·아내·노복뿐만 아니라, 자신의 오장육부마저 분할하여 사람들에게 나눠주었다. 또한 일부 불교도들은 자비를 베풀어 중생을 구제하기 위해 심지어 자신의 몸을 범의 먹이로까지 바쳤다. 현실의 고통을 해탈하기 위한 수단으로서 이러한 행위는 잔혹하고 야만적이며 우둔하기까지 하다. 물론 자기를 희생하는 정신이 없다는 것은 아니다. 불교경전에서 사찰과 승려들한테 보시를 해야 한다고 강조한 것은, 불교의 사회적 의존심과 갈취성을 폭로해준다. '인욕'이란 신교도들에게 신념을 굳게 하고 신앙에 충실하며 "끓는 불처럼 혹독하고, 참을 수 없는 고난(湯火之酷, 菹醢之患)"을 겪더라도 절대로 중생을 해치는 일을 해서는 안 된다는 관점이다. 즉 자신을 향한 사람들이 상처를 주는 언행에 대해서도 흔들림이 없고 인내해야 한다는 것이다. 이 두 가지 신조는 서로 다른 시기에 있어서 그 내용과 의미가 모두 달랐다. 역사적으로 일부 사람들의 선량한 동기를 유발시키기도 했고, 일부 사람들이 자기희생을 하는 열정을 불러일으키기도 했다. 이에 대해서 자신의 재부와 생명을 버리고 많은 어려움에 처한 대중들의 인내하는 정신과 헌신하는 정신을 찬송하면서, 이러한 고난을 만든 죄악의 본질을 덮어 감추려는 소극적인 역할도 뚜렷했다. 불교 도덕의 중요한 특징 중 하나는 도덕을 초월한 경지를 추구한다는 점이다. 불교의 근본 취지는 인생의 고통과 세상의 우환(憂患)을 깊이 체감하고 현실을 초월하는 해탈과 열반을 최고의 이상 경지로 생각한다는 것이다. 이 이상적인 경지는 도덕을 버리고 초월했다. 불교 입장에서는 선과 악이 있는 도덕적 세상은 차별이 있지만, 해탈 열반의 경지는 무차별하다는 것이 그 이유였다. 불교는 불교제자들이 행동적으로 '거악종선'하기를 격려하는 한편, 불교 제자들은 시비선악을 초월하는 것을 이상 목표로 삼아야 한다고 강조한다. 이 두 가지는 긴밀히 연관되어 있으며, 불교 도덕을 이행하는 것은 해탈의 경지로 향하는 유일한 필요 단계이며, 불교의 도덕 실천에는 현실적 공리(功利)를 목적으로 하지 말고 비공리적 종교이상을 추구해야 함을 취지로 하였다. 즉 시비이해의 일체차별을 초월하는 것을 최종 목적으로 했던 것이다. 대승불교는 열반 해탈이 비록 불교에서 추구하는 최고의 이상이지만, 이는 소수인의 일만이 아니라고 주장한다. 그래서 수행을 거쳐 열반의 경지에 이르러 성불한 후, 중생을 구제하기 위해 열반에 들지 않고 현실세계로 깊이 침투하여 인간세상에서 계속해서 세상 사람들을 교화(敎化)시켜야 한다는 것이다. 이는 해탈 후 다시 현실세계로 돌아오는 도덕활동이다. 불교가 도덕을 초월하고 현세의 초월을 최고 이상으로 하지만, 그 심층 이론은 무아론(無我論)이다. 불교는 무아론을 우주만물의 법칙으로 간주한다. 그렇기 때문에 개인적 집념과 욕망의 무절제를 반대하며 오직 이러한 것을 절제하고 욕망을 버려야만 무아의 경지에 도달함으로써 진정 최고의 해탈 경지에 도달할 수 있다고 생각하는 것이다. 이로부터 우리는 무아 도덕이 불교의 최고 이상이라고 말할 수 있다.

제2절
초기 한역(漢譯) 불교경전은 중국 유가윤리의 경향을 띠었다

불교는 한나라 때 중국 내륙에 전해졌다. 처음에는 불교경전을 번역하는 방식으로 전파하였고 그 영향력을 키워갔다. 인도불교는 고대인도의 사회생활·국가법제·풍속습관으로부터 유래되었고, 인도의 신화와 전통사상을 비판적으로 흡수하면서 정리된 것이다. 그가 체현하고 주장하는 사회의 인간윤리 관계는 당연히 중국과 현저히 달랐다. 중국은 중앙집권적 전제주의 국가이며, 자연경제의 기초 위에서 가족 종법제도를 핵심으로 하는 봉건 윤리관계를 형성했던 나라였다. 그렇기 때문에 유가의 군신·부자·부부·형제·친구 등 일련의 삼강오륜(三纲五常) 명교(名教)·충·효 등 도덕관념 및 충·효 관념과 대응하는 중국의 전통 종교 미신의 기본관념인 제왕은 천·조상 숭배와 관련된 귀신은 전제의 통치 질서를 수호하는 중요 도덕적 규범과 종교 미신관념이 되었다. 이는 은(殷)·주(周)시기 이후 가장 확고한 혈연관계 위주인 종법사상으로 발전했다. 불전 중 윤리적 내용을 원문 그대로 번역한다면, 중국전통의 윤리 도덕관념과 서로 저촉되며, 전제 통치세력 및 사상계의 반대를 받게 될 것이며, 자연히 자신의 지위를 잃게 될 것이다. 동한(東漢)시기부터 동진(東晉)시기에 이르는 사이, 초기의 불교경전 번역가들은 정치적 감각이 민감하게 이 점을 감안했기에, 그들은 번역작업 중 선택·삭제·줄임·증가 등의 수단을 통하여 한역 불전이 가능한 한 중국의 가족윤리와 서로 부합되도록 애를 썼다. 이는 중국에서의 불교 전파를 위한 기회를 얻어줬으며 나아가 중국에서의 불교 전파를 촉진시켰다.

불교의 윤리사상과 관련된 초기 한역본 불전 저서는 주로 다음과 같다. 동한시기 안세고(安世高)의 『시가라월육방예경(尸迦羅越六方禮經)』(약칭 『육방예경』), 서진시기 지법도(支法度)의 『선생자경(善生子經)』, 동진시기 승가제바(僧迦提婆)의 『선생경(善生經)』(『대정장·중아함경 (大正藏·中阿含經) 』33권 참조), 동진 시기 불타발타라(佛馱跋陀羅)의 『화엄경』60권 본, 동진시기 번역한 것으로 추정되는 『나선비구경(那先比丘經)』, 후진(后秦)시기 불타야함(佛陀耶舍)과 축불념(竺佛念)이 공역(共譯)한 『(遊行經)』과 『선생경(善生經)』(『대정장·장아함경 (大正藏·長阿含經) 』2권, 11권 참조) 등이다. 한역본 불전 중 인간관계에 관한 내용들도 있는데 특히 남녀 관계·가정 관계·주종 관계에 대해서 역자는 일일이 중국 유교윤리 도덕관념에 맞도록 조정을 했다.[21]

남녀관계 : 고대 인도사람과 인도불교는 남녀관계에 대해 별로 신중하지 않게 다루었다. 인도에서 기생들은 차별 대우를 받는 업종이 아니었다. 실제로 불전에는 기생 모자가 불교사상을 홍보하거나, 또는 모녀가 함께 시집가서 모친이 아들을 낳았다는 내용이 적혀 있기까지 하다.

---

21) 중국의 저명한 역사가 陳寅恪이 漢訳仏典과 팔리어문 불전을 서로 대조하여 1932년에 쓴 《蓮花色尼出家因緣跋》(《陳寅恪文集 중 하나인·寒柳堂集》(《清華学報》, 第7卷, 1932(1)), 한역불전에는 인도불전 중에 있는 남녀 성교 에 관한 서술이 빠져버렸다. 일본 학자 中村元도 한역불전과 인도불전 원문을 비교하여 《儒教思想对仏典漢訳帯来 的影響》을 썼다. (《世界宗教研究》, 1982 (2)). 이 절에서는 그들의 논점을 참고하였다.

이러한 내용은 중국유가에서 언급한 남녀관념과는 완전히 양극인 셈이다. 그렇기 때문에 한역본 불전에서는 반드시 '포옹'·'키스' 등의 단어를 피해야 했고, 기생에 대한 묘사도 삭제해야 했다. 돈황 사본(寫本) 『제경잡연유인유기(諸經雜緣喩因由記)』 제1편에는 연화색 비구니(蓮花色比丘尼)의 출가 인연에 대한 기록이 있다. 그중 '연화색' 비구니가 출가하는 관건적인 대목은 빼버렸다. '연화색' 비구니는 여러 번 시집갔었는데 이러한 이유로 자신이 낳은 자식들과는 두 번 다시 만나지를 못했다. 그리하여 훗날 딸과 함께 자신의 친아들에게 시집을 가는 경우가 발생하게 되었던 것이다. 후에 사건의 진실을 알게 된 연화색 비구니는 수치감에 못 이겨 출가하게 되었다. 이런 이야기는 중국 전통의 윤리 관념과 전혀 다르기에 번역본에서 삭제해버렸다.[22] 인도의 불전은 남녀를 병칭할 경우, 때로는 여성을 앞에, 남성을 다음으로, 즉 여선남후 순서로 할 때가 있었다. 한역불전의 경우는 이러한 방식은 중국의 습관에서는 전혀 불가능하기에 "여자와 남자"를 애매한 문자로 대체하여 표현했다. 인도 불전에서는 '처를 취하다(娶妻)'를 한역 버전에서는 '처첩을 취했다(娶妻妾)'로 번역되었다.

부부관계 : 인도불전의 원본(『신가라에 대한 가르침(對辛加拉的敎導)』)에는 아내로서의 다섯 가지 미덕을 열거했다. 첫째, "일을 잘 처리할 것." 둘째, "가족을 잘 대할 것." 셋째, "잘못된 길로 들어서지 말 것." 넷째, "모은 재산을 지킬 것." 다섯째, "맡은 바 일을 재치 있고 부지런히 할 것." 하지만 한역본 『육방예경(六方禮經)』에서는 다섯 가지 미덕에 대

---

22) 진인각(陳寅恪), 『연화색 비구니 출가인연 발(蓮花色尼出家因緣跋)』 참조.

해 수정과 설명을 했다. "첫째, 남편이 외출했다 돌아왔을 때는 일어나서 맞이할 것. 둘째, 남편이 외출하면 방청소를 하고 취사를 하면서 기다릴 것. 셋째, 다른 남자한테 마음을 둬서는 안 되며 남편이 꾸지람을 하더라도 노여워하는 기색을 띠거나 말대꾸를 하지 말 것. 넷째, 남편의 정당한 훈계는 받아들이며 집안의 공동재산을 사사로이 감춰서는 안 된다. 다섯째, 남편이 잠자리에 든 후 아내가 휴식한다." 이러한 번역에는 남편을 아내보다 높이 받들고 아내는 전적으로 남편을 시중들고 절대적으로 순종해야 한다는 뜻이었다. 인도불전의 원본에는 "남편은 아내를 받들며 아내는 남편을 사랑한다"라는 내용으로 서술되어 있지만, 한역본에는 "남편은 아내를 주관하다(夫視婦)"(『육방예경(六方禮經)』), 또는 "아내는 남편을 섬기고" "남편을 잘 대해주고 존경하고 순종해야 한다"(중아함경 『中阿含經』 33권 『선생경(善生經)』참조)는 내용이 있다. 이는 남편이 아내에 대한 의무를 약화시킨 것이고, 아내는 남편에 복종하는 의존적 존재임을 강조했던 것이다.

부자관계 : 초기단계 불교의 가족윤리는 이전의 바라문교(婆羅門敎)에서 강조했던 "부친은 가장이고 아들은 부친에게 무조건 복종한다"는 관점을 배제했다. 인도의 불교경전을 보면 어머니의 지위는 아버지의 지위보다 높았으며, 양친부모를 함께 언급할 때는 "모친과 부친"의 순서로 했는데, 즉 어머니를 아버지 호칭보다 앞에 두었으며, 불전에 나타나는 모든 인물의 이름도 모두 어머니 성을 따랐다. 인도불교의 이러한 가족관념은 중국의 부계(父系) 가장제도와는 대립되었다. 그 때문에 한역불전에서는 양친을 언급한 단어의 순서를 일률적으로 "부친과 모친"의 순서로 바꿨으며, 간혹 원문에 없던 "효제부모(孝諸父母)"라는 구절까지 보충해 넣었던 것이다. 또한 인도불전의 원본인 『신가라에 대한 가르침(對

辛加拉的教導)』에서는 자식은 다음과 같은 정신으로 부모님을 모셔야 한다고 강조했다. 첫째, "부모님은 나를 키우셨고 나는 부모님을 모셔야 한다." 둘째, "부모님을 위해 자식으로서 응당 해야 할 일을 해야 한다." 셋째, "집안의 계통을 지킨다." 넷째, "재산을 계승한다." 다섯째, "적절한 시기에 조상님을 모신다." 그러나 한역본에는 원문에 없던 내용을 추가했다. 즉 『선생경(善生經)』에는 다음과 같은 구절들이 보충되어 있다. "모든 행위는 부모님께 먼저 아뢰며" "부모님의 행위에는 순순히 따르고 거역하지 않으며" "부모님의 명령에는 순종하고 반항하지 않는다". 『선생경(善生經)』의 다른 번역본에는 "모든 사적 물건은 전부 바쳐야 한다"라는 내용이 추가되어 있다. 그 외 『선생자경(善生子經)』은 "오직 부모를 기쁘게 해드려야 한다(唯歡父母)"라는 내용을 추가했다. 『육방예경(六方禮經)』에는 자식으로서 지켜야 할 의무의 내용까지 구체적으로 서술했다. 즉 "첫째, 살아갈 방도를 당연히 생각해야 한다, 둘째, 일찍 일어나 노비들로 하여금 밥을 짓게 한다. 셋째, 부모님의 걱정을 더해주지 않게 한다. 넷째, 부모님의 은혜를 잊지 않는다. 다섯째, 부모님이 편찮으면 의사를 청해 치료해 드린다."[23] 후에 보충된 이 내용들은 부모로서의 절대적 권위를 강조하고, 자식은 무조건 부모한테 공경해야 한다고 함으로써, 유가 도덕관념이 이미 한역본 불전에 깊이 침투되고 영향 주었음을 보여준다. 인도의 불전은 부모로써 자식한테 지켜야 할 의무도 기술했다. "첫째, 베풀기. 둘째, 친절하게 말하기, 셋째, 이 세상에서 사람으로서 할 수 있는 일을 한다. 넷째, 모든 일을 적절히 협조해 준다. 이는 이

---

23) "一者當念治生, 二者早起敕令奴婢時做飯食, 三者不益父母憂, 四者當念父母恩, 五者父母疾病, 當恐懼 求醫師治之."

세상에서 부모가 응당 줘야 할 사랑과 보호이다. 만약 이 네 가지를 제대로 못한다면 모친과 부친은 부모로써 응당 자식한테 받아야 할 존경과 봉양을 받지 못하는 것이다."²⁴ 이는 부모로서 지켜야 할 의무를 강조한 것이며, 또한 사회에서 사람으로써 지켜야 할 도리를 언급한 것이다. 부모로써 의무를 이행하지 못할 경우 자식으로부터 봉양을 받지 못한다는 관점은 유가의 효도사상과는 맞지 않았다. 때문에 『육방예경(六方禮經)』과 『양생자경(養生子經)』은 모두 역본이 없는 것이다. 동진과 후진시기에 단 두 권의 『선생경(善生經)』이 번역되었을 뿐인데, 이는 당시 이미 불교가 비교적 보급화 되어 비교적 자유롭게 원문에 충실하게 번역하는 것이 가능했기 때문일 것이다. 당나라 때에 이르러 불교는 이미 전성기에 들어섰는데 번역 사업은 더욱 원문에 충실하게 완성되었다.

주인과 노복관계 : 흔히 고대 국가들에서는 모두 "노복이 주인을 위해 봉사하고, 주인은 노복을 아껴야 한다"는 사상을 홍보했다. 하지만 초기의 불교는 이와 반대였다. 즉 "주인은 노복을 위해 시중들어야 하며 노복은 주인을 아껴야 한다"는 것이었다. 이는 신분이 낮고 천한 사람들의 평등 관념을 반영했다. 이런 관념은 중국의 전제적 등급제도와 완전히 저촉된다. 중국 고대 유가의 신분 윤리 입장에서 볼 때, 주인이 노복을 위해 복무하고, 노복이 주인을 아낀다는 것은 완전히 반대된 입장이다. 이 때문에 한역본에서는 이런 대목을 모두 주인은 노복(奴仆)에 대해 '시(視)', '교수(教授)'라는 단어를 썼고, 노복에게는 주인(主人)에 대해 '사(事)', '공양(供養)', '시후(侍候)' 등의 단어를 사용하는 것으로 교체했던 것

---

24) [日]中村元,〈儒教思想对仏典漢訳带来的影響〉,《世界宗教研究》, 1982(2)에서 인용함.

이다. 예를 들면, 『육방예경(六方禮經)』에서 "대장부시노객비사(大夫視奴客婢使)"를 "노객비사사대부(奴客婢使事大夫)"고 고쳐서 적었다. 『선생자경(善生子經)』에도 다음과 같이 기술했다: "장자(長子)...정경정양정안노객집사(正敬正養正安奴客執事)"·"노객집사(奴客執事)...공양장자(供養長子)". 『선생경(善生經)』에는 "주자동사(主子童使)...교수(教授)"를 "동사(童使)...봉사기주(奉事其主)"라고 서술했던 것이다.

군신관계 : 팔리어(巴利語)로 된 불전의 기록에 따르면, 석가모니는 와걸족(瓦傑族)인 공화정부(共和政府)를 칭송한 적이 있다. 그러나 한역본에서는 와걸족이 자주 회의를 소집했다는 내용은 전달했으나, 내용은 "군신화순·상하상경(君臣和順, 上下相敬)"[25]으로 바꿔서 기술하는 바람에 '군주정치'로 변하게 했다.

이상의 논술에서 알 수 있듯이 인도불교는 남녀·부자·부부·주복(主僕) 사이는 평등한 관계로서 서로 존중해야 하고 편하게 대해야 한다는 주장이었음을 알 수 있다. 그러나 이는 중국 유가 신분의 고귀함에 따른 지배 종속관계 및 절대 종속관계와는 다른 것이었다. 번역자들이 초기에 불교경전을 한역하는 과정에서, 중국에서의 순조로운 전파를 위해 부득이 유가 윤리 관념에 타협하고 조화하는 길을 택했던 것이다. 이는 애초부터 인도불교의 윤리사상과 어긋나는 것으로서 중국불교의 윤리관념에 나타나는 중요한 하나의 특징이 되었던 것이다.

---

25) (『장아함경(長阿含經)』 제2권 『유행기(遊行經)』)

제3절
유가의 배척과 불교의 조화

한역불전은 유가의 윤리도덕에 조화시키려는 경향이 있었다. 비록 이는 불교의 전파에 유익하지만 불교와 유가는 사회 윤리도덕 방면에서 서로 다른 점이 있으므로 반드시 첨예적이고 심각한 모순이 있게 마련이었다. 두 종교 간의 이러한 모순은 각자가 사회에 대한 근본적인 차이점에서 유래된 것이다. 유가는 성인(聖人), 즉 이상적인 인격을 실현하는 것을 목적으로 하며, 인생을 소중히 하고 개체 생명을 존중하는 것을 제고시키는 것을 중시했다. 따라서 개체 생명을 존중하는 인식을 제고시키기 위해서는 부부·부자·형제·군신·친구 등 인간관계를 빌려 생명활동을 전개해야 했으며, 이로써 이상을 실현하고 사회에 기여하고 숭고한 인격을 성취하도록 했던 것이다. 이러한 이상을 기반으로 하였기에 유가는 인간의 구성 설계를 아주 중요시했다. 이런 구조에는 대체로 3류 5항이 포함되는데, 부부·부자·형제는 "가정 속의 일(家庭中事)"에 속하고, 군신관계는 "국가 속의 일(國家間事)"에 속하며, 친구관계는 "천하 사이의 일(天下間事)"에 속하는 일이었다. 부자간에는 혈육의 정이 있고, 군신 사이에는 의리가 있어야 하며, 남편과 아내 사이에는 분별이 있어야 하고, 어른과 어린이 사이에는 순서가 있어야 하며, 친구 사이에는 믿음이 있어야 한다(父子有親, 君臣有義, 夫婦有別, 長幼有序, 朋友有信)는 이 다섯 가지 기본도덕 준칙은 인간 윤리도덕의 기본 내용이었다.

그러나 불교는 이와는 달리 인생은 고달프며 인간세상을 고난의 바다라고 했다. 이런 고난의 근원은 자신의 사상·언론·행위로부터 나온다고 했다. 불교가 인생에서 바라는 이상목표는 해탈에 있으며, 자신의 고통을 성찰하고 반성하고, 그러한 고통을 제거하기 위한 일체의 수행방도를 찾아 시도해야만 했다. 그렇게 함으로써 세속을 초월하여 열반의 경지로 도달할 수 있다는 것이었다.

다시 말해서 유가는 사람과 일을 중요시하고, 현실을 중요시하며, 불교는 해탈을 원하고 출가를 중요시했던 것이다. 인생과 사회에 대한 불교의 주장 및 불교의 윤리 관념이 범람하게 된 것은 결국 유가의 윤리도덕에 대해 부식시키는 작용과 와해작용을 하게 되었다. 이로써 유가가 추구하는 사회의 이상적 구조를 위협했던 것이다. 불교가 전해진 후 유가학자들은 윤리도덕 입장으로부터 불교에 대해 부단히 공격을 가했다. 그중에서도 불교의 군주도 없고, 부모도 없다는 무군무부(無君無父) 관념을 비판했다. 불교에 대한 이런 공격들은 항상 변론·조화·타협의 방식으로 체현되었다.

『모자이혹론(牟子理惑論)』은 유가와 불교의 윤리도덕 관점에 존재하는 분기(分岐)를 비교적 일찍 체현했다. 이런 다툼은 주로 세 가지 방면에서 집중적으로 표현되었다. 첫째, 출가한 승려가 치르는 단발문신(斷髮文身)은 『효경』의 "신체발부는 부모에게서 받았으니 감히 훼손하거나 상하게 하지 않음이 효의 시작이다"라는 교훈과 서로 어긋났다. 즉 머리를 깎고 승려가 됨은 효와는 어긋난 행위라는 것이었다. 둘째, 출가한 승려는 아내를 맞이하지 않고 자식을 낳지 않는다고 규정되어 있는데, 이는 본인이 행복을 얻지 못할 뿐만 아니라 불효 중의 불효로 여겨지는 행위라는 것이었다. 셋째, 출가한 중은 가사(袈裟)를 입고 윗사람을 만나도 절을 하지 않는데, 이는 중국의 전통 예의와 어긋난다는 것이었다. 이러한 관점에 대해 불교는 예를 들어 반박을 가했다. 고대의 태백(泰伯)은 부친 고공(古公)이 왕위를 계력(季歷)에게 물려주기를 바라는 마음으로 오월(吳越)지역으로 피신해 갔다. 그는 현지 사람들의 풍속 습관에 따라 '문신단발'을 했으며, 이는 공자의 찬양을 받았다. 요(堯)는 임금 자리를 허유(許由)한테 주려 했으나, 허유는 깊은 산속으로 피신해 가서 백이(伯夷)와 숙제(叔齊)가 함께 "의리상 주나라의 곡식을 먹을 수 없다(義不食周粟)"고 하여 후에 수양산으로 들어가 굶어죽었다. 공자는 그들이 자식이 없다고 비난하지 않았을 뿐만 아니라 "인을 구하고 인을 얻은 자(求仁得仁者)"라고 높이 평가했다. 이처럼 출가한 승려들은 아름다운 도덕을 수행하기 위해 삭발문신을 하고, 무처 무자식의 길을 택하였는데, 이는 유가의 도덕과 일치하는 고상한 행위였던 것이다.

의복의 예의에 대해 불교는 삼황(三皇, 복희[伏羲]·신농[神農]·황제[黃帝]를 가리킴)시대의 사람들은 짐승의 고기를 먹고, 짐승의 가죽으로 옷을 만들어 입으면서 소박하게 지냈다고 주장했다. 이 또한 유가의 칭찬을 받았다. 『노자·38장』에서도 형식을 고집하지 않는 '덕'이야말로 '상덕(上德)'이며, 형식에 얽매인 '덕'은 '하덕(下德)'이라고 했다. 따라서 출가한 승려들의 복장도 지적을 받아서는 안 된다고 했던 것이다.

이처럼 불교가 말하는 것들은 소극적이며 무기력한 것이었다. 이는 다만 고대의 개별적인 사례나 전설 등을 빌려 억지 설명을 하면서 불교와 유교·도교가 모두 추구하는 "도(道)의 원칙이 일치한다"고 하는 모호한 관점을 강조했을 뿐이지, 충분한 논증이 되지 못했을 뿐만 아니라, 사실상 충분히 논증하는 것도 불가능했던 것이다.

한나라의 통치세력들은 효로써 나라를 다스리는 것을 중요시 했기에, 당시의 유가는 불교가 효도를 저버린다고 하며 이를 중점으로 해서 비판했다. 승려들이 가사(袈裟)를 입고 엎드려 절하지 않는 두개의 예의 문제는 훗날 치열한 논쟁으로 이어졌다.

동진시기에 이르러 불교와 세속 예제(禮制) 사이의 모순은 날로 첨예화 되어갔으며, 상층 통치자들의 주의를 환기시킴과 동시에 상층 통치세력 내부 및 정치 세력들 가운데서는 불교계 인사 및 불교계를 반대하는 논쟁으로 나타나게 되었다. 이런 논쟁은 줄곧 당나라 때까지 이어졌으며, 수백 년을 거치는 가운데 그 기복이 심했다. 동진 때 유빙(庾冰)이 정치를 보좌하던 시기, 진나라 진성제(晋成帝)는 승려는 왕에게 절을 해야 한다는 조서를 반포했다. 그 이유로 불교는 명교(名敎)의 권위를 훼손하기 때문이라고 했다. "예(禮)는 중대하고 경배(敬拜)는 장엄한 행위이다. 계통을 잡기 위해서는 반드시 이렇게 해야 한다."[26] 만약 불교 신도들처럼 예와 경(敬)을 저버리고 (불교 규정에 따르면 불교 신도들은 제왕이나 부모를 막론하고 어떤 사람을 만나더라도 절을 하지 않고, 호칭을 부르지 않으며, 합장으로써 인사를 한다), 존귀하고 비천함의 구분이 없으며, 사람들은 국가의 예법을 무시하고 있으므로 천하는 난동이 일어날 것이라고 했다. 하지만 유빙의 주장은 일부 불교에 아부하는 집정자들의 반대로 인해 실행하지는 못했다. 즉 하충(何充)·제익(褚翌)·제갈휘(諸葛恢)·풍회(馮懷)·사광(謝廣) 등이 그 대표자들이다. 그들이 내세운 중요

---

26) "礼重矣, 敬大矣, 為治之綱, 尽於此矣." (『홍명집』 제12권 『중대진성제사문불응-진경조(重代晋成帝沙門 不応尽敬詔)』.

한 이유는 역대의 제왕들은 비록 승려들에게 왕을 향해 절을 하라는 영을 내리지는 않았지만, 승려들은 왕법에 어긋나는 행위를 한 적이 없었다는 것이었다. 즉 불교는 왕의 법에 나쁜 영향을 주지 않을 뿐만 아니라, 왕의 통치에 오히려 도움을 주었다는 주장이었다. 그리하여 유빙의 주장은 결국 수포로 돌아갔던 것이었는데, 이것은 이 시기 불교의 세력과 영향이 이미 크게 성장했으며, 유가의 윤리도덕 관념이 상대적으로 약화되었다는 것을 보여주는 예였다.

그 후 태위(太尉) 환현(桓玄)은 다시 한 번 "승려는 왕에게 절을 해야 한다"라는 문제를 거론하였는데, 이는 다시 한 번 당시 남방불교의 지도자 혜원과 불교의 신교도인 왕실의 관리 환겸(桓謙)·왕밀(王謐) 등과 논쟁을 벌이게 되었다. 환현은 도(道)·천(天)·지(地)·왕(王)은 '4대(大)'라는 『노자』의 관점을 이용하여, 승려가 생존하고 발전할 수 있는 것은 역시 왕도(王道) 덕분이라고 강조했다. 왕의 은혜를 받았으니 왕을 공경하는 것은 마땅하며, 승려가 종사(宗師)에만 절을 하고 왕에게 절을 하지 않는 것은 인정과 도리에 어긋나는 것이라고 했다.

이에 혜원 승려은 5편의 단문을 지어 승려가 왕에게 절하지 않는 기본 입장을 논술하면서 다음과 같이 강조했다.

> "불교를 신앙하는 데는 두 가지 상황이 있는데, 하나는 집에서 섬기는 것이고, 다른 하나는 절에서 수행하는 방식이다. 집에서 불교를 신앙하는 교도들은 응당 '충군효친'을 실행해야 하고, 예법 명교를 준수하며, 왕권제도를 엄격히 지켜야 한다. 하지만 출가하여 수행하는 승려들은 상황이 다르다. 인체는 인생의 고통의 근본이라고 생각하기에, 그들은 인신을 보

완하는 것을 고통을 끝내는 조건으로 간주하지 않는다. 인간에게 '신체'가 있는 것은 '생(生)'이 있기 때문이고, '생'이 존재하는 것은 음양 두 가지 '기(氣)'의 변화를 받기 때문이다. 그렇기 때문에 승려들은 생명을 중시하지 않으며 자연의 변화에 순응할 필요가 없다고 생각한다. 그리하여 더는 정치 예법을 통한 교화(敎化)에도 복종할 필요가 없다고 생각한다. 따라서 군주나 부모의 양육 은혜에 대해 감지덕지 하거나 절하는 것으로써 보답할 필요가 없다. 한 승려가 덕을 쌓아 부처가 되면 육친의 가족이 혜택을 받는다. 비록 그 신분은 왕이나 제후보다 높지 않지만, 왕을 돕고 민생을 보필하는 건 마찬가지이다.[27]

한 승려가 큰 덕을 쌓고 성불하면 부모형제 등 육친을 구하고 만천하를 구제한 셈이다. 비록 승려는 왕후(王侯) 지위보다 위는 아니지만 왕과 제후의 통치와 맞물린다. 승려가 출가하여 수행하는 것은 유가의 정치 윤리사상과 목적이 완전히 일치하기 때문에 불교와 유가 두 종교는 서로 협력하고 보완해야 한다는 것이었다. 그러나 이러한 논조는 군신부자의 윤리 관념을 완곡하게 부인한 것이었다.

그렇지만 불교 예제 및 유가 윤리도덕 예의제도와의 관계를 둘러싼 혜원의 논술은 중국의 불교윤리 관념과 예의 제도를 확정해 주었고, 중

---

27) "如令壹夫全德, 則道洽六親, 澤流天下, 雖不處王侯之位, 固已協契皇極, 大庇民生矣." 『홍명집(弘明 集)』 12권 『답환태위서(答桓太尉書)』

국불교가 왕권에 대한 태도입장을 정리하는데 중대한 의미를 부여해 주었다. 혜원은 집에서 불교를 신앙하는 것과 출가하여 수행하는 것을 구분하여 대응했는데, 이러한 절충방식으로 유가와 불교 양 방면의 특점과 존엄을 지켜주었던 것이다. 이렇게 해서 그는 집에서 도교를 신앙하는 신도들의 충군효친(忠君孝親) 원칙과 규정에 근거하여 불교와 유가의 윤리도덕과 봉건적 정치를 통일시켰던 것이다. 또한 그는 출가한 승려들의 예제를 확정함으로써 불교의 형식상 독립성을 지키게 했고, 이를 통해 불교는 도교의 윤리도덕 및 전제적 왕권통치와 실질적으로 일치성을 띠고 있다고 강조했던 것이다. 다시 말해서 정치적 관점으로부터 불교와 명교를 조화시키기 위한 논증을 피력함으로써 중국의 불교 지도자들이 공개적으로 불교와 유가의 결합을 선도하는 출발점을 제공했던 것이며, 향후 불교사상의 발전에 깊은 영향을 끼쳤던 것이다.

중국유가의 예제는 예로부터 복장을 중요시 했으며, 이로써 신분 등급의 차이를 구분하고 길흉을 상징케 하였다. 불교 승려들이 웃통을 벗고 가사를 입고 오른쪽 어깨를 드러내는 것은 유교의 예제와 어긋나는 것이었으며, 그럼으로써 상식적인 예의를 버린 것이라고 취급했다.

진남(鎭南) 장군 하무기(何無忌)는 『난탄복논(難袒服論)』을 집필하여 승려 혜원과 다른 승려들이 웃통을 벗는 현상을 둘러싸고 토론을 벌이면서 이러한 현상에 대해 반감을 표했다. 하무기는 "웃통을 벗는다는 것은 중국 역사서들에 규정된 내용들과 일치하지 않으며, 중국의 풍속에서 볼 때 왼쪽을 길하다고 생각하는데, 승려들이 오른쪽 어깨를 드러내는 것은 불길한 것으로서 용납하지 못할 일"이라고 주장했다.

이에 대해 혜원은 『사문탄복론(沙門袒服論)』과 『답하진남서(答何鎭南書)』를 써서 하무기의 질의에 답했다. 그는 "인도와 중국은 풍속 습관이 다르며, 승려도 세속의 일반인과 구분되며, 만약 유가의 인애(仁愛)와 불교의 자비(慈悲)를 실행하면 우주 만물은 같게 되며, 길과 흉의 차이가 따로 존재하지 않을 것"이라고 강조했다. 이로써 승려가 웃통을 벗는 불교의 입장을 교묘하게 견지했다.

혜원의 불교윤리학설은 이론적으로 불교와 유가의 정치 윤리적 관점을 연관시킴으로써 한 때 두개 종교 간의 모순을 완화시켰다. 하지만 이는 결국 완화작용만 했을 뿐, 근본적으로 모순을 해결한 것은 아니었다. 불교와 세속 윤리도덕의 차이·모순·이탈은 결국 최고 통치자들의 간섭을 초래했다.

당나라 초기의 역대 황제들은 수나라 때 불교를 숭상하던 정책을 전환하고 "주공지교(周孔之教)"를 높이 받들면서 불교에 대해서는 억제하고 이용하는 태도를 취했다. 당고조는 불교 승려에게 다음과 같은 질문을 던졌다. "부모가 주신 머리카락을 버리고 군신으로서 갖춰야 할 의복을 버리다니. 대체 어느 문파(門派)의 이익이고, 어찌 정이란 걸 운운하겠는가?[28] 그는 "부자 군신관계, 어른과 아이의 인의(仁義) 순서, 이는 (주공지교)와 비록 형식은 다르지만 실질은 같다. 그러나 예를 버리고 도에 어긋나는 것이라면 나는 그것을 선택하지 않을 것이다"[29]라고 강조했다. "예를 버리고 도에 어긋난다"라는 것은 승려가 왕에게 절을 하지 않는 것을 가리켰다. 당태종 역시 "짐이 좋아하는 것은 유독 요와 순의 도

---

28) "棄父母之鬚髮, 去君臣之章服, 利在何門之中, 益在何情之外?"(『집고금불도논형(集古今仏道論衡)』병권「대당고조문승형복리익사(大唐高祖問僧形服利益事)」)

29) "父子君臣之際, 長幼仁義之序, 與夫周孔之教, 異轍同歸, 棄禮悖德, 朕所不取"(『당회요(唐會要)』47권「의석교상(議釋敎上)」참조)

이고, '주공지교'이다"[30]라고 강조했다. 당고종은 현경 2년(기원 657년)에 조서를 내려 "승려도 왕과 부모에게 절을 해야 한다"라고 정했으며, "오늘부터 승려와 비구니는 부모에게 존자(尊者)로서의 예배를 받지 않음을 명확히 법으로 정하며 금지한다."[31]고 했다.

이에 대해 도선(道宣)과 법림(法琳) 등은 혜원의 사상을 계승하여 극력 항변하고 출가 승려들의 불교 입장을 견지했다. 즉 출가인들이 절을 하지 않는 것은 불충불효가 아니며, 겉으로는 비록 불경불배로 보이나, 내심으로는 매우 존경한다고 강조했다. 또 이런 내심의 존경이야말로 형식상의 존경보다 더욱 큰 것이라고 했다.

당나라 중기 한유(韓愈)는 유가의 인의도덕을 수호하는 입장에서 한 독립적 사상가의 기개를 걸고 불교를 반대하는 깃발을 들었다. 그는 『논불골표(論佛骨表)』를 작성하고 생명의 위험을 무릅쓰고 당현종(唐玄宗)에게 조서를 올려 불교를 비판했다. 그리하여 한때 사회에서 떠들썩한 반향을 일으켰다. 이에 현종은 크게 노하며 한유를 사형에 처하려 했으나 다행히 재상이었던 최군(崔群)·배도(裴度) 등의 권유로 구원을 받고 조주(潮州)로 유배당했다. 당시 한유는 "부처는 오랑캐 출신으로서 중국과 언어가 통하지 않으며 복장도 이상하다. 선왕들의 법을 말하지도 않거니와 선왕들의 법에 순종하지도 않더이다"라고 했고,[32] 불교는 "군신관계를 저버리고, 부자관계도 저버리며, 낳아서 키워주는 도까지 버렸다"[33]고

---

30) "朕今所好者, 惟在堯舜之道, 周孔之敎."(『정관정요(貞觀政要)』 6권 「심소호(愼所好)」)

31) "所司明爲法制, 卽宜禁斷"(《唐會要》 卷47 〈議釋續上〉)

32) "夫佛本夷狄之人, 與中國語言不通, 衣服殊制, 口不言先王之法言, 身不服先王之法服."(『논불골표(論佛骨表)』)

33) "棄而君臣, 去而父子, 禁而相生養之道"(『원도』(原道))

했다.

불교는 유가의 정치적 주장·윤리도덕·예의제도와 서로 대립되었다. 한유의 반 불교 주장은 당현종의 압제를 받았으나 불교계의 반격을 받지는 않았다. 대신 한유의 절친한 친구인 유종원(柳宗元)이 오히려 그에게 반대를 표했다. 그 때문에 한때는 한유의 비평도 받아야 했다. 그는 한유의 불교에 대한 주장을 반대하며 다음과 같이 주장했다.

"불교 승려들이 삭발문신하고 결혼하지 않고, 노동 생산활동에 참여하지 않는 것은 모두 불교의 '적(跡)', 즉 '형적(形跡)' 때문으로 이는 모두 '외적 표현'이라고 주장했다. 한유는 불교의 내적 사상을 외면하고 있는데, 이런 사상들은 유가의 대표적인『주역(周易)』『논어(論語)』와 잘 통하기 때문에 긍정적으로 보아야 한다."[34] 나아가 그는 불교의 도덕관념을 특별히 칭찬했다. "금선씨(부처)의 도의 기본은 효와 경이고, 다음은 덕을 쌓는 것이며, 나중에는 공(空)과 무(無)로 승화하는 것이다."[35]

유종원은 불교는 효와 경을 중시하고 이는 사람들을 가르치는데 도움이 되며,『주역』·『논어』와 함께 모두 세상에 도움이 되는 사상이라고 주장했던 것이다. 어떤 의미에서 분석해 보면 유종원은 도가의 입장에서

---

34) "吾之所取者, 与《易》,《論語》合, 雖聖人復生, 不可得而斥也. 退之所罪者其跡也, 曰 '髡而緇, 無夫婦 父子, 不為耕農蚕桑而活乎人'. 若是, 雖得亦不亲也. 退之忿其外而遺其中, 是知石而不知韞玉也. 吾之 所以嗜浮図之言以此."(『유하동집·송승호초서(柳河東集·送僧浩初序)』)

35) "金仙氏(佛)之道, 蓋本於孝敬, 而後積以衆德, 歸於空無."(『송준상인귀회남근성서(送濬上人歸淮南覲 省序)』)

불교사상을 긍정한 것으로도 볼 수 있다. 다시 말해서 한유는 유가 입장에서 불교를 반대했던 것이고, 유종원은 유가 입장에서 불교를 긍정하고 불교사상을 조화시켰던 것이다.

한유의 반 불교사상은 비록 당현종에게 받아들여지지는 못했지만, 역사적으로는 큰 영향을 주었다. 헌종(憲宗) 원화 14년(819)에 한유는 『논불골표(論佛骨表)』를 썼으며, 그로부터 20여 년 후에는 당무종이 훼불 조치를 취했고, 그때부터 불교는 발전하지 못하게 되었다. 한유가 제출한 도통설(confucian orthodoxy) 및 공(公)과 사(私)로 유가와 도가를 구분하자는 주장은 성리학(송명리학)의 시작을 개척했다. 비록 한유가 제출한 이론이 신선하거나 깊은 이론은 아니지만, 그는 중국 사상사에서 볼 때 불교학이 번성하던 시기로부터 성리학이 흥행하는 과도기의 대표적 인물이었다. 한유 이후부터 불교는 유가의 도전 앞에서 거듭 패하면서 타협 및 양보하는 특징이 점점 뚜렷해졌다.

송나라 때의 유명한 선승(禪僧)인 계숭(契嵩)은 한유의 불교 배척 주장에 대해 반박했다. 그는 『한비자(韓非子)』30편(『담진문집(鐔津文集)』) 총 3만여 구의 어구를 편찬하였는데, 서두인 첫 편에서 그는 한유의 『원도(原道)』라는 글에서 언급한 인의(仁義)와 도덕에 대한 이해 및 관계 논술이 유가경전에 적합하지 않다고 지적했다. 유가학자들이 불교에 대해 강력한 도전을 벌이던 사상배경 하에서 계숭은 당나라 이후 불교학자들이 전면적으로 유가와 불교의 윤리도덕을 조화시키기 위해 적극적으로 노력하는 불교학자 중 중요한 대표적 인물이었다. 그는 "불교의 불살생·자비와 불도·보시 등의 주장을 한유가 강조하는 유가의 '인의' 내용에 결부시키면서, 이는 불교의 '오계(五戒)'와 자비 등의 교의 내용이 유가에서 주장하는 '오상(五常)'과 같다"고 강조했다. 즉

'오계'는 첫째, 불살생계(不殺生戒), 둘째, 불투도계(不偷盜戒), 셋째, 불사음계(不邪淫戒), 넷째, 불망어계(不妄語戒), 다섯째, 불음주계(不飮酒戒)이다. 불살생계는 즉 인(仁)이고, 불투도계는 즉 의(義)이며, 불사음계는 즉 예(禮)이다. 불음주계는 즉 지(智)이고, 불망어계는 즉 신(信)이다.[36]

유가사상을 선호하며 불교의 도와 결합한다. 유가에서 언급하는 인·의·예·지·신은 불교에서 말하는 자비·보시·공경·겸손·지혜·언행조심과 형식상에서는 다르지만, 수행을 통해 중생을 구원한다는 점은 다르지 않다.[37]

비록 불교의 '오계'와 자비 등 교의의 내용은 유가의 '오상'과 통하는 점이 있으나 각자의 중점·출발점·목적성은 각기 다르며, 더구나 상등한 것은 아니라는 것이었다. 사실상 계승은 유교를 빌려 불교를 홍보하고 유가를 이용하여 불교를 논증했던 것이다.

계승은 유가의 예악과 중용을 크게 칭송했다. 즉 "예악은 왕도가 의존하고 생존하는 의거이다"[38]라고 했고, "중용이란 예의 극치이고 인의

36) "五戒, 始壹曰不殺, 次二曰不盜, 次三曰不邪淫, 次四曰不妄言, 次五曰不飮酒. 夫不殺, 仁也; 不盜, 義也; 不邪淫, 禮也; 不飮酒, 智也; 不妄言, 信也."(『담진문집(鐔津文集)』「보교편하·효논·계효 장제칠(輔敎篇下·孝論·戒孝章第七)」)

37) "吾之喜儒也, 蓋取其於吾道有所合而爲之耳. 儒所謂仁, 義, 禮, 智, 信者, 與吾佛曰慈悲, 曰布施, 曰 恭敬, 曰無我慢, 曰智慧, 曰不妄言綺語, 其目雖不同, 而其所以立誠修行善世敎人, 豈異乎哉?"(『담진 문집(鐔津文集)』 8권 「적자해(寂子解)」)

38) "禮樂者, 王道所以倚而生者也"(『담진문집(鐔津文集)』 5권 「논원·예악(論原·禮樂)」)

(仁義)의 근본이다. 예·악(樂)·형(刑)·정(政)·인·의·지(智)·신(信) 8개 사상은 결국 중용으로 통합된다"³⁹고 했다. 계숭은 예악을 왕도의 근본으로 여기고, 예악을 중용으로 동일시했다. 그는 유가의 중용지도는 불교의 근본 주장과 일치한다고 판단했다. 즉 "중용은 나의 도에 관련한 주장과 거의 일치한다. 그리하여 중용을 빌려 나의 주장을 피력한다"⁴⁰고 했던 것이다. 이로써 그는 다음과 같은 결론을 내렸다.

> 유가와 불교는 성인의 종교이다. 비록 출발점은 다르지만 귀속점은 동일하다. 유가 제자들은 자신을 크고 강하게 수련함으로써 성취를 얻어 대유위(大有爲, 나라를 크게 다스림)로 성장하도록 하고, 불교 제자들은 자신의 수행을 거쳐 대무위(大無爲)로 성장하는 것이다. 대유위자는 세상을 다스리고, 대무위자는 마음을 다스린다 … 이런 이유로 세속의 세상을 다스리는 데는 유가가 필요하고 출세한 사람을 다스리는 데는 불교가 필요한 것이다.⁴¹

유가와 불교는 모두 성인이 되도록 다스리는 종교로서, 하나는 세속의 세상을 다스리고, 하나는 출세의 세상 즉 마음을 다스리는 것이다.

---

39) "中庸者, 蓋禮之極而仁義之原也. 禮, 樂, 刑, 政, 仁, 義, 智, 信,其八者, 壹於中庸者也."
   (『담진문집(鐔津文集)』 4권 「중용해제일(中庸解第壹)」)

40) "以中庸幾於吾道, 故竊而言之."(『담진문집(鐔津文集)』 4권 「중용해제오(中庸解第五)」)

41) "儒佛者, 聖人之敎也. 其所出雖不同, 而同歸乎治 °儒者, 聖人之大有爲者也; 佛者,聖人之大無爲者 也. 有爲者以
   治世, 無爲者以治心. … 故治世者非儒不可也, 治出世非佛亦不可也"

세상을 다스리는 것과 마음을 다스리는 것은 서로 보충하고 보완하며 어느 하나도 없어서는 안 된다는 것이었다. 유가와 불교는 분공과 역할이 다를 뿐 목적은 일치하므로, 결국엔 사람과 세상을 다스림으로써 봉건제왕의 통치를 수호하려는 목적에 있다는 것이었다. 이는 사실상 유가의 입장으로 불교를 논술하고 불교의 유사성·일치성을 이용해 유가와 불교를 조화시킴으로써 유가와 불교의 통일을 홍보하고 이로써 전제주의 통치를 수호하고 강화하려는 것이었음을 알게 해준다.

원나라 시기 덕휘(德輝)는 『칙수백장청규(勅修百丈淸規)』를 재편집했다. 왕을 칭송하고 기원하는 『축리장祝釐章』과 『보은장(報恩章)』을 맨 앞에 두고 부처를 공양하는 『본보장(報本章)』, 선종조사에 대한 존경과 기념의 마음을 담은 『존조장(尊祖章)』은 뒤에 두었다. 이는 불교가 유가에 타협하고 더 한층 중국화가 되어가는 중요한 표시였다.

근대에 들어서서 유가 이학은 자산계급 선진 인물의 비판 대상이 되었으며, 유가도덕은 크게 타격을 받고 심지어 붕괴하는 추세를 보였다. 자산계급 개량파와 민주파는 대승불교로부터 도덕의 힘을 도모했다. 그들은 유가는 이미 더는 현시대에 적합하지 않으며, 민중의 덕을 변화시키려면 오직 불교의 힘을 빌려야 하고 불교만이 현재의 세상을 구원할 수 있다고 믿었다. 불교의 자존무위한 정신을 크게 홍보해야만 집안과 나라를 다스리고 세상과 천하를 평정할 큰 인물을 창조할 수 있다고 생각했다. 『동경유학생 환영회 연설(東京留學生歡迎會演說辭)』 중 장태염(章太炎)은 "종교(불교를 가리킴)로 믿음을 고무시키고 국민의 도덕을 증진시키자"라고 크게 호소했다. 그는 법상유식종(法相唯識宗)의 교리와 화엄종(華嚴宗)의 행지(行持)를 이용하여 대중들이 거악종선(去惡從善)할 것을 주장했다.

"불생불멸을 논하지 않고서는 죽음에 대한 두려움을 버릴 수 없고, 자신아 소유한 것을 내려놓지 않으면 금전에 대한 탐욕을 버릴 수 없다. 평등을 논하지 않고서는 노예의 심리를 버릴 수 없고, 중생이 모두 부처가 될 수 있다는 마음이 없다면, 억울한 마음을 버릴 수 없다. 삼륜청정(三輪淸淨)을 논하지 않고서는 덕색심(德色心)을 버릴 수 없다."[42]

불교 교의는 사람들의 마음을 정화시키고 미덕을 키우는 좋은 방도로 인정되었다. 자산계급 학자들의 개조·선전을 거쳐 불교도덕은 특정한 역사적 조건하에서 적극적인 역할을 발휘했다. 하지만 자산계급 자체의 연약성 및 불교도덕의 제한성으로 인하여 불교도덕의 적극적인 역할도 자산계급 개량과 혁명의 실패에 따라 소실되고 말았다.

---

42) "非說無生, 則不能去畏死心; 非破我所, 則不能去拜金心; 非談平等, 則不能去奴隸心; 非示衆生皆佛, 則不能去退屈心; 非擧三輪淸淨, 則不能去德色心."(『건립종교논(建立宗敎論)』)

제4절
세속 종법제(宗法制)와
불교의 효도론(孝道論)

　중국불교에서 가장 많이 홍보하는 윤리 도덕관념은 바로 '효'이다. '효'는 중국 불교윤리 도덕의 핵심이다. 중국불교는 '효'를 핵심으로 그 윤리 도덕 학설을 전개했다.

　불교가 크게 의존하는 중국 전제사회는 농업을 주요 경제로 하여 명맥을 이어갔다. 그 경제적 기초는 작은 규모의 토지를 개인 소유제로 하는 것을 전제로 하고, 일가일호(壹家壹戶)를 생산단위로 하는 분산 경영 방식이었다. 농민 중 남자들은 농사를 짓고, 여자들은 천을 짜며 함께 의복과 식량 등 기본생활 수단을 영위해 나갔다. 농업생산을 진행하는 동시에 수공업 생산도 함께 진행했는데, 이렇게 만들어진 제품은 소비가 아닌 교환을 주요 목적으로 했다. 이런 경제와 적응하면서 종법제도는 상층 정치구조의 중요 구성부분이 되었다. 전제제도의 특징은 동종(同宗)간 혈연관계, 동향(同鄕) 간 지역관계를 주요 연결 고리로 했으며, 가족이 모여서 생활하면서 존비귀천이 질서정연한 종족계통을 형성했다. 지주계급은 공동 성씨, 공동 직계 선조, 공동 종묘, 공동묘지 등 전통 풍속을 이용하고, 조상에 대한 제사활동을 통해 엄밀한 혈연관계와 사회관계가 통일화된 전제적 종법 가족조직을 설립했다. 종법제도는 종법사상을 파생시켰다. 종법 가족조직 계통은 부모에게 효도하고, 부모를 모시고, 아들은 절대적으로 부친한테 복종해야 하고, 조상을 존경해야 하는 등의 윤리 도덕적 행위를 기본 규범으로 강조했다. 즉 "남자로서 효도하는 것은 도덕의 기본이다"[43]라 했고, "부모님께 효도하고 형을 존중하는 것, 이는 인(仁)의 기본이다"[44]라고 했다. 이처럼 '효'는 중국 전제사회 가족윤리의 핵심이 되었으며, 가족의 조직구조와 전제질서를 유지하는 중요 역량이 되었던 것이다.

중국의 전제 종법제도에 적응하고, 출가수행과 집에서 부모님께 효도하는 양자 간의 모순을 조화시키기 위해, 불교는 관련 학자들을 조직하여 불교경전을 번역하고, 전문적으로 글을 쓰게 해서 위경(偽經, 가짜 경전)을 편찬했고, 『우란분경(盂兰盆经)』을 주소(注疏)하고, 우란분회를 열었으며, "속강(俗講, 당나라 때 사원에서 불경을 해설할 때 쓰던 설창[說唱] 형식)"을 행하는 등 많은 공을 들여 효도론을 대대적으로 홍보했다.

『모자이혹론(牟子理惑論)』에서는 출가와 효친의 모순을 중점적으로 조화시키며 양자는 일치성을 갖고 있다고 강조했다. 삼국시기 강승회(康僧會)는 그의 편역본 『육도집경(六度集經)』속에서 효의 중요성에 대해 중점적으로 강조했다. 승려들에게 보시하는 것과 "부모에게 효도하는 것과는 같지 않다(不如孝事其親)", 즉 부모에게 먼저 효도하라고 주장했다.[45] '효친'을 '보시' 위에 두었던 것이다. 동진시기 사족 손작(孫綽)은 불교를

---

43) "夫孝, 德之本也"(『효경(孝經)』)

44) "孝悌也者, 其爲仁之本與!"(『논어·학이(論語·學而)』)

45) 『육도집경·보시도무극장(六度集經·布施度無極章)』

신앙했다. 그는『유도론(喩道論)』을 창작하여 승려가 출가하여 수행하는 것은 최고의 효행이라고 주장했다. "부친이 융화하면 자식이 귀하고, 자식이 귀하면 부친은 존귀하다. 때문에 효가 귀한 이유는 자식이 귀하면 출세하여 바른 도를 닦을 수 있고, 이로써 부친을 영원히 영광스럽게 해줄 수 있기 때문이다.[46] 그는 진정한 효는 직접 부모님을 모시고 시중드는 것이 아니라, 가족과 집안의 명예를 빛내는 데 있다고 주장했다.

불교 승려들이 출가하여 불교를 선전하고 수행 하는 것은 가문을 위해 커다란 존엄과 영광을 가져다주는 것으로서 무한한 효도라고 했던 것이다.

그러나 이는 종교의 가치척도로부터 출발한 도덕적 판단이었기에 사람들에게 허황한 존엄과 영예감을 주었다. 명조의 4대 승려 중 한사람인 지욱(智旭)은『효문설(孝聞說)』·『광효서(廣孝序)』등의 문장을 지어 효도를 대대적으로 홍보했다. 그는 "속세의 일체 사무와 불교의 법은 모두 효를 근본으로 한다"[47] "유가의 효는 백행의 기본이고, 불교의 효는 모든 도덕의 근본이다"[48]라는 관점을 제기했으며, 효를 세상의 모든 법을 깨우치는 불교의 근본 취지라고 간주하고, 이로써 유가도덕과의 일치성을 강조했다.

불교 학자들 중 효도를 서술한 중요 저서로는 계숭의『효론(孝論)[49]』이 있다. 총 12장으로 되었으며, 이는 불교 중 효에 대해 가장 체계적이고

---

46) "父隆則子貴, 子貴則父尊, 故孝之貴, 貴能立身行道, 永光厥親"(『홍명집(弘明集)』3권)

47) "世出世法, 皆以孝順爲宗"(『영봉종론(靈峰宗論)』권4 중 2「효문설(孝聞說)」참조.)

48) "儒以孝爲百行之本, 佛以孝爲至道之宗"(『영봉종론(靈峰宗論)』권7중1「제지효회춘전(題至孝回春 傳)」참조)

49) 『담진문집(譚津文集)3권,「보교편하(輔教篇下)」참조.

전면적으로 서술한 저서이다. 또한 기존의 불교학자들의 '효' 관련 주장들에 대한 새로운 종합이기도 하다. 『효론·서(孝論·敍)』에는 다음과 같이 기술되어 있다. "효는 모든 종교들에서 다 우러러보는 도이다. 불교는 더욱 그러하다. 하지만 이런 학설은 아직 세상에 별로 알려지지 않고 있다."[50] 효에 관한 불교의 학설을 천하에 알리기 위해 작가는 "불교 대효(大孝)의 심오한 도리를 적은 저서를 편찬하고(發明吾聖人大孝之奧理密意)" "그 책 속에 유가의 학설을 융합시켰다(會夫儒者之說.)" 계숭은 주로 4개 방면에서 불교와 유가의 효도에 대한 관점을 관통시켰으며, 계효합일설(戒孝合壹說)을 선양했다.

첫째, 효는 불변의 진리이다. "도는 신비로운 세상의 근본이고, 스승은 교육의 근본이고, 부모님은 생명의 근본이다. 이 세 근본은 세상에서 가장 큰 근본이다.[51] 부모님은 사람이 태어날 수 있는 근본이며 천하 '삼본' 중 하나이다. 그렇기 때문에 부모님의 큰 은혜에 보답하는 것은 세상의 불변의 진리이다. "천지는 효와 같은 도리이다(天地與孝同理)", "효행을 하는 것은 세상의 응당한 도리이며, 사람으로서 마땅히 해야 할 행동이다.[52] 효는 천경지의(天經地義)로써 마땅한 도리이며, 사람들의 보편적인 덕행이다. 이처럼 그는 천지의 근본 법칙과 부모님 은혜에 보답하는 내적 자각성을 결합하여 효행을 논증했다. 이는 유가에서 주장하는 복종만을 바라고, 강제적·의무적인 효와는 다른 것이었다. 그렇기 때문에

---

50) "夫孝, 諸敎皆尊之, 而佛敎殊尊也. 雖然其說不甚著明於天下."

51) "夫道也者, 神用之本也; 師也者, 敎詰之本也; 父母者, 形生之本也 。是三者, 天下之大本也"『효론·효본장제이(孝論·孝本章第二)』

52) "夫孝, 天之經也, 地之義也, 民之行也."(『효론·원효장제삼(孝論·原孝章第壹三)』)

유가의 효에 대한 이론적 보충이라 볼 수 있는 것이다.

둘째. 효·계·선의 통일이다. "효도를 원하는 자는 우선 계를 수행해야 한다.[53] 불교의 대계는 효를 우선으로 한다. "오계에는 효가 내포되어 있다.[54] 계에는 효가 포함되어 있다. "성인의 선행은 효를 우선으로 하며, 선행을 하면서 효를 하지 않는다면, 선행을 안 한 것과 마찬가지이다.[55] 성인은 선행을 효의 시작으로 한다고도 했다. "효는 선심으로부터 유래된다.[56] 또 효는 착한 마음에서부터 유래되며 선에는 효가 내포된다고 했다. "계를 수행해야만 선이 생길 수 있다.[57] 이처럼 계·효·선 삼자는 하나로 통일되며, 효는 불교의 계이고, 불교 신도들이 반드시 지켜야 할 도덕이며, 나아가서는 성불의 근본이라고 했던 것이다.

셋째, 효에 충실하고 수계(修戒)를 하는 것은 복을 빌고 부모님을 섬기기 위한 것이라고 했다. 즉 "행복을 원한다면, 효도부터 해야 할 것이고, 효도를 하려면, 수행부터 하라"[58]고 했다. 또 "불교의 율은 제자들에게 정하기를, 자신의 법의와 발우(밥그릇)를 아껴 부모님을 모시도록 요구한다."[59]고 했다. 즉, 복을 원하면 차라리 부모님께 효도하고, 효도를 하려면 차라리 계부터 수행하라는 것이었다. 이처럼 지계·행효는 모두

53) "夫孝也者, 大戒之所先也"(『효론·명효장제일(孝論·明孝章第壹)』)

54) "夫五戒有孝之蘊"(『효론·계효장제칠(孝論·戒孝章第七)』)

55) "聖人之善, 以孝爲端; 爲善而不先其端, 無善也."(『효론·필효장제오(孝論·必孝章第五)』)

56) "孝出於善"(『효론·효출장제팔(孝論·孝出章第八)』)

57) "戒也者, 衆善之所以生也"(『(효론·명효장제일)孝論·明孝章第壹』)

58) "今夫天下欲福不若篤孝, 篤孝不若修戒"(『효론·계효장제칠(孝論·孝章第七)』)

59) "律制佛子, 必減其衣盂之資, 以養父母."(『효론·효행장제11(孝論·孝行章第一一)』)

복을 얻기 위한 것이라는 것이었다. 출가한 승려들은 응당 자신의 의식을 아껴 부모님을 공경해야 한다는 주장이었다.

넷째, 삼년(三年) 심상(心喪)이다. 유가는 3년 동안 상복은 입지 않고 다만 마음으로 복상할 것을 주장했다. 인도불교는 가족이 세상을 떠나면 상복을 입고 슬프게 눈물을 흘리는 것을 주장하지 않았다. 이에 계승은 절충 방식으로 승려의 경우 부모님이 세상을 떠나면 일반인처럼 상복을 입고 복상하는 것이 마땅하지 않으며, 승려는 대포(大布)를 상복으로 입거나 굵은 베로 짠 가사를 상복으로 입을 것을 주장했다. 즉 "반드시 3년 심상하며 조용히 수행하고 부모님을 명상한다."[60]라는 것이었다. 심상이란 고대 스승이 세상을 떠난 후, 제자는 상복을 입지 않고 마음속으로만 복상함을 뜻한다. 계승은 승려의 부모가 세상을 떠나면 마음으로 복상하고, 조용히 수행하며 부모님을 대신하여 명복을 빌어야 함이 마땅하다 주장했던 것이다.

종합적으로 계승은 불교의 계와 유가의 효는 완전히 일치하는 것이며, 불교의 효는 유가의 효 보다 우월하기에 불교도 당연히 다른 종교보다 더 중시 받고 존경 받아야 한다고 주장했다.

중국의 불교학자들은 문장을 편찬하여 효도를 홍보하는 한편, 전적으로 효를 강조하는 불경을 직접 만들어서 소의 경전으로 삼고, 이로써 논거의 권위성을 강화했다. 예를 들면 당나라 초기 편찬한 『부모은중경(父母恩重經)』에는 일반 서민의 깊은 모자의 정을 그렸는데, 부모님의 은혜와 아들의 공경심과 보살핌을 서술하면서 부모의 키워준 은혜에 보답하

---

60) "三年必心喪, 靜居修我法, 贊父母之冥"(『(효론·종효장제일이)孝論·終孝章第壹二』)

는 사상을 강조했다. 경서를 만들고 향불을 피우며 부처님 상을 모시고, 삼보(부모님·스승·승려)를 공양하며, 승려들을 먹여 살리고, 부모님의 복을 위해 덕을 쌓아야 한다는 것이다. 이러한 경서는 불교의 전파과정에서 유가 명교의 자극 및 영향을 받아 만들어 진 것이다. 또한 유가가 서민을 교화하는데 윤리도덕 서적으로도 이용되었다. 『부모은중경(父母恩重經)』은 전파 범위가 넓고 시간도 오래되었다. 그런 과정에서 다른 판본이 생기기도 하고 삽화 판본도 생겨났다. 예를 들면 부모은중변문(父母恩重變文)·부모은중속문(父母恩重俗文)·부모은중변상도(父母恩重變相圖) 등이 그것인데, 이로써 그 영향력이 아주 컸음을 알 수 있다. 『범망경(梵網經)』은 『보살계본(菩薩戒本)』이라고도 불리는데, 제목은 후진(后秦)시기 구마라집(鳩摩羅什)이 처음 번역한 것이다. 부모님·스승·승려 삼보에 효도하고, 이 효도의 법을 '계(戒)'라고 정했다. 이는 부모님·스승·승려의 말에 순종할 것을 강조한 것이며, 효와 계를 결합시킴으로서 효도하는 것이 즉 '계'라고 주장했던 것이다. 이러한 내용을 담은 『범망경(梵網經)』은 중국의 불교사상에 커다란 영향을 주었다.

효도에 대한 중시를 강조하기 위해 불교는 사람들의 효행과 불사활동을 결합시켰고, 민간에서 효도 분위기를 조성하는데 힘썼다. 인도불교의 『우란분경』(서진시기 축법호 역)은 중국의 불교학자들로부터 "불교효경"으로 불렸다. 석가모니의 제자인 목련(目連)이 지옥에 들어가 아귀(餓鬼)의 몸이 된 어머니를 구원했다는 내용이다. 이는 효의 정신을 강조한 것이며, 중국의 풍속과 분위기에 잘 어울렸다. 당나라 이후, 불교학자들은 저마다 이 경에 대해 주석을 달았는데, 그중 유명한 것은 당나라 종밀이(宗密)이 편찬한 『우란분경』2권이다. 주석 중에 석가모니의 출가와 목련의 출가원인이 모두 부모님을 구원하기 위한 것이라는 내용을 특히 강조했다. 『우란분경』을 보면 다음과 같은 내용이 기술되어 있다.

"불교 제자들은 효도를 수행하며 항상 현생의 부모님은 물론, 심지어 칠세대의 부모님까지 공경해야 한다. 매년 7월 15일이면 낳아 키워주신 부모님, 그리고 칠세대의 부모님을 그리워하며 이날을 우란분으로 정한다. 불사를 치르고 출가하여 부모님의 키워준 은혜에 보답한다."[61]

중국불교의 이론에 따르면, 부모님, 심지어 칠세대 부모(七世父母, 선대의 죽은 부모들)들을 구원하기 위해서는 우란분회를 올려야 한다. 이는 오랜 세월동안 중국 불교계에서 해마다 거행하는 가장 큰 명절 중 하나이며, 고대 민간 백성들이 즐겨 지내던 법회였다. 당·송 이후부터 널리 유행된 불교계의 명절이었던 것이다. 이와 더불어 목련(目連)이 지옥에 들어가 어머니를 구한 이야기도 문자·그림·희극 등의 방식으로 구체적으로 묘사되어 선전되었다. 예를 들면 목련변문(目連變文)·목련변상도(目連變相圖)·입지옥도(入地獄圖)·목련희극 등이 도읍과 시골에서 널리 전해졌던 것이다. 이는 유가의 삼강오상의 명교인 "강상명교(綱常名教, 삼강[三綱] 오상[五常]의 명교[名教])"와 종법제도를 유지하는 데 중요한 역할을 했던 것이다.

---

61) "是佛弟子修孝順者, 應念念中常憶父母供養乃至七世父母. 年年七月十五日, 常以孝慈憶所生父母乃至 七世父母, 爲作盂蘭盆, 施佛及僧, 以報父母長養慈愛之恩.

제5절
불성론(佛性論)과 수양법(修養法)

중국불교의 윤리도덕사상은 사람의 본질·본성에 대한 분석을 전제로
한 것이다. 불교 인성론의 형태는 불성론으로 표현된다. 이는 중국 특
유의 인성학설과 연관되면서도 차이가 있음을 잘 보여준다. 중국불교의
각 종파는 저마다 거악종선(去惡從善)·수행성불(修行成佛)의 과정과 방식
에 대해 주장을 발표했으며, 이는 송나라 이후의 유가도덕 수양방식에
직접적인 계시를 주었다.

첫째. 불성론(佛性論)
선진(先秦) 이후 수많은 중요한 사상가들은 인성에 대해 연구했는데, 주
로 인간이 짐승과 다른 우월한 존재로서의 특수성에 대해 토론했다. 즉 인
간과 짐승의 차이점, 인간의 우월성 등이다. 불교에서 말하는 '성(性)'은 특
성을 말하는 것이 아니라 '계(界)', 즉 '불계(佛界)'를 말하는 것이다. '계'는
'인(因)', 즉 '질인(質因)', '요인'이라는 뜻이다. 불성은 중생이 성불하는데
필요한 의거·조건을 말한다. 양자의 각도와 출발점은 다르며 범위도 다
르다. 인생론은 사람을 근본으로 하고, 불성론은 사람·신·귀신·짐승 등
일체의 중생을 근본으로 한다. 물론 양자 사이에는 일치하는 면도 있다.
중국전통의 인성론은 주로 인성의 선과 악, 성현의 성취 등을 언급하고,

불성론의 내용은 아주 광범위한데 불성의 의미에서 말하자면 심성(사람의 본심·본성)이 포함되며, 또한 만물을 통찰하는 진실한 지혜도 포함된다. 또한 경(境)·이(理)와도 상통한다. 즉 사물의 본질·본성·우주만물의 본체·본원이 모두 내포된다. 불성론도 본성의 선악을 언급하는데, 이는 중국전통 인성론의 내용과 비슷한 점이 있다. 중국 불교 역시 중생에 대해 언급하고 심지어 초본의 불성문제까지 다루지만, 중생을 말할 때는 주로 인간을 말하는 것이다. 중국 불교학자들의 불성론에는 인생론을 내포하고 있으며, 의미상에서 말한다면 불성론이 곧 인성론인 것이다.

불성론은 중국불교 역사상 중요한 이론적인 문제이며 남북조시기 불교이론의 중심이자 또한 수·당 시기 중요한 불교종파들의 기본이론이기도 하다. 중국의 불교학자들은 불성 문제를 둘러싸고 생긴 중요한 하나의 분쟁과 논쟁점은, "모든 중생은 불성을 갖고 있는가?", "일천제(一闡提)[62]는 불성이 있는가?" "부처가 될 수 있는가?"등이었다.

고대의 인도는 불평등한 종성제도(种姓制度, 카스트제도)사회였다. 불교이론으로 분석할 때 대승불교는 일체 중생은 모두 불성이 있으나 일천제는 불성이 없다고 주장한다. 대승불교 중 유종(有宗)은 "무성유정(無性有情)[63]한 사람은 성불할 수 없다고 주장한다. "모든 중생은 모두 불성이 있다"는 이론을 반박하는 이 주장은 광범위한 대중들에게 불교의 매력을 저하시키는 원인이 되었으며, "사람은 모두 요·순이 될 수 있다"는 중국 유가의 주장과 정신적으로 서로 모순되었다. 그 때문에 전제 통치

---

62) '일천제(一闡提) : 성불할 성품이 없는 사람을 이르는 말.

63) 무성유정(無性有情) : 중생이 본래부터 가지고 있다는 다섯 가지 성품 가운데 하나. 불성이 없는 중 생이라는 뜻으로, 성불할 수 없는 무리를 말한다

계층이 사상통치를 하는 정치적 수요에 맞지 않았다. 동진·송 시기의 저명한 불교학자 축도생은 "일천제 역시 불성이 있고 부처가 될 수 있다"고 주장했다. 훗날에는 천태(天台),화엄(華嚴),선제종(禪諸宗) 역시 사람마다 부처가 될 수 있다는 주장을 피력했다. 이에 대해 현장(玄奘)·규기(窺基) 등은 인도 대승불교 유가행파(瑜伽行派)의 영향으로 일부 사람들은 부처가 될 수 없다고 주장하면서 이러한 관점을 더 한층 전파시켰다. 그러나 사람마다 부처가 될 수 있다는 중국 불교의 주장은 불교의 윤리도덕 교화를 위해 사상적 의거를 제공해 주었으며, 유가의 성인 관점과도 서로 맞아떨어졌다.

중국 유가의 인생 선악 관념의 영향으로 인해 일부 불교학자들도 선악방면에서 입각하여 불성(佛性)을 논의했다. 성은 일정한 진실한 양상을 갖고 있으며, 부처와 일체 중생의 마음속에는 선악정염(善惡淨染)이 항상 존재한다고 천태종은 주장했다.

한편 성은 선천적으로 존재하며 그 속에는 선과 악이 있고, 수습(修習, 숙련하는 것)은 후천적인 행위로서 역시 선과 악이 있다고 하여, 부처는 선악이 있기에 '지옥의 신'으로 나타나고, 일천제(一闡提)는 부단히 선행을 하여 덕을 쌓아 부처가 될 수 있다는 설은, 오대·송 시기 법안종(法眼宗)의 저명한 승려 연수(延壽)였다. 그는 선천적으로 갖고 있는 성(性)과 후천적 행위의 수행을 선·악 두 가지로 구분했던 것이다.

선성·악성을 말하자면 성인과 일반인은 다르지 않다. 부처들은 부단히 악성을 보여 지옥지신을 재현하고, 선제는 부단히 '선성(善性, 착한 본성)'을 보여 부처가 될 수 있었다. 선과 악 어느 쪽을 선택하느냐에 따라

결과가 달라지고 우매와 지혜가 구분된다는 것이었다.[64]

부처·범인·일선제는 모두 선성·악성을 갖고 있다. 다만 후천적 행위가 다를 뿐이다. "부처가 비록 부단히 악을 추구하더라도 악에 도달할 수 없다. 그것은 악행을 하더라도 악에 얽매이지 않기 때문에 악에 물들지 않는 것이다."[65] 다시 말해서 부처는 부단히 악념이 생겨도 악행을 하지 않고, 부처가 제악법문(諸惡法門)을 통해, 지옥으로 들어감은 중생을 구원하기 위한 것이기에 악에 물들지 않는다는 의미이다. 송나라 천태종의 지예(知禮)는 만물의 본체 '진여(眞如, 영원불멸의 진리)'는 워낙 우매무지한 '무명(無明)'이 있으며, 일체 중생의 본성은 불성 외에 악성이 있다. 이것이 중생이 생사 윤회하는 원인이다. 지예는 중생성악설로 생사 윤회를 설명했으며, 중생성선을 함으로써 수행하고 부처가 될 수 있다고 해석했다. 불교는 흔히 불성은 선성(善性)이라고 주장하지만 천태종은 불성을 선악 관념과 아울러서 인과 보응설을 부각시켰다. 중국의 고대학자들은 성선론과 성악론의 성유선유악설(性有善有惡說)을 조화시켰는데, 대표적인 인물로는 전국시기의 유가 세석(世碩)이 처음이며, 그 후 동중서(董仲舒)·유향(劉向)·양웅(揚雄) 등이 이러한 주장을 이어왔는데, 그 영향력이 매우 컸다. 중국 불교학자들의 불성선악설(佛性善惡說)은 중국 고대사회의 인성선악에 대한 장시간의 논쟁을 깊이 반영하고 있으며, 또한 중국 고대 성유선악설을 계승 발전시킨 것이다.

중국 불교학자들은 사람과 마음 두 방면으로부터 불성을 연구하는 외

---

64) "若以性善性惡凡聖不移, 諸佛不斷性惡, 能現地獄之身; 闡提不斷性善, 常具佛果之體. 若以修善修惡 就事卽殊, 因果不同, 愚智有別, 修壹念善, 遠階覺地; 起壹念惡, 長沒苦輪.) (『만선동귀집(萬善同歸 集)』)

65) "佛雖不斷性惡, 而不能達於惡. 以達惡故, 於惡得自在, 故不爲惡所染."(『종경록(宗鏡錄)』 17권)

에 '경(境)'에서 출발하여 '불성(佛性)'이라는 주제를 창조했다. '경'이란 주로 주체인식의 대상을 말한다. 불교의 지혜가 파악하는 경지란 일체 사물의 진실한 본성을 말한다. 이런 진실한 본성은 또한 '이(理)', 즉 '실상의 이(實相之理)'라고도 말한다. 이러한 이를 불성으로 간주한다. 축도생은 "불성의 이는 자성(自性)이라 하여 공(空)한 것이 아니다. 때문에 자성으로 불성의 이를 간단히 부정해서는 안 된다. 불성의 이는 자성과 분리할 수 없는 관계이지 서로 배척하고 대립하는 관계가 아니다"[66]라고 하여 '이(理)'를 본체·본성·불성이라고 했다. '나'라는 실제 존재하는 자체 때문에 '공'한 것이 아니므로 내가 '이'의 존재를 제어할 수 없다는 것이다. 이런 실제적 자체인 '나'는 존재하지 않는 것으로 즉 '무아'라는 것이었다. 하지만 '무아'란 지(地)·수(水)·화(火)·풍(風) '4대'의 존재로 구성되는 것으로 생사가 있는 '나'라는 존재가 실제로 존재하지 않음을 말할 뿐 "불성의 나"가 존재하지 않는다는 뜻은 아니라는 것으로 불성이 실제적 자체에는 존재한다는 것이었다. 축도생은 이런 '이'가 바로 성불의 원인과 근거라고 주장했으니, 즉 '이(理)'는 불인(佛因)이며, 또한 불성(佛性)이라고 했던 것이다.[67]

사람들이 도리를 깨달으면 불교의 진리를 얻은 것이다. 이는 법신, 즉 부처가 되는 것으로써 체현된다. 일부 불교학자, 예를 들면 승려 혜령(慧令)은 득리(得理) 방면으로부터 불성을 해석했다. 모든 중생은 '득불지리(得佛之理, 발보리심과 같은 내도[內道]의 길을 닦아 성불할 수 있는 도

66) "理旣不從我爲空, 豈有我能制之哉? 則無我矣. 無我本無生死中我, 非不有佛性我也."

67) "從理故成佛果, 理爲佛因也"

리 - 역자 주)'가 있으며 이는 중생이 부처가 될 수 있는 결정적 요소라고 했다. 중국의 불교학자들은 이를 불성의 관점으로 보는데, 이는 중국 고대의 윤리학과 철학에 큰 영향을 주었다. '정주리학(程朱理学)'은 도덕관념을 승화시킨 이(理)를 우주만물의 본체로 여기며, 이는 불교에서 이(理)를 불성(佛性)의 사상으로 하는 사유방식과 일치하는 것이었다.

둘째. 수양법(修養法)

불교는 수양방식과 경로를 아주 중시한다. 초기에 불교는 불교 제자들이 수행을 함은 다시 태어나 출생윤회를 하기 위한 것이며, 이로써 생멸(生滅)을 벗어나 인생의 해탈을 얻는 것이라고 강조했다.

후에 와서 수지(修持)는 우주 실상(實相)을 증명하기 위한 것, 즉 신비로운 경험인 불교의 진리를 얻기 위한 것이지, 생과 멸을 이탈하기 위한 것이 아니라고 주장했다. 인도불교는 여러 가지 수행 경로와 방식을 두 가지로 통합했다. 즉 '정(定)'과 '혜(慧)', 이를 '지(止)'와 '관(觀)'이라고도 불렀다. '정' 또는 '지', 이는 즉 '선정(禪定)'을 말하며, 이는 불교 사유의 습득을 중점으로 한다고 했다. '혜' 또는 '관', 이는 불교의리(佛敎義理)를 배우고 불교의 지혜를 키우는 것을 말한다. 남북조시기 남방은 의리를 중요시하고, 북방지역은 선정을 중히 여겼다. 수나라 시대 천태종 창시자인 지의(智顗)는 이 두 가지 방법을 통합하여, 정혜쌍수·지관병중(定慧雙

修[68]`止觀並重[69])의 두 가지를 병행시키는 주장을 제기했다.

> "열반으로 향하는 방식은 여러 가지인데 그 중요성을 말하자
> 면 지·관 두 가지로 총괄할 수 있다. '지'는 인간 마음속의 번
> 뇌를 다스리는 해결방법이고, '관'은 의혹을 깨닫게 하는 답이
> 다. '지'는 지식을 키우는 원천이며, '관'은 불법의 실상을 깨닫
> 게 하는 묘한 방책이다. '지'는 선정이 이루어지는 원인이고,
> '관'은 지혜의 원천이다. '정'과 '혜' 두 가지를 성취하면…… 이
> 두 가지는 마치 수레의 두 바퀴와 같고, 새의 두 날개와 같아
> 서 수련과정에서 병행하지 않고 어느 한쪽으로 치우친다면
> 사악의 길로 들어서게 될 것이다."[70]

열반의 경지에 도달하여 고난으로부터 해탈하려면 반드시 정혜쌍수,
지관병중(定慧雙修、止觀並重)의 두 가지를 병행해야 한다는 뜻이다. 다시

---

68) 정혜쌍수 : 모든 불자(仏者)의 문제는 중생으로서 어떻게 스스로의 마음을 찾는가 하는 점이다. 가장 쉬
  울 듯 하면서도 어려운 것이 이 자심(自心)을 찾아내는 문제인데, 정혜(定慧)의 2문(二門)에 의지해 야만
  한다는 것이다. 그러므로 자심을 구한다는 말은 정혜를 뚜렷이 밝힌다는 뜻과 같은 것인데, 한 마음이
  산란심(散乱心)을 제거하는 것이 정(定)이고, 한 마음이 혼침(昏沈)을 극복하는 것을 혜(慧)라 고 하기에,
  정과 혜는 자신의 정신을 순일(純一)하고 망념(妄念)을 떠난 큰마음을 찾아내는 초문(初門) 인 동시에 표
  준인 것이다.

69) 지관병중 : 지관은 지(止)와 관(観)의 합성어이다. 지는 정신을 집중하여 마음이 적정해진 상태이며, 관은
  있는 그대로의 진리인 실상(実相)을 관찰하는 것을 의미하는데, 지와 관은 서로 불가분리의 상태 에 있으
  므로 각각 따로 수행해서는 안 되고 같이 병행해서 수행해야 한다는 말.

70) "泥洹之法, 入乃多途, 論其急要, 不出止觀二法. 所以然者, 止乃伏結之初門, 觀是斷惑之正要; 止則 愛養心識之善
  資, 觀則策發神解之妙術; 止是禪定之勝因, 觀是智慧之由借. 若人成就定慧二法,…當 知此之二法, 如車之雙軌, 鳥
  之雙翼, 若偏修習, 卽墮邪倒." (『수습지관좌선법요[修習止觀坐禪法 要]』)

말해서 오직 지·정이 번뇌를 가실 수 있고, 지혜를 늘이기 위한 유익한 조건을 창조해 줄 수 있다는 말이다. 다시 말해서 오직 '관'·'혜'만이 망념을 버리고 정확한 답을 줄 수 있으므로, 어느 하나에만 치우쳐도 인간은 사악의 길로 들어설 것이며, 결국 성불의 목적을 실현할 수 없게 된다는 것이다. 중국의 불교학자들은 수행과정과 방식에 있어서 주로 다음 세 가지 방면에 중점을 두었다. 즉 탐욕과 진리의 관계, 무명과 지혜의 관계, 망념과 자성(自性)의 관계이다. 다시 말하면 수행과정에서 반드시 탐욕·무지·망념을 버리고 진리를 확인함으로써 자신으로 하여금 지혜롭고 참뜻을 깨닫게 하는 것이다. 탐욕과 진리의 관계 : 불교는 인생의 고통과 해탈 입장으로부터 이 문제를 논의했다. 사람은 물질·느낌·이성 활동·의지 활동과 외계에 대한 인식분별 능력으로 구성된 것일 뿐 항상(恒常)적인 실체는 존재하지 않는다는 것으로, 인간은 인생 자체에 뜨거운 애정과 집착적인 욕망(유아[有我])을 가지고 있다는 것이다. 객관세계 역시 각종 원인과 조건으로 구성되었으며, 또한 부단히 변화하지만, 인간은 외계에 대해 강렬한 추구와 점유 욕망(유상[有常])을 갖고 있다는 것이다. 이러한 유아·유상의 욕망과 욕구는 사람들의 몸·입·의지를 모두 움직이게 한다. 그리하여 각종 악행이 생기게 되고 생사윤회의 고통이 생겨나게 되는데, 불교는 사람들이 욕망과 욕구가 있는 것은 불교에서 말하는 '무아'·'무상'의 참뜻을 모르기 때문이고, 우주 및 인생의 진리와 어긋났기 때문에 생긴 결과라고 했다. 그래서 불교는 반드시 수행을 거쳐 욕망을 버리고 진리를 추구해야 한다고 주장했던 것이다.

축도생은 인생과 우주의 "종극지리(宗極之理, 가르침의 궁극적인 요지 - 역자 주)"를 깨닫는 것, 즉 우주 본체의 진리를 깨달으면 성불할 수 있다고 했다.[71] 축도생의 이런 주장은 수·당 시기의 불교발전에 큰 영향을 주었으며, 송·명 성리학의 형성에도 중대한 계시를 주었다. 불교는 인생 해탈의 각도로부터 출발하여 금욕주의를 주장했고, 이는 사회의무의 입장으로부터 출발하여 과욕·절제를 주장하는 유가의 관점과 서로 배합하며 보완했다. 또한 전제적 통치 질서를 수호했다.

무명·지혜·망념·자성의 관계 : 중국불교, 특히 선종은 인간은 선천적으로 지혜를 갖고 있다고 주장했다. 선종의 창시자 혜능은 "보리 반야의 지혜는 본래 세인들에게 갖추어져 있다(菩提般若之智)"고 했다.[72] 그리고 "세인의 마음은 워낙 각오된 것이다. 이런 각오는 선천적인 지혜에 있다"라는 관점을 제기했다. 선종 및 화엄종 학자 종밀(宗密)은 이에 대해 더욱 명확히 피력했다.[73] 영지(靈知), 즉 공적지지(空寂之知)란 심체(心體)를 말하는데, 지(知)는 정심(淨心)의 본체이고, 정심은 지의 본체이다. 마음이 지를 체성(體性)으로 하기에, 마음은 영리하고 우매하지 않다. 영지(靈知)는 일체 인간들의 진성(眞性)이고 본성(本性)이며, 인간의 마음은 원초부터 이런 인지능력을 갖고 있다. 비록 사람들은 그 존재를 느끼지 못하지만 그는 확실히 객관적으로 존재하는 것이다. 방황하거나 각성할 때, 이런 인지는 항상 존재한다고 했다.[74] 종밀은 영지(靈知)는 심체(心體)

---

71) "窮理盡性, 佛以窮理爲主, 佛爲悟理之體, 理則是佛, 乖者凡夫"라는 주장을 거듭하여 강조했다.《注維摩詰経》, 《大正藏》,第38卷, 375쪽.

72) 敦煌本『壇經』

73) "自有本覺性"(敦煌本『壇經』), "自心地上覺悟如來, 放大智慧光明." (敦煌本『壇經』)

74) "空寂之心, 靈知不昧. 卽此空寂之知, 是汝眞性, 任迷任悟, 心本有知, 不借緣生, 不因境起. 知之壹字, 衆妙之門." (『선원제전집도서[禪源諸詮集都序]권2상』

라는 새로운 관점으로 선종(禪宗)의 이심전심(以心傳心)의 실제 의미를 설명했다. 종밀은 '지(知)'를 특별히 강조했는데, 지는 불지(佛知)와 동등한 '지'이며, '지'는 바로 '불지'이고, 또한 인간은 선천적으로 '진성(眞性)'을 갖고 있다고 주장했다.[75]

선종의 입장에서 볼 때, 영지(靈知) 즉 지혜는 인간의 진성(眞性), 즉 자성(自性)·본성(本性)이며 자심(自心)이므로, 사람마다 본심과 본성을 깨달으면 해탈하여 성불하는 것이 가능하다고 했다. 혜능은 "삼세제불, 십이부경[76]은 또한 인성 속에 자고로 존재한다…… 내심과 바깥세상의 이치에 통찰하고, 본심을 깨달으면 해탈에 도달한다"[77]고 주장했다. 인간이 성불하지 못하고 있는 중요한 이유는 자성이 망상에 덮인 까닭이라고 했다.

> "세상 사람들이 심성이 청정하기론 청천(晴天, 맑게 갠 하늘)과 같다… 그러나 망념에 뒤덮여 자성을 몰라본다. 유익한 지식을 통해 참된 법을 깨닫고 망상을 버리고, 내심과 바깥세계를 통찰하면, 자성을 통해 모든 진리를 알게 될 것이다. 모든 법은 성(性)에 있으며, 이를 청정법신(淸淨法身)이라 한다."[78]

---

75) "知之壹字, 衆妙之門"

76) 십이부경(十二部経) : 석가모니의 교설을 그 성질과 형식에 따라 구분하여 12부로 분류하여 놓은 불교 경전. 십이분경(十二分経)·십이분교(十二分教)라고도 한다

77) "三世諸佛, 十二部經, 亦在人性中本自具有.…內外名(明)徹, 識自本心, 若識本心, 卽是解脫."(돈황본[敦煌本] 『단경(壇經)』)

78) "世人性淨, 猶如淸(靑)天.… 妄念浮雲蓋覆, 自姓(性)不能明. 故遇善知識開眞法, 吹卻名(迷)妄, 內外 名(明)徹, 於自姓(性)中, 萬法皆見. 壹切法自在姓(性), 名爲淸淨法身." (돈황본[敦煌本] 『단경(壇 經)』).

"일체법자재성(壹切法自在性)"이란 진여(眞如) 즉 법성(法性)을 말하며, "청정법신"이라 부른다. 반대로 '청정법신'은 곧 법성이고 자성이다. 다시 말해서 세상 사람들의 본성은 푸른 하늘처럼 청정하며, 만약 망념의 구름에 뒤덮이게 되면, 비록 본성이 청정할지라도 나타나지 못하므로, 그 때문에 진리를 가르칠 수 있는 사람을 만나 가르침을 받고 망념을 버리면 자성을 통해 모든 사물을 깨닫게 되며, 불성을 체현하고 성불할 수 있다는 것이었다. 이것이 바로 유명한 "견성성불(見性成佛)"이라는 관점의 의미이다. 선종의 "견성성불" 관점사상의 실질은 자기 본성, 자기의 식에 대한 반성과 반귀(反歸)이며, 개체가 우주 전체의 실질을 깨닫는 과정인 것이다. 즉 대자연과의 통합을 말한다. 사실 이는 자연주의 경향을 띤 정신경계라고 할 수 있다. 인도불교는 흔히 "본성은 본래 깨끗한데, 외부의 티끌에 의해 오염되다(心性本淨, 客塵所染)"를 강조하고, 중국불교는 "원래 성불의 각성을 구비하고 있기 때문에, 다만 사람들이 이 각성을 발현하기만 하면 된다"[79]는 것을 주장한다. 각(覺)은 각오, 지혜를 말하며 정(靜)은 청정을 말한다. 선을 행함은 다르며 역할이란 뜻, 즉 능동적 의미가 포함된다. 이 점은 인도불교에서 말하는 내용과 큰 구별이 있으며, 주관적 능동적 역할을 발휘할 것을 더욱 강조하고 있다. 또한 각(覺)은 인지이며, 이는 주관적 인식의 작용을 강조했다. 이러한 '각'의 심성이 다만 망념에 덮여 있을 뿐, 본성 각오는 영원불변하며, 항상 존재한다는 것이다. 망념을 버리고 잘못된 인식과 생각을 바로 잡으면 곧 성불할 수 있다는 것이다. 이로써 수행하여 '성불(成佛)'을 실현하는 것은

---

79) "心性本覺, 妄念所蔽"(『대승기신론(大乘起信論)』)

빠르고도 간단한 일로 되어버렸다. 주목할 것은 불교의 수양방식은 송·명 성리학의 도덕수양 방식에 큰 영향을 끼쳤다는 점이다. 성리학자들은 '주정'·'주경'을 강조하고 선정은 정좌로 변했다. 성리학자들은 습정(習靜)을 주장하며, 안정을 취해야만 사욕을 내려놓을 수 있고, 합천리(合天理, 천지와 더불어) 하여 '소아(小我, 감정이나 욕망 따위에 사로잡힌 자신 -역자주)'·'대아'(우주 본체로서 참된 나 - 역자 주)를 관통하고, 대아와 통하며 하늘·땅과 합기덕(合其德, 그 덕을 합한다)한다고 믿었다. 성리학자들은 선종의 "교학에 의지하지 않고, 좌선에 의해서 바로 사람의 마음을 직관하여, 불의 깨달음에 도달하는 것(直指人心, 見性成佛)"의 수련 양식을 받아들이고, '심(心)'의 중요성을 강조했다. 주희(朱熹)는 "사람의 한 마음에 천리가 보존되면 인욕이 없어지고, 인욕이 이기면 천리가 없어진다"[80]고 하였다.

즉 인심은 천리와 인간의 욕망이 겨루는 승패의 관건적인 고리라는 것이었다. 그들은 『상서·대우모(尙書·大禹謨)』로부터 "인심은 위태롭고, 도심은 미미하니, 정밀하고 전일하여, 진실로 그 속을 견지하라"[81]는 네 구절을 선정하여, 불교 종교수양의 표준에 따라 새로이 해석하면서 "천리를 보존하면, 인욕이 없어진다(存天理 ﹑滅人欲)"라는 경서의 내용을 근거로 삼고 성리학자들의 수련양성의 16자 진언(十六字真言)으로 정했던 것이다.

---

80) "人之壹心, 天理存則人欲亡, 人欲勝則天理滅"(『주자어류(朱子語類)』 3권)

81) "人心惟危, 道心惟微, 惟精惟壱, 允執厥中"

제6절
중국불교의 윤리 특색

　이상에서 살펴본 것처럼 여러 방면에 관한 논술로부터 우리는 불교와 중국윤리 간의 관계를 알 수 있었으며, 중국 불교윤리의 특색도 엿볼 수 있었다.

　불교가 중국에 전해온 이후 불교의 한문번역 방식과 유가(儒家)의 전제적 종법(宗法) 윤리는 서로 조화관계를 이루었다. 그렇기 때문에 중국의 불교윤리는 애초부터 법가의 낙인을 갖고 있었다. 역사의 흐름에 따라 이러한 조화로운 색채는 더욱 현저해져 갔으며, 송나라에 이르러서는 불교가 효(孝)를 더욱 절대적·극단적인 정도로 높이 받들어 숭배했다. 이로써 중국인의 도덕 심리에 맞추느라 불교를 윤리학 화 시켰던 것이다. 불교의 윤리도덕은 중국 고대의 윤리도덕 범주에서 시종 지배적 위치에 오르지는 못하고 있었다. 비록 독립적인 일면이 있기는 했지만 (예를 들면, 일부 불교학자는 "승려는 왕과 부모님께 절하지 않는다"는 불교의 습성을 철저히 이행하며 언제든 가사(袈裟)를 입는 등의 행위), 주로는 유가의 도덕윤리를 흡수·조화하는 방식으로 자신을 개조하고 충실하려는 것에 의지했다. 그렇기 때문에 불교는 거의 유가의 윤리도덕에 대해 보조 역할로써 그 사회적 역할을 발휘했던 것이다. 불교는 출세법(出世法)의 입장에서 효(孝)의 극단적 중요성을 서술했고, 인생을 해탈해야 한다는 입장에서 금욕주의사상을 설명했으며, 인식론 및 인생론을 결부시킨 입장에서 출발하여 지(智)와 지혜(智慧)를 통해 인심지체(人心之體)·인적본성(人的本性) 관점을 제기하고 일련의 수행방법을 제기했다. 이 모든 것은 중요한 사상으로서 중국 윤리도덕학설을 풍부히 했으며, 일정한 의미와 정도에서는 유가 윤리도덕의 내용을 보완했다고 할 수 있다. 또한 윤리학가들로 하여금 사람들의 내심에 있는 경외감과 자각성을 환기시키는 힘을 중시하면서 봉건 윤리도덕을 실천하도록 하는 작용을 하게 했다. 이로부터 알 수 있는 것은 유가는 비록 줄곧 불교의 윤리도덕을 비판하긴 했으나, 불교의 윤리도덕관념을 흡수하여 자신을 보완했던 것이다. 송·명 이학(理學)의 윤리도덕학설은 불교 윤리도덕의 사상흔적을 고스란히 반영하고 있다. 이처럼 유가와 불교 두 종교의 상호 영향은 유가·불교 각자의 윤리도덕사상 방면의 변화를 불러일으켰던 것이다.

불교 윤리도덕의 유학화(儒學化)는 불교가 중국화 한 가장 뚜렷하고 대표적인 표현이다. 인도불교는 비록 충군효친(忠君孝親) 관련 서적이 있기는 하지만 중요한 위치를 차지하지는 않았다. 중국불교와 인도불교가 윤리도덕 학설방면에서의 주요 구별점이라면 중국불교는 충효를 중시했다는 점이다. 특히 "계를 지킴은 효를 위한 것이니(戒爲孝), 계라는 것은 곧 효이다(戒卽孝)"라는 독특한 격식으로 집중적으로 나타냈다. 간단히 말하자면 효도를 핵심으로 하고, 유가 윤리와 조화시키는 것이 중국불교와 인도불교의 윤리 상에서의 근본적인 구별점인 것이다.

불교윤리는 "악을 버리고 선을 따른다(去惡從善)"는 것을 표방했다. 계급사회에서 사람들의 계급적 지위가 다르기 때문에 선과 악에 대한 사람들의 관념도 차이가 컸으며, 심지어 대립되기도 했다. 이러한 여러 가지 대립된 이익을 조화시키고, 선·악 관념을 통일시킨다는 것은 거의 불가능한 일이었다. 그렇기 때문에 불교의 선과 악에 대한 관념에는 극히 추상적인 점이 있는 것이다. 예를 들면 위에서 언급한 것처럼 '불살생' 관념, 이는 노동계급이 전제통치자의 압박을 반대하는 이용도구로 사용될 수 있고, 전제통치계급이 노동인민 운동을 반대하는 도구로도 이용될 수 있었다. 전제통치계급은 인과응보설을 이용하여 진압·살육·전쟁을 거리낌 없이 할 수 있었고, 도탄 속에 허덕이는 백성들(하층 불교제자들 포함)도 더는 착취에 못 이겨 반기를 들고 일어나 전제통치자(상층의 불교승려도 포함)들과 투쟁했던 사실들은 이미 역사적으로 충분히 증명되었다. 이로부터 알 수 있는 것처럼, 불교의 선과 악 관념을 사회생활이라는 대환경에서 관찰할 때, 진정성 있는 면도 있고 위선(僞善)적인 한 면도 있는 것이다.

불교는 대자대비 (大慈大悲)·이기이타(利己利他)의 윤리도덕 사상을 출발점으로 하는데, 이러한 조목이 유가의 '측은지심'·성선론(性善論)과 결합하는 것을 거쳐 중국의 국가본위와 민본사상의 문화전통과 비슷했다. 불교는 대자대비·이기이타를 윤리도덕의 출발점으로 하는데, 이러한 도덕내용은 유가의 '측은지심'·"성선론"과 결부되게 되었으며, 국가본위, 민본사상의 중국문화 전통과 비슷했던 관계로 역사상에서 꽤나 큰 영향을 가져왔던 것이다. 불교의 이런 도덕관념은 추상적인 특성이 있는데, 계급사회에서 다른 계급에 이용될 수 있었다. 이로써 적극적인 역할과 소극적인 역할이라는 두 가지 상반되는 역할을 했던 것이다. 이처럼 착취계급이 통치하는 사회에서 소극적인 작용을 할 수밖에 없었던 것이 불교윤리의 기본적인 특성이기에 우리는 신중히 분석하고 비판해야 할 과제인 것이다. 불교의 이런 도덕관념은 중국역사에서(예를 들면, 중국근대사) 한 때 이상적인 도덕규범이 되면서 진보적 역할을 했고, 중국의 우수한 전통도덕을 보완하는 역할을 하기도 했던 것이다. 그렇기 때문에 불교의 윤리도덕은 비판적으로 계승해야 할 필요성이 있는 것이다.

제3장

불교와 중국의 철학

제3장
불교와 중국의 철학

　불교의 계(戒)·정(定)·혜(慧) 3학 가운데 혜학이 인생과 우주에 대한 관점이 광범위하고 풍부한 철학내용을 담고 있다. 불교의 기본 종지는 현실사회의 생활 질서를 초월해 심신의 해탈을 이루자는 것이다. 이런 목적을 달성하기 위해 불교학자들은 시종 인생과 우주만상의 '진실'을 찾으며, 독특한 특색을 가진 인생관과 세계관을 형성했다. 불교는 중국에 유입된 후 '공(空)'이라는 철학이론이 처음으로 위진 현학(玄學)에 영향을 주어 본래의 면모를 변화시켰고, 따라서 인도 중관학설의 보다 높은 추상사변으로 현학에 대해 이론적인 비판과 종합을 했던 것이다. 남북조 시기의 동진에서는 사상적으로 불교와 반불교가 날카롭게 대립하는 싸움이 치열했던 시기였다. 전 장의 "불교와 중국윤리"에서 밝혔듯이, 불교는 중국에 유입되어서부터 유가의 상강윤리와 막상막하로 대립했고, 왕을 불공경하는 사문(沙門)과 논쟁을 벌이기에 이르렀다. 불교와 유교가 윤리도덕 관념상에서의 논쟁은 불교가 중국에 유입된 이래 중국 전통문화사상과의 최대 갈등(分岐, 나뉘어 갈라지는 것 - 역자 주)이었고, 최대의 논쟁거리였다. 그 외에도 이론상에서의 최대 투쟁은 신멸론(神灭论)과 신불멸론 투쟁이었다. 이 투쟁은 인과응보와 반 인과응보와의 투쟁과 밀접히 연관되어 있었다. 수·당 시기는 불교 종파학자들이 중국 고유의 사상을 흡수한 기초위에서 철학에 대한 혁신을 진행하던 시기였고, 불교철학의 우주생성론·본체론·인식론·심성론은 전시기의 철학이론에서 중요한 지위를 차지하면서 중국의 고대철학을 풍부히 하고 발전시켰으며, 그 후의 중국 고대철학 발전에 영향도 주고 변화도 시켰다. 그 후 중국의 불교철학은 신불멸론과 모든 게 '공'이라는 개공(皆空)학설은 송나라 명리학가들의 질책을 받았으나 그 심성(心性)학설 등은 실제적으로 이학가(理学家)들에게 흡수되었다. 근대에 이르러 불교철학은 또 새로운 진보적 사상가들에 의해 개조되고 이용되었다. 불교철학과 중국철학은 서로 영향을 주고 서로의 장점을 흡수하였고, 또한 서로 도전하고 서로 투쟁하면서 서로 복잡하게 얽히고설키면서 융화되어 갔던 것이다. 불교철학은 중국철학과 서로 격전을 벌리면서 갈수록 민족화·중국화 되어갔으며, 점차 중국의 새로운 종교철학으로 자리매김하고 있는 것이다.

제1절
한나라 시기 불교와 방사도술

　한나라 시기 불교가 갓 유입될 때는 주로 선학(선정 수행방법의 이론에 관한)과 반야학(만물성공의 이론에 관한)의 경전이 먼저 번역되어 전파되었다. 그때 반야학은 아직 사회상에서 큰 영향력을 나타내지 못했으며, 사람들은 부처를 황제나 노자와 같은 취급을 했고, 황제와 노자·부처를 나란히 제사 숭배의 대상으로 삼았다. 『후한서(后汉书)』 권42 『초왕영전(楚王英传)』에서는, 한나라 광무제(光武帝)의 아들 초왕 유영(刘英)이 석가모니와 황제·노자를 나란히 모시고 제를 지냈다고 했다.

　환제(桓帝, 147-167 재위) 시기 궁중에 화개(华盖)를 설치해놓고 황제와 노자와 부처를 같이 제를 지냈다. 이는 모두 부처를 중국 전통미신의 신과 같은 취급을 한다는 것을 말하며, 불교 역시 하나의 도술로서 복을 바라고 신을 믿는 한 방식으로 여겼다. 황로지학(黃老之学)은 청정무위를 주장하고, 불교 이론 역시 청허무위를 숭상한다고 여겼다. 불교선학의 선정수행 역시 신을 향한 것으로 여겨졌고, 육체가 승천하는 신선의 방술 정도로 간주되었다.[82] 불교 역시 비록 신통력을 말했지만 양생양신(養生養神)·장생불사(长生不死)·육체비승(肉体飞升) 등을 말하지는 않았다.[83]

이로부터 알 수 있는 것처럼 당시 중국인들은 황로학(黃老學) 과 신선 방사도술의 관점으로 불교를 이해했던 것이다. 이는 불교 본연의 종지와 특징과는 전혀 다른 문제였다. 그러나 불교는 바로 중국의 황로(黃老)와 동류로 인식되고 방사도술 사상과 통하면서 비로소 유전이 가능했던 것이다.

---

82) "又聞宮中立黃老浮屠之祠. 此道淸虛, 貴尙无爲, 好生惡殺, 省欲去奢."(『후한서(后漢書)』 권30 하 『양해열전(襄楷列傳)』)

83) "昔孝明皇帝夢見神人, 身有日光, 飛在殿前, 欣悅之. 明日, 博問群臣: "此爲何神?" 有通人傳毅曰: "臣聞天竺有得道者, 号之曰佛, 飛行虛4空, 身有日光, 殆將其神也."(『이혹논[理惑論]』 20장)

제2절
불교는 현학(玄學)에 의지하다가
현학을 보완해주었다

위진 시기 이래 선학은 차등한 지위로 밀려났다. 현학이 흥기했고, 그 무렵 반야학 역시 통치자들과 불교학자들에게 중시되었고 제창되면서 현학의 강대한 영향 하에 일대 학풍을 형성하기에 이르렀다. 동진 후기에 이르러 반야학은 시종 불학의 주류를 이루었다. 반야학의 유전은 대체로 '격의(格义)'[84]·'육가칠종(六家七宗)'과 승조(僧肇)의 '불진공론(不真空论)' 세 개의 단계를 거치는데, 이 역시 불교가 현학에 의지하다가 현학을 보완해주는 사상의 변화과정이기도 했다.

한나라 말기 지루가참(支娄迦谶)이 『반야도행경(般若道行经)』을 번역하면서부터 반야류 경전은 속속 중국에 전해졌다. 중관학파(中观学派)의 저명한 학자 구마라습(鸠摩罗什)이 체계적으로 인도 대승불교 공종학설(空宗学说)을 번역하기 전까지 중국학자들은 반야학 사상을 천명하는 면에

---

84) 격의(格義) : 불교교리를 널리 이해시키기 위해서 유교, 도교 등 중국 고유의 사상에서 비슷한 관념이나 용어를 빌려 썼던 것을 말하는데, 4세기경 여러 종교에 박학다식했던 인물인 축법아가 '격의'를 사용하기 시작했다고 한다. 격의는 반야계 경전의 번역가들 사이에서 가장 성행하였는데, 그들은 중국인들에게 불교사상을 쉽게 이해시키기 위해서 기존의 중국사상을 이용했다.

서 거의 동시에 '격의'와 '육가칠종' 두 개의 파별로 나타났다. 구마라습이 경문을 번역할 때 중요한 조수였던 승예(僧叡)는 이렇게 말했다. 그는 '격의(格義)'가 불교의 본뜻에 위배되고, '육가'는 불교의 본 의미와 거리가 있다고 지적했다.[85] 이와 같은 정황이 생겨난 이유는 반야이론이 워낙 심오하고 현묘한데다가 이론사유방식이 중국의 전통사유방식과 같지 않기 때문이었으며 또 당시 반야학의 중요한 경전들이 아직 계통적으로 번역되지 않았거나 번역수준이 높지 못했던 것 등의 이유 때문이었다. 그러나 가장 중요한 것은 노장사상과 위진 현학의 다른 학파들의 사상영향을 직접 받은 결과라고 해야 할 것이다. 동진의 최고 승려인 석도안(釋道安)은 그 이유를 이렇게 밝혔다. "중국 사람들은 노장교(노자와 장자가 주장한 교리)의 가르침을 중요시했는데, 이는 《방등경(方等經)》의 가르침과 비슷하다. 따라서 쉽게 이행하는 풍조가 있다."[86] 그리하여 그는 중국 고유의 사상문화와 조화되어야만 불교가 유행될 수 있다고 주장했다. '격의'는 중국 고유의 것으로 특히 노장철학의 명사·개념과 범주를 가리키며 그것을 불교 반야학류 경전의 명사, 개념과 범주와 비교한 것이다. "반야경"에는 우주현상과 출세 사이의 개념과 범주에 대해 번역이 필요한 부분이 있고, 반야이론의 사실, 예를 들면 사람들의 해당 심리와

---

85) "自慧風東扇, 法言流咏以來, 雖曰講肄, 格義迂而乖本, 六家偏而不卽." (『출삼장기집(出三藏記 集)』권8 『비마라힐제경의소서(毗摩羅詰提經義疏序)』)

86) "以斯邦(中國)人老庄敎行, 与《方等》經兼忘相似, 故因風易行也." (『비나야서(毗(鼻)奈耶序)』)

물리현상의 구성을 분석하는 오온(五蘊)[87]·십이처(十二处)[88]·십팔계(十八界)[89] 등을 분명히 밝혀야 했다. 이를 위해 강법랑(康法朗)·축법아(竺法雅) 등은 비슷한 문구들로 격의 방법을 만들어냈다. [90] 도안은 비록 "먼저 격의를 폐지하는 것은 불리에 위배된다." (『고승전(高僧传)』권5 『석도안전(釋道安传)』)고 주장하면서 격의에 대한 불만을 털어놓았지만, 그는 자기의 제자 혜원에게 불경을 강의할 때, 『장자(庄子)』] 등 서책들에게서 비슷한 도리를 가져다 인용해 도리를 설명할 수 있다고 했으며, 사실에 있어서 그 자신도 노장철학의 술어로 불교를 해석하는 방법에서 벗어나지 못했던 것이다.

도안도 비록 격의를 사용했으나 반대도 한 사람으로 이는 격의의 방법에 대해 동요가 생겼음을 말해준다. 도안은 격의로부터 '육가'로 이전된 복잡한 인물이다. 당시 도안과 지둔(지도림) 등 저명한 승려들은 모두 투철하고 간결할 것을 바랐으며, 뜻이 드러나면 굳이 문구를 따지지

---

87) 5온(五蘊) : 불교에서 생멸 변화하는 모든 것, 즉 모든 유위법(有為法)을 구성하고 있다고 보는 색(色)수(受), 상(想), 행(行), 식(識)의 다섯 요소를 말한다. 이들은 각각 색온의 이치를 깨우쳐 자아에 대한 잘못된 견해를 극복하기 위한 것이다.

88) 12처(十二处) : 불교의 여러 일체법 분류체계 또는 분석방식 중 하나로, 존재 전체를 안처(眼处), 이 처(耳处), 비처(鼻处), 설처(舌处), 신처(身处), 의처(意处)의 6근(六根)·6내처(六内处) 또는 6내입처(六内入处)[주해 1] 와 색처(色处), 성처(声处), 향처(香处), 미처(味处), 촉처(触处), 법처(法处)의 6경(六 境)·6외처(六外处) 또는 6외입처(六外入处)[주해 1]의 총 12가지 처(处)로 분류 또는 분석하는 법체계 이다.

89) 1계(十八界) : 인간 및 모든 존재를 우리의 인식 관계로 파악한 18가지의 범주. 육근(六根)과 육경(六境)과 육식(六識)을 아울러 이르는 말이다. 곧 안(眼), 이(耳), 비(鼻), 설(舌), 신(身), 의(意)의 육근과, 그 대상이 되는 색(色), 성(声), 향(香), 미(味), 촉(触), 법(法)의 육경, 그리고 이들로 말미암아 생긴 안식(眼識), 이식(耳識), 비식(鼻識), 설식(舌識), 신식(身識), 의식(意識) 등 육식을 말한다.

90) "雅(竺法雅)乃与康法朗等以經中事數擬配外書, 爲生解之例, 謂之格義."(『고승전(高僧傳)』권4 『축법아전(竺法雅傳)』)

않았으며, 자유로이 사유할 것을 주장했다. 그리하여 육가 또는 육가칠종의 반야학 유파가 생겨나게 되었다. 육가 혹은 6가(家) 7종(宗)[91]의 대표적인 인물들은 다음과 같다.

육가(六家) 칠종(七宗) 대표인물(代表人物)
본무(本无) 본무(本无) 도안(道安)
본무이(本无异) 축법심(竺法深)·축법태(竺法汰)
즉색(即色) 즉색(即色) 지둔(支遁)
식함(识含) 식함(识含) 우법개(于法开)
환화(幻化) 환화(幻化) 도일(道壹)
심무(心无) 심무(心无) 지민도(支愍度)·축법온(竺法蕴)·도환(道恒)
연회(缘会) 연회(缘会) 우도수(于道邃)

반야학 유파 육가 또는 육가칠종은 서로간의 차이가 대체적으로 위진 현학의 분기와 상응한 것이어서 그들이 논쟁하는 문제, 사변하는 방법과 논증절차 등은 모두 현학의 영향을 받았다. 위진 현학의 철학 중심문제는 변론 자체가 체용이고, 즉 본말, 유무의 관계문제인 것이다. 당시 반야학의 이론중심문제 역시 본말, 공(무)유의 문제였다. 이건 사실상 위진 현학의 사상과 범주로 인도 반야학 이제(二谛)가 말하는 비유·인용과 발휘에 따른 것으로 '진리'를 본체의 '무', '속제(俗谛)'를 만물의 '유'라고 했던 것이다. 이로부터 심령과 물질의 관계문제로 파급되며 '무엇이

---

91) 湯用彤,《漢魏両晋南北朝仏教史》上冊, 166~167쪽, 北京, 中華書局, 1983.

본무(本无)이고' 무엇이 말유(末有)인가에 대해 학자마다 다른 논점과 학설을 가지게 되었다.

육가 또는 육가칠종은 그 기본논점의 차이로 볼 때, 주로 세 개 파 즉 본무파(本无派)·심무파(心无派)·즉색파(即色派, 식함[识含]·환화[幻化]·연회[缘会] 3파와 그 파의 논점이 비슷함)로 나뉜다. 이 3파는 사상 면에서 각각 위진 현학의 하안(何晏), 왕필(王弼)의 귀무론(贵无论), 배외(裴頠)의 숭유론(崇有论)과 곽상(郭象)의 독화론(独化论)에 의탁했다. 비록 반야학 3파와 현학 3파는 사상형식과 이론논리 면에서 일치하지는 않았으나 서로 간에는 어느 정도 상응한 대응관계가 있었고, 반야학은 마치 위진 현학의 사상발전 궤적을 재현하는 듯 했다. 본무파의 도안은 "천지가 있기 이전은 무(無)이나, 공(空)은 여러 형태의 시작이다. 그래서 본원(本元)이라고 하는 것이다"[92] 라고 했다. 이런 관점은 하안(何晏)의 "생겨남은 반드시 무에서 비롯되고, 무라는 것은 생겨남이 없는 것이다"[93], 왕필(王弼)의 "무릇 유는 모두 무에서 시작된다"[94]·"천하의 사물들은 모두 유에서 생겨나는 것이고, 유에서 시작되어 무를 기본으로 한다"[95]라는 여음에서 생겨난 것들이다. 이러한 것들은 강동의 현학풍에 적응하기 위해 창졸하게 구설을 변화시켜 새로운 견해를 만들어낸 것으로 보인다. 심무파를 창립한 지민도(支愍度)는 "무심한 것은 만물에서 비롯되나 만물은 무

---

92) "空爲衆形之始, 故稱本元." (담제(曇濟): 『7종론(七宗論)』, 『명승전초·담제전(名僧傳抄·曇濟 傳)』)

93) "有之爲有, 恃无以生"(『열자·천서(列子·天瑞)』 인용 『도론(道論)』)

94) "凡有皆始于无"(《老子·一章注》)

95) "天下之物皆以有爲生, 有之所始以无爲本"(《老子·四十章注》)

심하지 않다"[96]고 주장하면서 물질현상의 존재를 긍정했는데, 이는 유물주의 경향을 가진 일파로, 배외의 "스스로 생겨나는 것은 반드시 몸이 있게 마련이다"[97]의 관점과는 일맥상통하였다. 즉색파(即色派) 지둔(支遁)의 기본 논점은 "즉색자는 명색이 색이 아닌 것으로 그러므로 색이 있다고 하나 그것은 색이 아니다"[98]라는 것이었다. 그 뜻은 형형색색의 물질현상들은 모두 스스로 형성된 것이 아니기에 그것들은 실존하는 물질이 아니라는 것이었다. 이는 사물의 본질이나 자체를 부정하는 일종의 설법에 착안했던 것이다. 곽상은 "살이 있는 물체란 물체가 없는 것이고, 물체는 싹으로부터 생겨난다"[99]고 하여 사물은 여타의 객관 원인·근원이 없으며, 만물은 자생하는 것이라고 강조했다. 이 역시 사물의 본질 자체를 무시하는 일종의 설법으로 사유하는 노선면에서 공통점이 있었다. 지둔은 그의 저서 『즉색유현론(即色游玄论)』에서 '현'은 현묘함이라고 했다. "즉색유현"이란 물질현상에 대한 감오(感悟, 느껴 깨닫는 것 - 역자 주)이고 현오(玄悟, 헤아릴 수 없이 깊은 것 - 역자 주)인 상태이며, 이는 곽상의 "세계천지의 생성·변화, 및 만물 사이의 상호관계를 설명한 것"과 흡사했다. 이는 곽상의 "성인은 비록 대청이나 절에 있으나 그 마음은 산림 속에 있도다"(『장자·소요유주(庄子·逍遥游注)』)라는 설법과 같은 맥락이었다. 불교의 반야학파는 현학 각 파에 의존했기에 독립성을 상실했으나, 그는 그로부터 인도불교 반야학설과 구별되었으며, 중국 불교

---

96) "无心于万物, 万物未嘗无"(僧肇,《不真空論》)

97) "自生而必体有"(『숭유론(崇有論)』)

98) 승조의 『불진공론(不眞空論)』

99) "生物者无物, 而物自生耳."(『장자·재유주(庄子·在宥注)』)

학자로서 일종의 독립성을 표현한 것이기도 했다.

승조는 『부진공론(不真空论)』에서 이상의 세 가지 반야학 성공이론에 대해 분석하고 비판했다. 그는 본무파는 '무'에 너무 집착하면서 사물의 '비무(非无)'를 무시한다고 했고, 심무파는 만물에 대해 집념이 없다고 비판하면서 외계 사물의 객관존재를 부정하지 않았으며, 즉색파는 오로지 물질현상은 자체가 없이 스스로 형성되는 것이 아니라고 하면서 물질현상 자체가 바로 비물질성 임을 인식하지 못했다고 했다. 승조는 이 세 가지 파들이 모두 요령을 완비하지 못했다고 하면서 '무'와 '유'('체'와 '용') 양자를 대립시키고 각자를 벌려놓았는데, 이는 대승 반야학의 중관 의미에 부합되지 않는다고 했다. 승조는 불교 중관학의 상대주의 방법으로 세계의 공무(空无)를 논증하면서 '유'만 있는 것도 '무'만 있는 것도 아니라 모두 없는 것도 모두 있는 것도 아니라, '유'와 '무'는 쌍벽으로 같이 공존하며 '유무'가 공의(公議, 공평한 의론)를 구성한다고 했다. 이런 '유무'의 통일은 어느 한쪽도 편들지 않는 것이므로 '중도(中道)'라고 하며 '중관(中觀)'이라고도 했다. 그는 다음과 같이 말했다.

"왜냐하면 (유. 무를 쌍으로 부정한 것을 따져 묻고 풀이하였다.) 있다 말하고 싶으나 있어도 진실한 연생(緣生, 인연에 의해 태어나는 것 - 역자 주)은 아니며, 없다 말하고 싶으나 현상의 사상(事象)은 이미 나타난 것이다. 현상의 사상이 이미 나타났다고 한다면, 사상은 없지 않으나 이는 진실이 아니므로 정말로 있는 것이 아니다. 그렇다면 부진공(不真空)의 의미가 여기에서 환하게 나타났다고 하는 것이다."[100]

만일 사물을 '유'라고 한다면 '유'는 결코 진정한 존재가 아니다. 만일 사물을 '무'라고 한다면 그의 현상은 이미 나타나 있는 것이다. 이처럼 이미 나타났다면 그것은 '무'가 아니며 실재적인 '유'가 아닐 따름이다. 이것이 바로 '부진공'의 본뜻이라는 것이었다. 승조의 '부진공'적 유심주의 쌍방향 사유의 방법은 당시 기타 반야학파들보다 한 차원 높은 것이었고, 그래서 도안, 지둔 이래의 반야학에 대한 종합적인 비판성 이론이 되었던 것이다. 당시 반야학 세 개 주요 유파와 위진 현학의 해당 유파들이 서로 대응하고 있었기 때문에 객관적으로 볼 때 위진 현학에 대한 모종의 종합적인 비판이라고 볼 수도 있을 것이다. 승조가 쓴 『물불천론(物不迁论)』에서 주장한 동적인 것과 정적인 것의 구별할 수 없는 융합 논점과 『반야무지론(般若无知论)』에서 논술된 모르는 것이 곧 아는 것이라는 관점도 모두 위진 현학의 동정이론과 언의판단과도 서로 호응되는 것이다. 이로부터 승조의 반야학 이론은 비단 불교철학 이론의 새로운 발전 단계일 뿐만 아니라, 위진 현학의 보완이고 심화이며 발전이라고 보아야 할 것이다. 이처럼 승조는 장학(庄學)의 상대주의사상의 영향을 깊이 받았고, 불교의 중관이론으로 현학수준을 새로운 높이로 끌어올렸다. 중국 고대사상사에 따르면 승조 이후 반야학은 열반학으로 이전되었으며, 위진 현학 역시 더 이상은 새로운 창조성이 나타나지 않았다.

---

100) 欲言其有, 有非眞生; 欲言其无, 事現旣形. 象形不卽无, 非眞非實有. 然則不眞空義, 顯于玆矣. (『부진공론[不眞空論]』)

제3절
불교의 신불멸론과 유물주의 신멸론의 투쟁

불교 유심주의 철학사상은 한편으론 중국 전통철학의 유심주의 유파에 기대어 유행되었고, 한편으로는 또한 중국 전통철학의 유물주의 유파의 비판을 이끌어냈다. 위진 시기 불교는 위진 현학에 힘입어 전파되었고, 남북조시기에 이르러 마침내 불교 유신론과 유물주의 무신론의 대격돌이 일어나면서 중국 철학사에서 가장 규모가 크고 가장 첨예하며 가장 영향력이 큰 두 갈래의 노선투쟁으로 발전했다. 이 투쟁은 직접 중국 불교의 기초이론인 신불멸론과 관련되었고, 신불멸론과 깊은 관계가 있는 인과응보설·불성설 등과도 밀접한 관계가 있었다. 당시 무신론이 유신론을 반대하는 투쟁은 유신론과 인과응보론·불성론의 투쟁의 집합체라고 할 수 있었다.

인과응보설은 인생의 본질·가치·운명에 관한 불교의 기본이론으로 백성들한테 흡인력과 영향력이 가장 큰 이론이며, 민간에서 광범위하고도 지속적으로 전파될 수 있는 사상적 기둥이었다. 동진시기 혜원은『삼보론(三报论)』과『명보응론(明报应论)』에서 인도불교의 업보윤회 사상과 중국의 해당 전통미신을 결부시켜 사람은 몸(행동)·입(구설)·의(사상) 3업이 있고, 업에는 현보(现报)·생보(生报-다음 생에 보답 받음)와 후보(后报-오랜 시간 뒤 다시 태어나 보답 받음) 3보가 있으며, '생'에는 전생·금생과 후생이 있다고 하면서 3업·3보·3생의 인과응보사상을 선양했다. 혜원은 또 신불멸론과 인과응보론을 결부시켜 불멸의 신(영혼)은 응보의 주체 사상이라고 제기했다. 혜원은 '신'의 속성과 함의에 대한 명확한 해석을 다음과 같이 해주었다.

"대저 신(神)이란 어떤 존재인가? 정밀함이 극치에 달하여서 신령한 존재로 여겨지는 것이다. 정밀함이 극치에 달하면 괘상(卦象)이 그려질 수 있는 것이 아니다. 그러므로 성인께서는 묘물(妙物)로서 말한 것이다. ……신(神)이란, 원만하게 응하니 주인 되는 존재가 없고, 영묘함이 궁극적이니 이름이 없다. 사물에 감응하여 움직이게 되고, 상수에 가탁하여 행하게 된다. 사물에 감응하지만 사물이 아니고, 그렇기 때문이 사물이 변화하여도 소멸되지 않는다. 상수에 가탁되지만 상수가 아니고, 그렇기 때문에 상수가 다하더라도 끝나는 일이 없다. …… 화(化)는 정(情)으로써 감응하고 신(神)은 화(化)로써 전달된다. 정(情)은 화(化)의 모체가 되고, 신(神)은 정(情)의 뿌리가 된다. 정(情)에는 회물(會物, 사물을 모이게 하는)의 도가 있고, 신에는 아득히 옮겨가는 공능이 있다."[101]

여기서 '정극(精极)'이란 정명(精明)함이 극에 달했다는 말이고, '묘물

---

101) "夫神者何邪? 精极而爲灵者也. 精极則非卦象之所圖, 故圣人以妙物而爲言.…神也者, 圓應无生, 妙盡无名, 感物而動, 假數而行. 感物而非物, 故物化而不滅; 假數而非數, 故數盡而不窮.…化以情感, 神以化傳; 情爲化之母, 神爲情之根; 情有會物之道, 神有冥移之功." (『사문불경왕자론[沙門不敬 王者論]』)

(妙物)'이란 신묘한 만물을 가리킨다. '원응무생(圓应无生)'에서 '무생' 은 '무주(无主)'를 가리키고, '원응무주(圓应无主)'란 감응변화에 주체가 없음을 뜻한다. '수(数)'는 '명수(名数)'·'법수(法数)'를 말하며, 수량으로 명목이나 법문을 표시한다. 이 말에는 다섯 가지 의미가 깃들어 있다. 1) 신은 정명함이 극에 달해 비상히 정령스러운 물건 즉 정신을 말한다. 신은 아무런 이미지도 없으며 또한 신묘한 만물로서 만물을 낳는 물건이기도 하다. 2) 신은 무주이며 무명이다. 3) 신은 물체도 아니며 수자로 헤아릴수도 없다. 4) 신은 정욕의 근원이며, 생명 순환의 최종 근원이다. 5) 신은 운명 중에 순환의 힘을 갖고 작용하며 불멸하고 영원한 것이다. 승혜원은 또한 신화(薪불)를 빌려 신불멸론을 논증했다.

> "불은 횃불로 타오르는 것은 마치 신이 형태로 나타나는 것과 같다. 불이 다른 횃불로 전해지면 마치 신이 다른 형태로 이전되는 것과 같다. 전·후의 횃불은 같은 횃불이 아니며, 불이 전의 횃불로부터 후의 횃불로 전해질 때 이는 마치 신이 앞의 어떠한 형태에서 후의 어떠한 형태로 전해지는 것과 같다. 중생의 상황은 서로 연관되어 있으므로 변화가 끝이 없으며, 형태가 사라져도 신은 불멸한다."

신멸신불멸 문제에 관하여 인도의 조기 불교는 이론상 논리적 혼돈에 빠졌으며 모순으로 가득했다. 영혼설을 반대하면서도 사람이 죽은 후에는 꼭 다시 태어난다고 주장했다. 후에 대승공종(大乘空宗)은 "모든 것은 공하다"고 주장하면서 중생신식(眾生神識)과 각종 천신실유(天神實有) 관점을 반대했다. 대승유종(大乘有宗, 유식론파)은 또한 공종의 주장도 반대해 나서면서 불교가 중국에 전해온 후 중국인들은 불교의 인과응보설 이론에 근거하여 당연히 유신론으로 불교를 이해할 것이라고 강조했다. 혜원의 논설은 중국 불교학자들의 신불멸론의 대표적인 예였다. 혜원의 이런 관점은 대승공종의 학자 구마라습의 비판을 받았으며 '희론(戱論)'으로 지적받았다. 이는 중국 전통 무신론 관념과의 대립을 야기하면서 한차례 논전을 초래했던 것이다.

위진 시기 이후 문벌 사이에는 경계선이 엄했으며 빈부귀천의 차이도 심각했다. 사회의 극단적인 불평등은 불교학자들이 성불의 기회·조건의 평등여부를 연구하고 설명하는 과제를 자극하고 추진시켰으며, 또한 성불의 근거와 원인 즉 불성문제에 대한 연구범위로 파급되었다. 시대의 요구와 불교 전파의 수요에 따라, 남북조시기에는 거대한 불성(佛性) 사조가 나타났으며 불성 이론도 전에 없이 번영하는 시대를 맞이했다. 역사 자료에 따르면 당시 불성을 연구하는 학파가 12갈래 있었으며, 인(人)·심(心)·이(理) 등 세 개 방면, 즉 사람의 심식, 객관적 경계 두 방면으로부터 불성에 대한 연구가 이루어졌다고 했다. 수많은 불성학설 중 가장 주목받을 것은 축도생의 관점이었다. 그는 불성은 중생의 가장 선한 본성이고, 최고의 지혜이며, 최후의 진리이자 우주의 본성이라고 지적했다. 불성은 공한 것이 아니며, 비신명(非神明)도 아니다. 중생은 생사 중의 '나'가 존재하지 않는다. 축도생의 입장을 보면 그는 중생이 일단 이(理)를 득하면, 즉 중생과 본체의 통일을 완성하면 곧 성불한다고 믿었다. 또 한 가지 주목할 현상이란 많은 불교학자들이 중생의 마음으로부터 출발하여 불성을 논했다는 점이다. 일부 학자들은 '심(식)'을 불성이라고 주장하고, 또 일부는 명전불구(冥傳不朽) 즉 식신(識神)을 불성이라고 주장했다. 양나라 무제 소연은 무명(無明, 집착에 의해 진리를 깨닫지 못하는 것 - 역자 주)에서 신명(神明)으로 승화될 때 성불한다고 믿었으며, 신명은 성불의 근거라고 생각했다. 형신(形神)관계로 부터 분석할 때, 중생이 다시 태어나 성불하는 의거인 불성은 실불멸론을 논리적 전제로 한 것이며, 불성론에는 신불멸론이 포함된다. 일부 불성은 곧 불멸의 신, 불멸의 영혼이다. 이러한 불성론 자체 역시 일종의 신불멸론이었다.

당시 불교 의리를 찬송했던 일부 문인 학자들도 형신 평행 이원론을 많이 홍보했다. 예를 들면 진나라 때 나함(羅含, 나군장[羅君章])은 『갱생론(更生論)』을 창작하여 이원론을 제기했는데, 즉 "정신과 형체는 자연적인 결합이며, 양자는 평행적으로 존재한다. 분리와 결합이 있으며, 신체적 사망은 정신과 형체의 분리 일 뿐 정신의 사멸은 아니다"[102]라고 했다. 유송시기 정선지(鄭鮮之, 鄭道之)는 『신불멸론』에서 "형체와 신은 혼돈되어 있으며, 비록 함께 생겨났지만 정밀하고 세밀함의 구분에는 차별이 없다"는 것을 제기했다.

정신(精神)은 정밀하고 형체(形體)는 거친 것이다. 양자는 정밀함과 거친 구별점이 있다. 형체는 호흡하는 기(氣)와 함께 움직이고, 정신은 사람의 지각영명(知覺靈明)과 함께 흐른다. 형체와 정신은 서로 지지하고 서로 이용하며 또한 각기 원천이 다르고 근본이 다르다. 이는 정신과 물체의 각자 독립성을 강조한 이원론(二元論)이었다.

정선(鄭鮮)은 이원론에서 출발하여 "물체라는 것은 없다. 그러나 후에 물체로 되어 돌아올 수 있다…… 없는 것에서 시작되지만, 그러나 후에

---

102) "神之與質, 自然之偶也. 偶有離合, 死生之變也"(『弘明集』 5권)

는 마침내 무궁함의 시작인 것이다"[103]라고 했다. 즉 신(身)은 물건이 아니며 능히 만물에 귀속될 수 있다는 것으로, 신은 시작이 없기에 항상 무궁하다는 것이었다. 말하자면 형(形)은 시작과 끝이 있지만, 신은 시작도 끝도 없고, 신은 형보다 근본적이고, 신은 불멸이라는 것이었다. 그렇게 신불멸론을 고취시켰던 것이다. 이런 관점은 불교의 윤회설과 맞물리는 것이었다.

불교의 신불멸론과 중국 전설 중 나타난 유신론과는 달리 더 세부적으로, 더 엄밀하게 신과 형체의 구별을 서술했으며, 또한 윤회전생·수행성불 등 관점과 연계시킴으로써 중국 불교이론의 주요한 의거로 되었다. 신불멸론을 부정한다는 것은 곧 불교의 인과응보설을 부정하는 셈이며 결국 근본적으로 중국불교를 부정하는 것이었다. 때문에 당시 불교학자들은 신불멸론을 극력 홍보했고, 이와 반면에 불교의 유물주의 사상가들은 신멸론을 홍보하고, 신불멸론을 비판하기에 열중했다. 형신 관계를 둘러 싼 문제는 동진 남북조시기 철학 논쟁의 초점이 되었으며, 유물주의, 유심주의 두 분야의 논쟁 핵심이 되었다. 특히 남북조시기 신멸론과 신불멸론의 치열한 논전은 중국 고의대 무신론과 유신론 투쟁 중 가장 치열했던 역사의 한 페이지를 펼치게 했다.

남조 송나라 때의 저명한 천문학가 하승천(何承天)은 불교의 신불멸론을 반박했다. 제양시기 무신론자 범진(范縝)은 양무제 소연을 비롯한 정치세력과 종교세력 등 60여 명을 상대로 70여 편의 문장을 써서 자신의 주장을 강조하며 반대 입장을 가진 세력들과 싸웠다. 그는 입장이 견고

---

103) "唯无物, 然后能爲物所歸.… 唯无始也, 然后終始无窮."(『신불멸론』)

하고 주장이 선명했으며, 저명한『신멸론』을 써서 형질신용설(形质神用说)을 제기하여 근본적으로 신멸론을 반박했다. 즉 "형이란 신의 질을 말하고, 신은 형을 사용하는 것이다. 이는 곧 형이 질을 말하는 것이고, 신은 그것을 사용한다는 것을 말한다. 따라서 형과 신은 서로 달라서는 안 된다"[104]는 것이었다.

곧 '질(質)'은 형질, 본질, 본체, 실체를 말하고, '용(用)'은 역할, 기능, 파생, 종생을 의미한다는 것이었다. 또 실체는 역할을 표현하며, 역할에 의존하지 않고 존재하는데, 역할은 실체가 보여주는 표현이며, 실체에 의존하여 표현된다고 했다. 이처럼 "형자신지질(形者神之質)"은 형체는 정신에 종속되는 실체라는 것을 말하는 것이었고, "신자형지용(神者形之用)"이란 정신은 형체가 지니고 있는 역할이라는 것이었다. 즉 신은 역할이며 실체가 아니고, 또한 그 실체에 종속된다는 것이었다.

범진은 중국철학사상 처음으로 '질', '용'의 범주로부터 출발하여, 형·신은 서로 다른 두 물체의 규합, 결합, 조합이 아니라, 한 통일체의 두 개 방면이라고 했다. 범진의 형질신용에 관한 위대한 이론은 엄밀한 논리적 논증을 거쳤으며, 불교의 신불멸론을 근본적으로 반박했고, 장기적으로 존재했던 형신론에 대한 수준 있는 종합이었으며, 형신문제를 비교적 철저하게 해결했던 것이다. 그러나 범진의 신멸론에 대한 역사적 제한성으로 인해 나타난 사람의 형체와 불가분한 정신역할은 도대체 어떻게 하여 나타났는지는 모르겠으나, '신'을 기지정(氣之精)으로 간주하는 영향으로부터는 완전히 이탈하지 못했던 것이다.

---

104) "形者神之質, 神者形之用; 是則形稱其質, 神言其用; 形之與神, 不得相異."(『신멸론』)

이에 비해 혜원은 신과 형의 구별되는 특성에 대해 서술하면서 형·신 구분을 위해 합리적인 요소를 제공했던 것에 비해, 범진은 형신관계를 원만히 해석하지는 못했다.

하지만 무신론의 유력한 비판과 심각한 타격을 받은 후 중국불교는 사상 이론방면에서 점차 종교 본체론, 인식론, 심성론, 수양론 등 문제를 거론하는 것으로 전환했다. 이는 수당 불교철학의 중요한 내용이 되었다.

제4절
고대철학에 대한 수·당 시기 불교종파의
발전 및 유교·도교와의 융합추세

수·당 시기는 중국불교가 가장 번영한 시기이며 여러 종파가 흥기하고 명승들이 많이 나타났다. 불교철학도 전에 없이 번성했다. 불교와 유림 문인사회, 철학 논단에는 극히 복잡한 관계가 형성 되었으며 주로 다음 세 개 방면으로 나타났다. 첫째, 불교 종파가 전통 철학에 대해 이론 흡수 및 고대 철학에 대한 발전 작용. 둘째, 불교와 유교·도교의 융합추세. 셋째, 유가학자들이 불교에 대한 반대·지지·배척 및 참조가 그것이다.

1) 고대철학에 대한 고대 종파의 발전

수당시기 불교종파 중 철학사상을 내포한 종파로는 천태종·삼론종·법상유식종·화엄종·선종 등이 있다. 이런 종파들의 지도자들은 각기 저작물을 내면서 자신의 주장을 피력했으며 유심주의 철학을 발표했다. 그 내용을 보면 우주구조론·본체론·인식론·진리론·의식론·심성론 등 광범위한 분야로까지 발전했으며, 고대 철학사상을 풍부히 하고 발전시켰다.

수·당 시기의 불교는 심성학(心性學)을 많이 언급했는데, 그것은 심성론이 그 당시 불교철학의 핵심이자 불교가 고대철학에 대한 가장 큰 발전 성과였기 때문이었다. 진말, 송초 시기, 사상계는 본체론(本體論)과 심성론 연구를 통합시켰으며, 우주 본체를 연구하는 과제로 부터 인간의 본체, 즉 인류 자체의 '본성'을 연구하는 방향으로 전환했다. 외부적 본체로부터 내심적 심성으로 변화했다는 것은 사회의 수요와 현학 사조의 발전 결과였으며, 불교경전의 번역, 전파와는 별로 관계가 없었다. 남조시기에는 또한 신불멸론과 신멸론 양자의 큰 논전이 있었는데 불교는 형신이론 문제에서 큰 타격을 받게 되자 불교 학자들은 어쩔 수 없이 인간의 심성 문제를 둘러싸고 더 광범위하고 심도 깊은 연구를 전개하면서 불교의 근본 문제, 즉 성불의 근거와 가능성 등의 문제를 연구하게 되었다. 당현종은 인도로 부처 경전을 얻어 온 후 법상유식종을 창립하고 만물은 오직 의식이 변한 것이라는 관점을 주장했다. 이로써 기타 종파의 심성문제 연구를 촉진시켰다. 불교 종파는 바로 이러한 역사와 사상환경에서 계속하여 이론의 중점을 심성문제에 두었다. "명심견성(明心見性)"[105]·"즉심즉불(卽心卽佛)"[106]·"지심위체(知心爲體)"[107]·"성체원융(性體圓融)"[108]·"무정유성(無情有性)"[109] 등 여러 논설이 많았으며, 각기 특색적인 심성론을 형성하였다. 지악종선·욕망배제·본심발명은 각 심성학설의 주요한 기초사상이다. 당나라 여러 중요한 종파의 학설들은 모

---

105) 명심견성 : "왜? 어떻게?"를 묻고 방향을 얻어 이를 실천하여 증험하는 것

106) 즉심즉불 : 마음이 곧 부처라는 것

107) 지심위체 : 마음을 아는 것으로 본체를 삼아야 한다는 것.

108) 성체원융 : 마음의 본체가 사리 구별 없이 널리 융통하여 하나가 되게 하는 것

109) 무정유성 : 천태종의 담연(湛然)이 제시한 불성론

두 심성학으로 귀납할 수 있다. 천태종과 선종을 보면, 천태종의 저명한 학자 담연은 "무정유성"론을 제기했다. 그는 "생명이 없는 물건('무정')도 불성이 있다"고 주장했다. 이는 모든 중생이 모두 성불한다는 학설보다 더 철저했으며, 성불의 범위를 무제한으로 확대시켰다. 담연이 제출한 "무정유성"의 명제는 한편으로는 천태종의 흡인력과 영향력을 제고시켰고, 다른 한편으로는 세상 모든 유정하거나 무정한 사물이 모두 내재적·보편적·절대적인 영원한 '진여불성'을 체현하는 근거가 된다고 했다. 선종이 제창 하는 "정성자오(淨性自悟)"[110]설은 사람마다 본성·본심이 청정하며 본성과 본심을 깨달으면 해탈된다는 내용이다. 모든 사람의 자심 본성은 모두 청정한 것이기에 일체 사물 역시 자성 중에 존재한다는 것이었다. "이와 같이 일체법은 모두 자성에 있다…… 일체법은 자성에 있는데, 이름하여 청정법신이라 한다. 이와 같이 일체법은 모두 자성에 있다."[111]선종은 일체의 사물은 모두 자성에 있으며, 자성에서 일체의 사물을 볼 수 있다고 주장했다. 이를 청정법신이라고 불렀다. 이 또한 자오 성불(스스로 깨달아 성불하다)이라고 한다. 선종은 심성론을 핵심으로 하고 심성론과 본체론·성불론을 통합시켰다. 심성론과 본체론의 밀접한 연계, 이는 하나의 독특한 특색이며, 중국 고대 심성론에 대해 중대한 발전역할을 했고, 송명 성리학에도 깊은 영향을 주었다.

신성론과 밀접히 관련되는 점은, 수당 시기의 불교 종파는 몇 가지 유심주의 본체론의 다른 유형에 대해 관점을 서술했다. 이론상 본체론

---

110)   정성자오 : 본성을 깨끗하게 정화하면 스스로 깨닫는다는 것.

111)   "如是壱切法, 尽在自姓(性).…一切法在自姓(性), 名爲清淨法身)如是一切法, 盡在自姓(性)"(돈황 본 『단경』)

사상의 노선은 거의 비슷했다. 하지만 어느 정도 구별되는 점도 있었다. 그 세부적 내용에서는 물론 차이점이 컸지만 말이다. 수당 시기 불교종파 중 유심주의 본체론을 주장하는 종파에는 두 가지 유형이 있었다.

하나는 법상유식종으로 "주관의식이 만물의 본원이며, 일체현상은 모두 식(識)의 변현(變現)이다"라고 하는 중국 철학사상의 대표적인 주관유심주의였다.

다른 하나는 천태종·화엄종·선종이 모두 주장했던 중생의 공통적인 진심(자심, 본심)을 세계 만물의 본원으로 삼는 것인데, 이는 중국 철학사상 대표적인 객관 유심주의였다. 천태종이 제창하는 "일념삼천(一念三千)"의 관점을 보면, '삼천'은 우주 전체를 말하고, '일념' 즉 '일념심', '일심'은 일체 중생이 공유하는 공통적이라는 것이다. 중생의 일념의 마음속에는 우주 만물이 본연히 존재하는데, 천태종은 이는 우주의 일체 현상이 본연부터 그랬으므로 기타 의탁이 있을 필요가 없다고 여겼다. 화엄종은 "법계연기(法界緣起: 곧 우주만유의 모든 사물과 사상(事象)은 서로 연(緣)이 되어 한없이 교류되고 융합하면서, 상호 의존하며 일어나고 있다)"를 강조했다. '법계'에는 모든 것이 존재한다는 것으로, 우주만물은 모두 "일진법계"의 체현이라고 했다. "일진법계"란 우주 만물의 "본원 진심"이고, 일체 현상의 본체인데, 본심은 청정하고 나쁨이 없으며 평등하고 무차별하다고 했다. 따라서 이는 인연에 따라 불변하며, 변하지 않는 것 역시 인연에 따른 것이라고 했다. 선종은 "자심둔현"을 제기하면서 우주 만물은 모두 청정한 자심, 즉 진심의 체현이라 강조했다. 만사만물은 모두 자심에 있으며 외부 세계는 본심을 "망념부운(忘念浮雲)"[112]이 뒤덮어서 나타나지 않은 것이라 했다. "망념부운"을 버리면 곧 삼라만상이 나타난다는 것이었다.

천태종, 화엄종, 선종 등 여러 종파는 모두 진심이 우주만물의 본원이라 주장했으나, 진심의 파생, 만물의 체현 등 방면에서는 서로 의견이 달랐으며, 이로 인하여 다른 종파로 갈라진 것이었다. 이는 불교 종파의 객관 유심주의사상의 다양성을 보여주는 예이다. 수당 불교종파의 객관적 유심주의, 도를 만물 본원으로 하는 도가의 객관적 유심주의는 각기 달랐기에, 이는 중국 고대의 객관적 유심주의 철학을 풍부히 했다.

수·당 시기 불교 종파는 독립적이고 다양한 신비주의 인식론을 제기했다. 천태종은 "일심삼관", "삼제원융(三諦圓融)"설을 제기했다. "일심삼관"이란 일종의 선법이며, 인식방법과 관련되었다. 즉 '일심'에는 불가분의 세 관점이 동시에 존재한다는 것이다. 그 세 가지 관점은 바로 공관, 가관, 중관인데, 우주 만물은 한 마음이 동시에 공·가·중 세 방면으로부터 관찰이 가능하다는 것이다. 이로부터 공·가·중 세 가지 도리('제[諦]')는 통일되고 모순이 없다고 할 수 있으니, 이를 "삼제원융"이라고 했다. 공관·가관·중관은 일념 속에 동시에 나타나며 서로 방해하지 않는데 이것이 "삼제원융"의 진리관이었다. 법상유식종은 '삼성'설을 주장하면서 일체의 현상은 모두 세 개의 다른 형상을 갖고 있다고 여겼다. 이 세 가지 형상을 인식하는 것이 곧 일체 현상의 실상(實像)을 인식 하는 것이라고 했다. 구체적으로 말하자면 '삼성' 중 첫째인 "편계소집성(遍計所執性)"

---

112) 망념부운 : 망령된 생각으로 뜬구름처럼 떠다닌다는 것.

이라는 개념은 각종 사물을 가리키며, 사물은 자성(自性)의 차별이 있는 객관적 존재이고, 실제로 존재한다고 생각하는 이런 인식은 진실하지 않다는 것이다. 둘째는 "의타기성(依他起性)"인데, 이는 즉 일체 사물은 모두 각종 인연에 의탁하여 생긴다는 것이다. 따라서 인간이 이 점을 인식한다면 곧 상대적으로 진실한 인식을 얻게 된다는 것이다.

셋째는 "원성실성(圓成實性)" 즉 원만히 성취한 진실의 본성인데, 인간이 "의타기성"에서 "변계소집성"의 착오를 멀리하고, 일체 현상의 허망 분별을 버린다면, 일체 현상에 대한 가장 완벽하고 가장 진실한 인식을 얻을 수 있다는 것이다. "원성실성"을 이룬다는 것은 절대적으로 진실한 인식을 얻는 다는 것이다. 중생이 "변계소집성"에서 출발하여 "원성실성" 단계에 이르면, 곧 불교의 지혜를 얻게 되어 이는 거의 성불에 가깝다는 주장이었다. 화엄종이 인식론에 있어서의 기본 이론은 "일진법계관"이다. 이런 법계관은 많은 내용이 포함되는데, 그 핵심은 "이사무애설(理事無礙說)"을 기초로 해서 "사사무애설(事事無礙說)"을 홍보하는 것이었다. '이(理)'란 본체이고, '사(事)'란 현상을 말하는데, 화엄종은 '사'는 '이'의 체현이고, 현상은 '본체'의 체현이며, 사사물물 모두가 이(理)의 체현이라면, 천차만별의 사물은 '이체(理體)' 즉 이성이 같기 때문에 그 이유로 다른 사물 간에도 서로 상통한다는 주장이었다.

화엄종의 "일진법계관"의 참뜻은 우주간의 모든 사물과 관계하는 것은 모두 원용할 수 있는 것이고, 장애가 없다는 것이었다. 이러한 인식의 '무모순론'은 사물이 서로 통일하는 성질은 보았으나 사물관의 대립관계는 부정했다. 선종의 인식론이 바로 그 유명한 '돈오론(頓悟论)'이다. 선종은 세상 사람들은 불교의 높은 지혜를 갖고 태어났으나, 다만 망념의 구름에 가려져 스스로 깨닫지 못하고 있다고 주장했다. 일단 망념을 버리면 곧 진여본성을 깨달을 수 있다는 것이다. 이로써 선종 학자들은 '무념'을 강조하면서 일체 사악한 망상과 망념을 버리고 무념 상태에 이르면 자아 본성을 인식하고 진리를 깨닫고 갑자기 참 뜻을 이해하여 '성불'한다고 강조했다.

이상의 불교 종파의 인식론은 본체론 및 수행 방법과 완전히 결합된 것이며, 성불을 위한 논증이라고 할 수 있다. 그 기본 성질은 일종의 신비로운 직각(直覺)을 제기했다는 것이다. 이런 인식론의 체계는 비과학적이며, 세계에 대한 왜곡된 환상의 반영이라고 할 수 있었다. 하지만 그 속에는 약간의 합리적이거나 계시성을 띤 요소도 포함되어 있으며, 일정한 변증법 사상도 있다고 할 수 있다. 예를 들면 본체 인식의 역할을 강조하고, 인식의 상대성, 일체성, 통일성을 언급하고, 인식의 질적 변화와 비약 등을 체현했다는 점은 모두 가치 있는 관점들이라고 할 수 있는 것이다. 수·당 시기의 철학은 중국 고대의 인식론 역사와 변증법 역사에 어느 정도 기여했다고 평할 수 있다.

2) 유가·도가에 대한 불교의 융합 역할

수·당 시기 천태종, 화엄종, 선종은 각기 자신의 철학체계를 설립하는 과정 중, 정도 차이는 있지만, 중국의 전통사상을 흡수하여 자신의 사상적 의거로 했으며, 자신의 사상체계로 융합시켰다. 천태종의 선구자인 혜사(慧思)는 도교를 성불의 필수적인 절차로 생각했으며, 신선에 대한 미신을 천태교 교의로 흡수했다. 선종의 혜능은 더구나 유가의 성선론과 도가의 자연주의를 흡수하였고, 축도생의 불성론, 돈오설을 계승하여 형성시켰다. 한 가지 유의할 점은 화엄종 학자 이통현(李通玄), 징관(澄觀), 종밀(선종학자 이기도 함) 등은 모두 유가사상과 조화시키는데 열중했다. 이들은 유가의 철학경전인『주역』과 조화시키는 일을 크게 중시했으며, 이로써 세계와 인류의 기원, 본원으로부터 출발하여 유가, 불교 사이의 구별과 연계를 분석하고 제시하고 비판했다. 동진시기의 혜원 법사는 불교를 내적으로, 유가를 외적으로 하여 내외사상을 결합하자는 주장을 내세웠다. 종밀은『원인론(原人論)』을 저술하여 "회통본말(會通本末)"을 주장했는데, 이는 즉 불교를 근본으로 하고 유가와 도가로써 보충하자는 관점을 제기했다. "오늘날에는 본과 말이 회통한다. 이에 유교와 도교 또한 그렇다"[113]고 하였던 것이다.

> "종밀(宗密)[114]은 유가와 도가에서 주장하는 인류는 천지와 원기로 말미암아 생산되었고, 허무와 대도로 말미암아 생성되고 양육되어, 일종의 미망이므로, 반드시 타파해야 한다고 생각했다. 인류는 모두 '본각진심(本覺眞心)'을 가지고 있는데, 이런 종류의 본래 깨달은 진심(眞心)은, 아주 먼 과거로부터, 상주(常住)하고 청정(淸淨)하며, 밝고 밝아 어둡지 않아서, 분명하게 항상 알고, 불성(佛性)이라 이름하고, 여래장(如来藏)이라 이름한다."[115]

---

113) "今將本末會通, 乃至儒 ˙道亦是"(『원인론(原人論)』)

114) 당나라의 승려(780~840). 화엄종의 제5조로 규봉대사(圭峯大師)라 칭하였다. 교선일치(教禅一致)의 입장을 취하였으며, 저서에『원인론(原人論)』,『원각경소(圓覚経疏)』,『우란분경소(盂蘭盆経疏)』 등이 있다.

115) "宗密認爲, 儒, 道主張的人類是由天地和元ˮ氣産生, 由虛无大道生成養育, 是一种迷妄, 必須破除, 人類都有 "本覺眞心", 這种本來覺悟的眞心, "无始以來, 常住清淨, 昭昭不昧, 了了常知, 亦名佛性, 亦名如來藏"(《原人論》).

이로부터 유교, 도교, 불교는 인류의 기원, 본원에 대한 관점에서 본질적인 구별이 있음을 알 수 있다. 즉 불교는 유교나 도교의 미혹을 떨쳐버리고 각오(覺悟, 도리를 깨닫는 것 - 역자 주)한다면 성불할 수 있다는 것이었다. 종밀의 『원인론(原人論)』은 유교, 도교, 불교를 조화시킨 중요한 철학 저작으로 윤리도덕의 대립으로부터 세계관의 융합을 거쳐 분기를 없애게 한 중요한 표지가 되었다. 불교는 유교, 도교와 융합되어 사상문화의 심층 속으로 들어갔음을 의미하는 것이었다.

3) 유가의 석불에 대한 융불, 배불, 찬불

수·당 시기 유가와 불교철학 사이에는 복잡한 관계가 형성되었는데, 그 주요 유형을 보면, 양숙(梁肅)은 유가를 빌려 불교를 해석했다는 것이고, 한유·이고는 한편으로는 불교를 배척했으나 다른 한편으로는 불교의 방법과 사상을 흡수하여 "원불입유(援佛入儒)" 즉 불교에서 빌려서 유학으로 들여온다는 것을 제창했다. 유종원(柳宗元), 유우석(劉禹錫)은 유가와 불교의 일치성을 강조하고 불교를 찬송하는 한편 천명론, 유신론에 대해서는 부정적인 태도를 보였다. 이처럼 유가, 불교 두 사조의 주요관계는 서로 융합하는 추세에 있었던 것이다.

양숙(753-793)의 자는 경지(敬之)이고 당나라의 문학가였다. 한림학사가 되어 궁정업무를 보필했고 황태자를 모셨다. 천태종 담연에게 배운 적이 있고 일생을 통해 불교사상의 영향을 크게 받았다. 그가 지은 『지관통예의(止观统例议)』를 보면,

무릇 지관이란 무엇인가? 방법의 이치를 이끌어주고, 실제자로 돌아오게 하는 것이다. 그러면 실제자란 무엇인가? 성(性)

의 근본이다. 물질이 회복되지 않는 이유는 움직이지 않음
과 움직임이 함께 일어나기 때문이다. 어둠을 비치는 것을 명
(明)이라 하고, 움직임을 멈추게 하는 것을 정(靜)이라 한다.
명과 정은 지관의 본체이다. 원래 대저 성인은 미혹됨으로써
뜻을 잃고 움직임으로써 방향을 잃는다는 것을 능히 알 수 있
다. 이에 멈추면 보게 되고 고요하면 밝아진다. ……중니(仲
尼, 공자의 자)가 말한 적이 있는데, "도가 맑게 드러나지 않는
이유를 내가 아는데, 사물로 말미암아 연루된 것이다. ……
만약 향락을 탐냄이 깊어지면 귀와 눈이 막히고 비록 배운다
하더라도 알 수가 없다."[116]

고 했다. 이를 보면 유가의 궁리진성학(窮理尽性学)으로 불교의 지관사
상(止觀思想)을 천명하였음을 알 수 있다. 양숙이 불교의 지관설을 발휘
시킨 종지는 본성으로 복귀시키려는데 있었다. 즉 사람은 외부 사물에
관련되어 있기에 정욕이 강해서 귀와 눈을 막아도 안 된다. 그러므로 배
워도 모르고 통하지도 않게 된다. 그렇기 때문에 지관(止觀)[117]을 통해 사
람들이 혼탁함을 버리고 맑음을 취하며, 움직임을 버리고 고요함을 취
하며, 만물이 서로 통하는 도리를 깨우치게 하여 중생들이 본성으로 되

---

116) "原夫止觀何為也? 導万法之理而复于実際者也. 実際者何也? 性之本也. 物之所以不能复者昏与動使 之然也. 照昏
者謂之明, 駐動者謂之静, 明与静, 止觀之体也. …原夫聖人有以見惑足以喪志, 動足以 失方, 于是乎止而觀之, 静
而明之. …仲尼有言, 道之不明也我知之矣, 由物累也. …若嗜欲深, 耳 目塞, 雖学而不能知."(『전당문(全唐文)』
권 517)

117) 지관 : 마음을 고요히 하여 진리의 실상을 관찰하는 것.

돌아가게 해야 한다고 했다. 양숙의 망년지교인 권덕여(权德舆. 자는 재지[载之])와 독고급(独孤及. 자는 지지[至之]) 역시 불교를 좋아하는 유가학자들이었다. 권덕여가 쓴『당고장경사백암대사비명(唐故章敬寺百岩大师碑铭)』에는 이렇게 쓰여 있다.

> 『중용』의 정성으로 말미암아 밝아지는 것으로 만물의 성(性)을 다할 수 있고, 『대학』의 적연부동(寂然不動, 조용히 움직이지 않음)으로써 감응하여 마침내 통하게 된다면, 바야흐로 헐렁한 옷을 입어도, 그 극치(極致)는 하나이다.[118]

이처럼 유교로써 불교를 해석하는 것은 당시 유림 사상계의 경향이었다.

한유(韓愈)와 이고(李翶)[119]는 유가 윤리도덕과 이하지변(夷夏之辨)의 입장으로 불교를 배척했다. 한유가 불교를 격렬하게 배척한 정도는 중국 역사상 매우 특출하며 유명하다. 그러나 그의 기본 이론인 도통설과 이고의 기본 이론인 복성설은 수·당 불교종파의 법통관념 혹은 심성학에서 비롯된 것들이었다. 수·당 불교종파의 전도는 문제관념의 영향을 크게 받으며 역대로 전해지는 전통을 자랑했다. 한유는 불교와 대항하기

---

118) "以《中庸》之自誠而明以尽万物之性, 以《大学》之寂然不動, 感而遂通, 則方袍褒衣, 其极致一也."(『당고장경사백암대사비명[唐故章敬寺百岩大師碑銘]』권501)

119) 이고(李翶) : 권덕여(權德輿)의 딸이 독고급(独孤及)의 아들 욱(郁)에게 시집을 가 그의 처가 되었다. 이고(李翶)과 욱(郁)은 아주 우정이 두터웠다. 이(李)는 양숙(梁肅)의 사상 영향을 받은 것 외에 또한 권덕여와 독고급의 사상도 영향을 받았다. 특히《주역(周易)》과《중용(中庸)》으로써 인성(人性) 방면을 설하여 그 영향은 더욱 직접적으로 미쳤다.

위해 도통설로 법통설을 반대하면서 유가는 요·순·우·탕·문·무·주공·공자·맹자로 이어진 전통이라고 했다. 한유가 불교의 법통을 모방해 제기한 도통설은 훗날 명·송 이학가들이 계속 이어받았다. 불교는 "정욕 제거", "마음 다스리기"를 주장했고, 한유는 이에 비추어 "마음을 다스리고", "정욕을 적게 가지며", "마음을 바로 쓰기"를 바로 해야 한다면서 유가경전인『맹자』와『대학』을 특별히 내세웠는데, 이러한 그의 이론은 송, 명 이학에 자대한 영향을 미쳤다. 이고의 주요 저작인『복성서』는 성선정악(性善情惡)을 선양하면서 '성'은 하늘의 뜻이고, 성인의 근본이며, '정'은 '성'을 유혹하는 것이므로 배척해야 한다고 했다. 성인이 되려면 '정'을 없애고 '성'을 회복해야 하며, 그러기 위해서는 정욕에 사로잡히는 것을 배제해야 하며, 내심의 절대적인 평온함을 유지해야 한다고 했다.

이와 같은 성정학설은 유가의『맹자』와『중용』의 심성설 외에 주로 양소의 지관학을 직접 계승한 것으로, 위의『지관통예의(止观统例议)』의 간단한 인용에서도 엿볼 수 있었다. 양소(梁肃)는 그러나 천태학자 담연의 불성론을 계승했고, 사실상 이고는 불학에 빠져버렸다. 이고는 불교 경전에 대한 연구를 거쳐 불교론의 '심술' "중국과 다르지 않다"[120]는『복성서(复性书)』의 글귀로 보면, 당시 유행하던 불교경전인『대승기신론』,『원각경』의 내용들과 매우 비슷하다는 것을 알 수 있다. 예를 들면 다음과 같은 것이다.

---

120)『재청정율수사관전상(再請停率修寺觀錢狀)』참조.

『원각경(圓覚経)』에서는, 환영에 의지해서 깨달음을 말하니, 역시 환영이라 이름한다. 만약 깨달음이 있다고 말한다면, 오히려 환영을 떠나지 못한 것이며, 깨달음이 없다고 말하는 것도, 이와 마찬가지이다."[121]

"『복성서·상(复性书·上)』에서는, 밝음과 어두움은, 다르다고 말한다. 밝음과 어두움은, 성(性)이 본래 없었으므로, 같고 다름은 두 가지 모두 떨어져 있는 것이다. 대저 밝음이란 어두움에 대비되는 것이므로, 어두움이 이미 소멸되면, 밝음 역시 존재하지 못한다."[122]

이는 성의 본질에 대한 논점으로 『원각경』은 "각(覺)이 환(幻)을 떠나면 환이 어찌 각이 있겠는가?"라고 했다. 『복성서』는 "밝음으로 흐림을 대하면, 흐림이 어찌 밝아지겠는가?" 라고 했는데, 이 양자는 설법이 같은 것이다. 또 이런 것도 있다.

"『대승기신론』에서는, 마치 큰 바닷물처럼 바람으로 인하여 파도가 움직이고 ……만약 바람이 그쳐 소멸하면, 움직임의 모습도 소멸하며, 습성(濕性)은 옛 것을 무너뜨리지 못한다. 이와 같이 중생은 스스로의 성(性)이 깨끗한 마음이며, 밝지

---

121) "依幻说覚覺(性), 亦名為幻. 若説有覚, 犹未离幻. 説无覚者, 亦复如是."

122) "明与昏, 謂之不同. 明与昏, 性本无有, 則同与不同二皆离矣. 夫明者所以对昏, 昏既滅, 則明亦不立 矣 °"

않음(無明)으로 인하여 바람이 움직인다.……만약 무명(無明)
이 소멸되지 않으면, 서로 이어서 소멸되니, 지성(智性)은 옛
것을 무너뜨리지 못한다."123

"『복성서·상(复性书·중)』"에서는, 물의 성질은 맑고 투명하지만
이를 흐리게 하는 것은 모래진흙이다. ……오래도록 움직이
지 않으면 모래진흙은 가라앉으며, 맑고 밝은 성질이, 천지에
비춤은, 밖에서 온 것이 아니다. 그러므로 그 흐림은, 성질이
본래 상실된 것이 아니다. 그것이 회복된다 해도, 성질은 본
래 살아나지 않는다. 사람의 성질도 역시 물과 같다"124

　이는 성정관계에 대한 논술이다. 이고는 물과 흙모래를 성정에 비유
하면서 실상은 불교경전의 물과 바람에 비유했다. 그는 흙모래가 가라
앉으면 물이 맑아진다는 논증으로 성이 회복되는 도리를 논증했으며,
이것을 『대승기신론(大乘起信论)』의 바람이 자면 물이 고요하다는 것으로
지성이 청정해지는 것을 설명한 것과 같은 맥락이다. 그 외에도 비슷하
거나 버금가는 부분들이 매우 많다.
　이렇게 보면 『대승기신론』, 『원각경』에서부터 담연에 이르기까지, 담
연으로부터 양소까지, 다시 이고에 이르면서 사상 상에서 일맥상통한다

---

123) "如大海水, 因風波動,…若風止滅, 動相則滅, 湿性不坏故. 如是衆生自性清净心, 因无明(妄情)風 動,…若无明滅,
相続則滅, 智性(本性)不坏故."

124) "水之性清澈, 其渾之者泥沙也,…久而不動, 泥沙自沉, 清明之性, 鑒于天地, 非白外来也. 故其渾 也, 性本不失. 及
其复也, 性本不生. 人之性亦犹水也."

고 봐야 할 것이다. 이고의『복성서』는 양숙의『지관통예의』보다 30년이 나 늦게 나왔다. 이고는 일찍이 양소에게서 배웠다. 양숙이 죽자 이고 는『감지기부(感知己賦)』를 써서 그를 추모했다.[125] 이로부터 이고가 양숙 의 영향을 얼마나 깊이 받았는지를 알 수 있다. 한유·이고의 학설, 특히 이고의 유교와 불교를 통합한 심성설은 한유의 도통설과 함께 줄곧 이 학가들이 견지해온 것으로, 이고의 "사람을 가르쳐 욕을 버리고 성명지 도에 돌아오게 한다"는 사상 등은 이학가들의 손을 거쳐 "하늘의 도리를 남기고 사람의 욕망을 멸한다"는 설교로 변했다.

한유와 이고는 불교를 반대하고 또 불교를 모방해 도통설과 복성설을 제기하면서 당나라 이후 사상발전에 지대한 영향을 끼쳤고, 새로운 사 상 국면을 형성했다. 이로부터 불교가 중국 고대 이후 사상발전에 준 영 향의 복잡성과 심각성을 알 수 있다.

유종원, 유우석은 유가의 또 다른 유형의 인물들이다. 그들은 불교도 들이 속세를 초탈하는 명리관념의 처세태도를 흔상(欣賞)하고 불교도들 의 일부 도덕적 정조를 찬성했다. 그들은 불교와 유교학설은 서로 병존 할 수 있으며, 서로 이득을 볼 수 있다고 여겼다. 이런 생각은 사실상 송 나라 이학가들이 나타나는데 큰 영향을 주었다. 동시에 유종원과 유우 석은 또 인격이 있고 의지가 있는 '천(天)'을 반대하고 "하늘과 사람은 서 로 간섭하지 않는다"고 주장했으며, 유우석은 "천인교상승(天人交相胜)"을 강조했다. 이는 사실상 불교를 포함한 유신론 관점에 대한 비판과 부정

---

125) "貞元九年, 翶始就州府貢擧人事, 其九月, 執文章一通, 謁于右補闕安定梁君,…亦既相見, 遂于翶 有相知之道 焉.…期翶之名不朽于无窮, 許翶以扶拭吹噓,…遂賦感知己以自傷."(『이문공집(李文公 集)』권1)

인 것이다. 유우석은 또 유물주의 관점으로 종교미신이 발생하는 인식근원과 사회근원을 탐색하면서 전에 없는 수준에 도달했다. 이 모든 것은 유종원과 유우석이 세계관 측면에서 불교와 원칙적인 구별이 존재한다는 것을 설명해주는 것이다.

제5절

송·명 이학에 대한 불교철학의 영향 및 그 유화적 표현

송나라 이후 불교의 각 종파 세력들은 날로 쇠락해갔지만, 수·당 시기 형성된 풍부한 불교 철학사상은 오히려 불교의 이학가들을 배척하면서 종파세력을 흡수해 그들이 새로운 학설을 창립하는데 중요한 사상적 근원을 제공해주었다. 이것이 한 방면이라면, 다른 한 방면에서 불교학자들 역시 불교 본래의 종지를 등지고(혹은 부분적으로 등지고) 유가사상을 받아들이면서 점차 불교사상이 유화(宥和)되어 가는 추세로 나아갔다. 이 두 가지 특점은 송·원·명·청시기의 불교와 철학 간 상호관계 상의 기본 특징이다.

1) 송·명 이학에 대한 불교철학의 심각한 영향

송·명시기 이학가와 불교의 관계는 발전과정에 있었다. 송나라 때의 이학가들은 절대 대부분이 불교를 반대했고, 명나라 때에 와서 이학가들의 반불 정서는 비교적 적었다. 왕수인(王守仁)은 비록 불교에 대해 배타적이었으나 그는 직접 대량의 불교사상을 흡수했다. 나중에 그는 유교와 불교를 동등하게 대했다. 송나라 이학가들은 유교의 정통입장에서서 불교의 출세주의나 신비주의에 대해 배척하는 태도였으며, 한때는 민족갈등으로 민족감정이 격발되면서 더구나 무의식적으로 불교를 반대

하기 시작했다. 그러나 이학자들은 수·당 시기 불교종파들의 거대한 사상유산을 마주하고 자연히 불가피적으로 그 영향을 받았다. 불교의 수많은 사상들 중 유가에 부족한 부분이나 충분히 중시하지 못했던 부분들이 있었고, 깊이 있는 탐구가 필요했다.

주돈이(周敦頤) 등이 이학을 창립할 당시에는 선종 5종의 전성기였기 때문에 선종이 오래 성행했고, 강서 등 동남지구는 본래 이학의 거두 주희(朱熹), 육구연(陆九渊) 등의 고향이었다. 송나라 이학자들 즉 염(濂, 주돈이), 락(洛, 이정[二程] : 정호[程顥], 정이[程颐]를 가리킴)), 관(关, 장재[张载]), 민(闽, 주희[朱熹]) 등은 그들만의 학문을 연구하고 책을 써서 설법을 펴는 과정에서 누구라도 "다투어 주장을 펴도 노자와 석가모니를 벗어나지 못한다"는 생각이 팽배해 있었다. 주돈이와 혜남(慧南), 상총(常总) 등 선사들은 교제가 밀접해서 스스로 "가난한 선사"를 자처했다. 2정(二程)의 한 사람인 정호(程顥)는 "석가모니, 노자를 수십 년 배웠다"고 할 지경이었다. 정이(程颐)와 영원선사(灵源禅师)는 교류가 밀접했는데, 이들은 선가(禅家)의 "흔들림 없는 마음"에 찬탄을 아끼지 않으며 모방하기에 이르렀다. 유심주의자 장재(张载)만 봐도 그는 불가의 환화(幻化), 성공(性空)의 설법을 반대하지만, 그 역시 "석가모니와 노자에 대한 연구를 오래 했다"고 밝혔다.(『송사, 도학전, 1[宋史, 道学传, 一]』) 육왕(陆王) 일파와 선학의 관계는 더욱 직접적이고 밀접했다. 이학가들이 불교 교리나 선학을 깊이 연구한 것은 불교철학에 그만의 특색이 있었고 사변성(思辨性)이 강하며 유심주의 색채가 넘쳐흘렀으며, 증논(证论)이 깊었기 때문이었다. 주희도 이렇게 말했다. "이학자들을 위한다기보다 아직 그 깊이에 이르지 못했고, 그 깊이에 이르게 되면 불교에 빠지게 될 것이다."(『주자어류(朱子语类)』 권18)

송·명 이학과 불교는 세계관과 인생관 방면에서 모두 근본적인 구별이 있었기에, 송·명 이학이 말하는 "양유음석(阳儒阴释)"이라는 것은 매우 타당하지 않았다. 그러나 부득불 인정해야 할 것은 불교가 송·명 이학의 근원의 하나로서 불학은 송·명 이학의 사상에 지대한 영향을 끼쳤다는 것이다.

이런 영향은 주로 다음의 몇 가지 면에서 표현된다.

유가 요점의 확인과 학술종지의 전이

유가의 5경(『시(诗)』·『서(书)』·『예(礼)』·『역(易)』·『춘추(春秋)』)은 한무제 시기 나온 말로서 후에 긴 시간 전제통치계급의 교과서가 되었다. 송나라 때에 이르러 『맹자(孟子)』는 경으로 승격되었으며 『예기(礼记)』 중의 『대학(大学)』·『중용(中庸)』 2편과 『논어(论语)』·『맹자(孟子)』와 합쳐서 '사서(四书)'로 불리어졌다. 주희는 『사서장구집주(四书章句集注)』를 편찬했다. '사서'는 이후 전제 왕조의 과거를 보는 표준 책이 되었다. 『맹자』·『대학』·『중용』은 유학에서 전에 없는 높은 지위로 올라갔고, 유가의 중점이 되면서 당·송시기 유가와 불교의 투쟁에 직접 관여했다. 불교는 심성을 말하며 금욕을 주장하지만, 『맹자』는 심성을 말하면서도 "만물은 나를 위해 준비된 것이고 성심으로 대해야 한다"고 하면서 '양심(养心)'·'과욕(寡欲)'의 수양방법을 선택했다. 이는 한유의 불교에 태도에 필적하는 무기였다. 따라서 『맹자』는 각별히 한유의 추종을 받았으며, 이것이야말로 공자의 정통이라고 했다. 『대학』은 정심(正心)·성의(诚意)·명명덕(明明德)을 주장하면서 점차 송·명 이학이 요구하는 의거의 중점이 되었다. 그 외에 『중용』 역시 심성을 주장했고, 이학가들에게 공자의 심법(心法)을 전수하는 책으로 간주되었다. 이학가들은 바로 『맹자』·『대학』·『중용』과 불교를 대치시키면서 유가도 만만치 않음을 보여주었으며, 불교에 굴복하지 않을 각오를 보여주었다. 그러나 유가의 '사서'는 확실히 불교의 영향을 받았다고 할 수 있다. 왜냐하면 '사서'가 후기 전제사회에서 거대한 작용을 일으켰는데, 이는 불교가 간접적으로 중대한 영향을 주었음을 말해준다.

'사서'가 이학의 중점이 되면서 이학가들의 연구시각, 학술종지, 이론중심에도 변화가 발생했다. 이학가들이 말하는 수신양성(修身养性, 몸을 수련하여 온화한 마음을 기르는 것), 극기주경(克己主敬)[126], 치양지(致良知)[127] 등은 불교와 다소 비슷한 데가 있었다. 이런 심성이론은 또 본체론과 결합된 것으로 인생의 본체와 우주의 본체에 대해 논증과 설명을 하면서 '이기(理气)', '이욕(理欲)'에 관한 학설을 펴내 '성리학(性理學)'이라 불리고, 약칭해서 '이학(理學)'이라고 불리게 되었다. 이학은 이왕의 유학이 사회정치 윤리에 치중하면서 성과 천명을 언급하지 않던 풍격과는 완전히 달라졌다. 이런 차이점은 이학이 불교를 반대하던 것과는 달리보아야 하며, 유·도·불 사상조류의 소용돌이 속에서 이학이 불교의 자극과 유혹과 영향을 받은 것과도 떼어놓을 수 없는 것이다.

---

126) 극기주경(克己主敬) : '극기'는 자기의 감정이나 욕심 따위를 이성적인 의지로써 눌러 이기는 것이 고, '주경(主敬)'은 공경을 주장하는 것이다.

127) 치양지(致良知) : 모든 인간의 마음속에 있는 천리(良知)를 지극히 다한다(致)는 뜻으로, 인간의 마음에는 선천적으로 천리로서의 도덕성이 갖추어져 있음을 전제로 하고, 그것에 의하여 옳고 그름을 바르게 깨닫는 마음 작용을 '양지'라 하고, 이 양지를 끝까지 밀고 나가 충분히 그 작용을 발휘케 하 는 것을 '치'라고 한다. 따라서 사욕을 극복하고 인간의 순수한 본래의 성만을 유지하는 치양지(致良知)에 이르게 되면 누구나 지선(至善)의 경지에 이를 수 있다는 것이다.

이학 심성론에 대한 중대한 영향

불교가 철학 상에서 송·명 이학에 직접적 영향을 미친 것은 주로 몇 개의 중국화 된 종파 즉 선종, 화엄경, 천대종 등이며, 그중에서도 선종의 영향이 가장 컸다. 선종사상의 영향의 중점은 "지위심체(知为心体, 아는 것이 마음의 본체이다 - 역자 주)" "지각시성(知觉是性, 지각하는 것이 본성이다 - 역자주)"이라는 설법으로 사람 마음의 본성이나 지각이 우매하지 않다는 관념이다. 심성론과 본체론은 유가학설에서 상대적으로 박약한 고리이지만, 불교는 그에 대해 피력한 바가 적지 않았다. 송·명 이학과 불교가 대치하던 과정에서 이학가들은 힘을 모아 심성론과 본체론의 체계를 구축했을 뿐만 아니라, 일부 불교의 해당 자료들에서 섭취하고 비슷한 사상을 차용 및 해당 이론사유의 경험, 교훈, 성과를 섭취했다.

선종의 "지위심체(知为心体)", "지각시성(知觉是性)" 사상은 송·명 이학에 깊은 영향을 주었다. 정이는 "인성본명(人性本明)"의 관점에 동의하였다. 즉 "묻노니 '인성본명이란 과연 무엇이란 말인가?' 가로되 '이는 따져 보아야 알 수가 있다"고 했던 것이다.(『2정유서(二程遗书)』권18) 여기서는 "인성본선"을 말하지 않고, "인성본명"이라고만 했는데 이는 분명 선학의 영향에서 비롯된 것이었다. 주희는 불교의 심성에 대해 비판적 시각이었다. 그는 특히 불교가 마음과 성을 구분하지 않고 성공만 말하고 마음속의 성과인 이(理)는 진실하지만 비어있으며, 마음만 알고 '이'를 모른다고 지적했다. 그러면서도 동시에 주희 본인도 "인심지령(人心至灵)"을 크게 부르짖었다. 즉 "이 마음은 본래 허령하여, 만 가지 이치가 구비

되어 있으니, 사건들과 사물들에 대해, 모두 마땅히 알아야 한다."[128] "그 체(體)가 텅 비고 신령스러워 어둡지 않고 그 용(用)은 비추어 버리지 아니한다."[129] "인간의 양지는 본래부터 고유한 것이다"라고 말하였다. (『주자어류(朱子语类)』권18) 이런 설법들과 선종의 인심본성은 영지하고 우매하지 않다는 사상과 매우 흡사했다. 선종의 '지위심체' 관념은 육왕의 심학에 큰 영향을 미쳤다. 육구연은 "심즉리(心即理)"설을 펴내 천리·인리·물리는 모두 나의 마음에 있고 우주의 '이'와 내 마음속의 '이'는 하나라고 하면서 마음과 '이'는 영원히 변하지 않는다고 주장했다. 이 역시 선종의 심체위지의 사상과 일치한 것이었다. 왕수인의 학설은 양지(良知)를 위주로 하는데, 그는 '지'는 마음의 작용이며, 마음은 또 '성'의 작용으로 심성은 하나의 '이'에 속한다고 했다. 지·심·성·리는 통일된 것이라는 것이었다. '지'는 마음에서 발동된 '명각(明覺)'이라는 의미였다. 왕수인의 이런 설법과 선종사상도 보기에는 다른 듯 하지만 실은 같은 것이었다.[130] 이와 같이 유학과 불교는 미세한 차이만 있을 뿐이라고 그는 생각했던 것이다. 그의 철학의 중심관점인 '양지'라는 것은 선천적인 도덕의식과 지혜를 가리키는 것이며, 선종사상으로부터 계발을 직접 받은 결과였던 것이다.

중국의 각 불교종파는 "중생의 본성은 청정하고 자각적이며, 중생들이 미혹에 빠지는 것은 성불하지 못했기 때문이고, 본성이 구름에 가리

---

128) "此心本来虚灵, 万理具備, 事事物物, 皆所当知."(『주자어류(朱子語類)』권60)

129) "其体虚灵而不昧, 其用鉴照而不遗."(『주자어류(朱子語類)』권14)

130) "然释氏之说, 亦自有同于吾儒, 而不害其為异者, 惟在于几微毫忽之间而已."(『명유학안(明儒学案)』권 10)

어져 각종 정욕의 지배를 받기 때문이다"라고 강조했다. 그렇기 때문에 중생들은 망념을 버리고 정욕을 배제하고 본성으로 돌아가면 바로 성불할 수 있다고 했던 것이다. 이런 심성수양 이론은 유가에는 없는 것으로, 당나라 때 이고(李翱)에 의해 섭취되면서 복성설(复性说)이 창도되어졌던 것이다. 장재, 2정, 주희 등도 이런 사로의 계시를 받아 '성'을 두 가지로 구분해서 "천지지성(天地之性, 즉 天命之性)"과 "기질지성(氣質之性)"의 대립설을 내놓았다. 정·주는 또 마음도 "의리지심"과 "물욕지심"으로 나누고 천리와 인욕의 대립을 강조했다. "천명지성" 즉 천리와 불교가 말하는 본성·불성은 상통하며, "기실지성·인욕"은 불교가 말하는 망념·정욕과 비슷했다. 이학가들은 사람마다 "천리를 구비하고 있으며 애초에는 모자람이 없었다." 다만 "기(氣)가 물욕에 가리어졌다"고 하면서 "만약 물욕을 배제한다면 천리는 자연이 밝아질 것"이라고 했다.

그들은 "존천리, 멸인욕(存天理 `灭人欲)"[131]이라는 명제를 내세워 이를 도덕수양의 근본도경과 이상경지로 간주했다. 비록 정·주 등이 마음과 성을 갈라놓고, 마음과 성을 또 각각 두 가지로 구분해서 불교의 설법과는 달랐지만, 불교의 불성과 망념의 구분 및 욕념을 억제하고 본성을 지키는 기본 주장과는 일치했던 것이다. 중국의 전통 인성론은 인류의 본성을 두고 말하는 것이고, 인도의 불교는 인간과 일반 동물을 포함한 모든 중생의 본성을 말했다. 중국의 불교종파들은 일반적으로 모든 중생에게는 모두 불성이 있다고 하며, 선종은 "개한테도 불성이 있다"고 강조했고, 천대학자들은 심지어 "무정유성론"까지 제기해 "정(情)이 없는

---

131) "존천리 멸인욕(存天理. 滅人欲)" : 천리를 보존하고 있으면, 인간의 욕망을 소멸시킬 수 있다.

사물들인 풀·나무·돌 등에도 불성이 있다고 주장했다. 중국불교의 불성론은 송·명 이학가들의 심성학설에 영향을 주었다. 장재는 "민포물여(民胞物与, 모든 인류는 만물과 일체함 - 역자 주)"의 관념을 제기하면서 "인류와 만물은 모두 하늘과 땅의 자식들"이라고 선전했고, "백성을 형제처럼 보고, 만물을 친구처럼 여기라"고 주장했다. 주희는 이렇게 말했다. "호랑이와 이리 같은 부자(父子), 벌과 개미 같은 군신(君臣), 승냥이와 수달처럼 은혜를 갚을 줄 알고, 수리와 비둘기처럼 다름이 있는 짐승들은 모두 어진 짐승이라 할 수 있으며, 의리 있는 짐승이라 할 수 있다."[132]

맹자가 "사람 이외의 동물들에게도 선성(善性)이 있다"라 '성선론(性善論)'을 배척했던 것과는 달리, 일부 동물들에게도 '선성(善性)'이 있다고 긍정했다. 왕수인은 한술 더 떠서 풀이나 나무 돌 등에도 '양지'가 있다고 주장했다. 후기 중국의 유가에서는 인성론을 동물, 식물, 심지어 무생물까지로 확대 발전시켰는데, 이는 사실상 불교의 해당 학설에 동의하거나 거기에서 섭취한 결과였다. 중국의 유가가 이고(李翱) 이후 '심성설(心性說)'에 중대한 변화가 일어나게 된 것은 불교가 가져다준 새로운 자극, 새로운 활력과 떼어놓을 수 없는 이유이다. 이후 이학가들이 불교의 심성설을 계승하고 개조를 거쳐 유가의 삼강명교와 결합시켜 불교와 같으면서도 다른 심성이론을 창립했던 것도 이런 영향 때문이었다.

이학 본체론에 대한 심각한 영향

'이(理)'를 본체로 하는 정·주 이학과 '심'을 본체로 하는 육·왕 심학에

---

132) "如虎狼之父子, 蜂蟻之君臣, 豺獺之報本, 雎鳩之有別, 曰'仁獸', 曰'義獸'是也." 『주자어류(朱子語類)』 권4)

대한 불교의 영향은 직접적이면서도 매우 컸다. 화엄종은 '이'를 본체로 하고 '사(事)'를 현상으로 해서 다각적으로 본체와 현상의 관계를 천명했다. 선종 역시 '이'와 '사', '이'와 '물(物)'의 관계를 설명했는데 혜능(慧能)이 인가(印可)한 현각(玄覺)이 쓴 『선종영가집(禅宗永嘉集)』에는 『사화이불이(事和理不二)』라는 장절이 들어있다. 규산(沩山) 영우(灵祐)도 "이사불이(理事不二, 이와 사는 다른 것이 아니다)"(『오등회원(五灯会元)』권9)를 주장했다. 유가가 말하는 '이'는 본래 준칙·규율을 의미했으나, 정·주가 이를 우주의 본원, 본체의 높이로 끌어올렸는데, 이것도 불교의 영향을 받았음이 분명했다.

2정은 장재의 『서명(西铭)』에서 제기한 "이일분수(理一分殊)"[133]라는 명제에 근거해 '이'는 하나지만 이가 체현하는 사물은 그 '분(分)'에서 '수(殊)'에 이르며 천차만별이라고 했다. 주희는 또 불교의 "월인만천(月印万川)"이라는 비유를 차용해 일이분수(一理分殊)의 이치를 설명했다. 그는 이렇게 말했다. "석씨(부처)가 말하길, 하나의 달이 모든 물에 두루 나타나고, 모든 물의 달을 하나의 달이 포섭한다. 이는 석씨가 이들의 이치를 알았음을 말해준다"[134] 주희의 인용문은 현각의 『영가정도가(永嘉证道歌)』

<hr />

133) 이일분수(理一分殊) : 세계를 관철하는 보편적인 원리와 구체적·개별적인 원리 사이에 일치성이 있다고 보는 성리학 이론. 모든 사물의 개별적인 이(理)는 보편적인 하나의 '이'와 동일함을 설명하는 이론이다. 세계를 관철하는 보편적인 원리와 구체적·개별적인 원리 사이에 일치성이 있다고 보는 것 이다. 만물이 이법(理法)의 구현이고 그것이 일리(一理)로 귀결한다는 불교의 화엄사상을 근거로, 유교적 도덕으로 재정립하여 만든 성리학 이론으로서 정이(程颐)와 주희(朱熹)가 그 '이'를 확립하였다. 모 든 사물은 하나의 이치(理)를 지니고 있으나 개개의 사물·현상은 상황에 따라 그 이치가 다르게 나 타난다(分殊). 개별적 '이'를 초월하는 보편적 '이', 즉 '태극(太極)'은 '이일(理一)'로서의 '통체일태극 (統体一太極)'이며, 개개의 사물에 내재해 있는 개별적 '이', 즉 '성(性)'은 '분수(分殊)'로서의 '각구일 태극(各具一太極)'이라는 것이다.

134) "釋氏云, '一月普現一切水, 一切水月一月攝.' 這是那釋氏也窺見得這些道理."(『주자어류(朱子語 類)』권18)

에서 따온 것으로 그는 사실상 선종의 비유를 인용하고 있는 것이다. 주희가 제기한 이기(理氣)관계설과 화엄종의 이사(理事)설은 본질상에서 구별되지 않는 이론이다. 불교 특히 선종은 육·왕 심학의 본체론 학설에 영향을 많이 주었다. 육구연은 '이'와 '기·이'와 '심'의 구분을 따지지 않았으며, 특히 인심(人心)과 도심(道心)을 나누어보지 않았다. 그는 이 모든 것은 통일된 것이며, 동등한 것이라고 주장했다. 그는 "우주는 곧 내 마음이고, 내 마음이 곧 우주이다"(『육구연집·잡설(陆九渊集·杂说)』)라는 명제를 내놓았다. 왕수인은 한 걸음 더 나아가 "심즉리야(心即理也), 심자연회지(心自然会知)[135]"·"심외무리, 심외무사(心外无理, 心外无事)[136]"(『전습녹(传习录)』)라고 주장했다. 이것은 직접 선종의 이론에서 기원된 것이다.

선종에 "만 가지 법이 다 마음에서 나오고 마음 아니고서야 어디서 진여 본성이 생기겠는가!"(돈황본 『단경(坛经)』)라고 했다. 이상의 두 가지는 사상에서 언어문자에 이르기까지 일치하는 것이었다. 주희는 육구연의 "가짜 불교로 맹자의 실체를 혼란시킨다"는 주장을 비판하면서 그것이 선에서 비롯된 것이라고 했다. 그는 이렇게 말했다.

"육구연의 학문은 마음속에 품고 있는 어찌할 수 없는 많은 선에서 시작한다. 이 깊은 문자를 본다면, 그 마음속에 품고 보았던 설을 거짓으로 빌린 것에 불과할 뿐이다. 그 보았던 바에 의하면, 본래 성인의 문자는 얻을 수 없다. 그는 도리어

---

135) 심자연회지(心自然會知) : 마음이 자연히 알게 되는 것을 말하는데, 즉 아버지를 보면 효도해야 하는 것을 알게 되고, 형을 보면 공경할 줄을 알게 되는 것과 같은 것.

136) 심외무리 심외무사(心外无理, 心外无事) : 마음 밖에는 이(理)도 없고, 어떠한 일(事)도 없다

성인의 문자를 가지고 말하는 자를 필요로 하였으니, 이는 바로 소금을 판매하는 사람과 같아서. 윗면에 생선 몇 조각을 얻어 덮어서, 세관과 나루터 검문소를 통과하여 사람이 잡히지 않게 하는 것과 같다"[137]

육구연은 솔직하게 자기가 『능엄(楞严)』·『원각(圆觉)』·『유마(维摩)』 등의 경을 보았다고 토로한데서, 그가 확실히 선종의 영향을 받았음을 다음과 같이 고백했다. "자연히 내 가슴 속에는 어쩔 수 없이 여러 선(禪)들이 있게 마련이었다."[138] 그러나 주희라고 어찌 불교의 영향을 받지 않을 수 있었겠는가? 소금장수가 구름으로 가리지 못하듯이 "부자자도(夫子自道)" 역시 그럴 수밖에 없었던 것 같았다.

이학가들의 사상방법에 현저한 영향을 주었다

수·당 불교 철학종파들은 이학가들의 사상방법에 영향을 주었다. 우선 그들은 더욱 자각적으로 체용범주(体用范畴)[139]를 중시했고, 본체와 현상의 관계를 토론했다. 한나라의 유가는 체용범주에 대한 운용이 선명하지 않았고, 송나라 이학가들은 위진 이래 체용관념을 계승했는데 그

---

137) "陸子靜(九渊)之學, 自是胸中无奈許多禪何. 看是甚文字, 不過借假以說其胸中所見者耳. 据其所見, 本不須圣人文字得. 他却須要以圣人文字說者, 此正如販鹽者, 上面須得數片鯗魚遮盖, 方過得關津, 不 被人捉了耳. (『주자어류(朱子語類)』 권124)

138) "自是胸中无奈許多禅何"

139) 체용(体用) : 십신(十神)의 관점에서 자아주체(自我主体)와 외물주체(外物客体)를 나누는 것이다. 즉 십신을 '체(体)'와 '용(用)'으로 나누는 것이다. '체'란 나와 내가 사용하는 도구 또는 내가 조종하는 도구이고, '용'은 나의 목적 내가 추구하는 것, 즉 내가 얻으려는 것을 말한다.

중에는 불교의 계발이 포함되었다. 이들은 "이일분수(理一分殊)"[140]라는 명제를 제기하면서 우주만물의 구성과 본원을 천명했다. 이학가들이 이를 체로 하는 관점과 한나라의 유학사상과는 매우 커다란 차이를 보이고 있는데 이는 유가의 "천인합일(天人合一)" 학설의 새로운 형태라고 볼 수 있다. 그리고 체용범주와 관련된 것들도 중시했으며 이학가들은 또 '심'과 '물', '심'과 '성'의 관계에 대한 토론과 논쟁도 매우 중시하면서 "이심관물(以心观物)·이물관심(以物观心)·이물관물(以物观物)·이심관심(以心观心)"[141]이라는 관법(观法)을 천명했다. 이는 마치 선종 임제종(临济宗)의 "빈주송(宾主颂: 빈간주, 주간빈, 주간주, 빈간빈[宾看主, 主看宾, 主看主, 宾看宾])"[142]의 직접적인 계시를 받은 것 같다. 그 외 선종의 불중경교(不重经教)의 간이 법문은 육구연 등을 일거에 쓸어버리고 6경으로 유아독존하며 자아내심의 영오(领悟, 깨달음)를 중시하는 직접적 계시를 받기도 했다. 그 외 표술 방식에서 선종은 어록이 있고, 이학가들도 어록이 있었는데, 주희가 편집한 『이정유서(二程遗书)』를 보면 주로 이정(정호[程颢]와 정이[程颐])의 어록들이다. 『주자어류(朱子语类)』는 주희의 어록을 분류해서 편집한 책이다. 육구연은 『상산어록(象山语录)』 4권이 있다. 왕수인의 『전습록(传习

---

140) 일일분수 : 정이와 주희가 확립했다. 한국에서도 이일분수는 성리학의 근본 명제로 받아들여졌다. 성리학에서 이는 개별 사물을 초월해서 존재하는 정신적 실체로서의 성격과 개별 사물에 내재하여 개별 사물의 존재·운동을 규정하는 원리로서의 성격을 지니고 있다. 이일분수는 이러한 이의 양면적 성격을 통일적으로 파악하는 논리이다.

141) 이심관물(以心觀物, 마음으로 사물을 관찰하는 것)·이물관심(以物觀心, 사물로써 마음을 관찰하는 것)·이물관물(以物觀物, 사물로써 사물을 관찰하는 것)·이심관심(以心觀心, 마음으로 마음을 관찰하는 것)

142) 빈간주(배우는 사람이 선사보다 더욱 보는 바가 있음), 주간빈(선사가 배우는 사람보다 더욱 보는 바가 있음), 주간주(선사와 배우는 사 견해가 일치함), 빈간빈(선사와 배우는 사람의 견해가 모두 틀림)

錄)』역시 어록체이다. 이렇게 보면 최고의 이학가들은 모두 어록이 있었다. 선종 어록은 시정(市井)의 언어들로 되어 있고 이학가들 역시 선종학자들의 문풍에 영향 받아 '속어(천한 언어)'들을 사용했다.

2) 불교철학이 심화되어 유학화 되다

수·당 시기의 일부 불교종파 대표주자인 지외(智顗)·법장(法藏)·징관(澄观)·종밀(宗密) 등 은 비록 각각 다른 상황에서 유교와 도교 등을 융통시켰지만, 그러나 먼저 압제했다가 다시 포용하고 조화시켰다. 유교·도교를 말로 하고 불교를 본체로 해서 본말(本末)의 각도로 회통했던 것이다. 그러나 송·명 시기의 일부 불교대사들은 그와 달리 주동적으로 유학에 접근했고, 심지어 유학을 치켜세우기도 했는데 개별적인 사람들은 유학을 불교보다 더 중요시했고, 불교로써 유교에 진입하면서 불교와 유교의 경계를 허물어버렸다. 송·명 시기 불교철학이 날로 유학 화 되는 기본 루트는 유교와 불교의 절충에 있었다. 흥미로운 것은 그들은 이로부터 유교의 중용지도를 특히 목소리를 높여 찬양했다는 것이다. 송나라 시기 유명한 승려 지원(智圓)은 심지어 호를 '중용자(中庸子)'라고 하고 유교를 선전하는데 열을 올렸다. 즉 "석씨가 말하는 중용이라는 것은, 용수가 말한 바 있는 중도라는 뜻이다"[143]라고 하면서, "용수의 중도론은 유와 무(공)에 집착하지 않으며 진가의 양쪽을 주장한다. 그러나 유가의 중용은 처세 면에서 넘치듯 모자라지 않고 적중할 것을 주문한다"고 했다. 그러나 이 양자는 근본적으로 서로 관련이 없는 것이었는데도 지원

---

143) "釋之言中庸者, 龍樹所謂中道義也"(『중용자전·상(中庸子傳·上)』)

은 이 두 가지를 동등시했다.

송나라 또 다른 승려인 계숭(契嵩)은『중용해(中庸解)』5편을 써서 유가의 중용지도를 크게 찬양하면서 유학은 세상을 다스리는 것이며, 불학은 출세(出世)하는 것으로 유학과 불학은 분공하고 협력하면서 서로 보완해야 한다고 선양했다. 명나라 승려 덕청(德淸)은『대학중용직해지(大学中庸直解指)』를 썼고, 지욱(智旭)은『사서우익해(四书蕅益解)』를 써서 불교로 유교를 해석하고, 불교로써 유교를 지원할 것을 호소하면서 갈수록 강렬하게 유학 화 되어가는 경향을 드러냈으며, 이로부터 불교는 중국에서 점점 자신의 개성을 잃어가게 되었다.

제6절
중국 근대 철학에 대한 불교의 영향과 작용

불교는 근대에 들어서서 부흥기를 맞이했다. 불교가 흥기하게 된 힘은 은둔 거사들이지 출가한 승려들이 아니었다. 예를 들면 양문회(杨文会), 구양점(欧阳渐), 담사동(谭嗣同), 오안주(吳雁舟), 송서(宋恕), 장태염(章太炎), 양계초(梁启超), 한청정(韓清净) 등으로 이들은 불교의 부흥에 거대한 역할을 했다. 불교 부흥의 주류는 당나라 종파에서 성행 시간이 가장 짧았던 법상 유식종(唯识宗)이었다. 그 무렵 법상 유식학은 불교연구의 유행이 되면서 핫 이슈로 부상했다. 일부 학자들은 법상과 유식이 두 가지 학설이냐를 두고 치열한 변론까지 벌였다. 동시에 계속해서 송·명 이래 삼교(유교·도교·불교)를 통합하고 "교(천대·유식·화엄·정토 등)종(선)"을 합병하는 추세로 나아갔다. 부흥의 거점은 대도시였고 주로 남경과 북평(북경)이었다. 불교가 중국 근대에 부흥하게 된 데는 여러 가지 요소와 조건들이 종합적으로 작용한 결과였다. 근대는 대변혁의 시기로 일부 진보적 인사나 저명 문인들은 저마다 이학의 '이단'에서 입신양명의 길과 봉건예교를 반대하는 무기를 찾으려고 시도했다. 서양학의 유입 및 해외 불교연구 붐의 영향으로 일부 사상가들은 불교를 동서방 학설을 이어주는 유대로 간주했고, 유실된 많은 불교 종파 경전들을 계속해서 일본·조선에서 되찾아왔으며, 종파 이론은 철학·심리 색채를 띠게 되었고 사람들의 연구 흥미를 자극했다. 구리하여 불교의 철학적 성질은 유별나게 강조되었으며, 불교와 중국 근대철학의 관계가 보다 밀접해지게 되었다.

불교학은 중국 근대철학에서 상당히 중요한 비중을 차지하게 되었고, 중국 근대철학의 발전에 매우 넓고도 깊은 영향을 주었다. 양계초는 이렇게 말했다. "만청의 소위 새로운 학자들은 불교와 관계되지 않은 자가 없다."(『청대학술개론(清代学术概论)』) 지주계급 개혁파 공자진(龔自珍)과 위원(魏源), 자산계급 개량파 엄복(严复), 강유위(康有为), 담사동(譚嗣同), 양계초(梁启超), 당재상(唐才常), 자산계급 민주파 장태염(章太炎) 및 저명한 학자인 웅십력(熊十力), 양수명(梁漱溟) 등은 모두 불교의 영향을 깊이 받았다. 불교는 중국 근대철학의 형성과 발전에 새로운 자극과 활력과 일부 소극적인 요소를 몰아왔으며, 근대 철학가들의 천명을 통해 현실 생활 가운데서 매우 복잡한 작용을 발휘하게 되었다. 중국 근대철학에 대한 불교의 영향과 작용은 대체적으로 다음과 같은 몇 가지 방면에서 살펴볼 수 있다.

1) 철학체계의 구축에 중요한 시발점이 되었다.

중국 근대철학가들이 철학체계를 이룬 특점은 여러 방면에서 해내의 사상과 유익한 자료들을 융합시키고 독특한 심득의미로써 조직된 것이라는데 있다. 그중 일부 철학가들은 불교이론을 자기의 철학체계를 구축하는 기초로 삼았다. 예를 들면 담사동이 쓴 『인학(仁学)』을 보면 동서고금을 아우르고 과학과 종교를 뒤섞어서 "인은 천지만물의 근원이기에 유심이고 유식이다"라고 고취하면서 '인학(仁學)' 체계를 세웠다. '인학'시스템의 중심이론은 불교의 화엄경·선·법상유식 제종의 학설들이었다. 그는 불교는 서방과 유학을 아우르며 여타의 학설에 비해 매우 고명하다고 여겼다. 양계초는 오랜 시간 불학을 연구하면서 심취되어 자기의 불교 인생관과 세계관을 형성하기에 이르렀다. 그는 불교를 높이 찬양하면서 불교야말로 "전세계 문화의 최고 경지"라고 했다. 그는 불교의 '업력설(業力說)'과 '유식설'을 숭상하면서 불교의 '업보(業報)' 이론은 우주에서 유일한 진리라고 주장했고, 경유심조(境由心造)의 '삼계유심설'이 진리라고 선양하면서 "경지라고 하는 것은 마음이 만드는 것이다.

일체의 물경(산수화에서처럼 경계와 형상이 분명한 사물의 경지 – 역자 주)은 모두 허황된 환상이다. 오직 마음속에 만들어진 경지만이 진실한 것이다"[144]라고 했다. 불교는 양계초에게 유심주의와 신비주의의 철학사상을 주입시켰다. 또 웅십력은 불학이 "변화무쌍한 대 초원을 관철하며, 인생의 내면에 간직해 있는 것을 발하게 한다"[145]라고 찬양하면서 『신유식론(新唯识论)』을 집필했고, 유교와 불교사상을 융합해서 우주의 본체를 연구하기도 했다. 그는 유가 『역대전(易大传)』의 음양흡벽(阴阳翕辟)의 양극관념으로 불교 유식종의 '종자'·'현행'설을 해설하고 개조하고 보충했다.

동시에 유식론의 분석방법으로 유교와 불교의 체용이론을 융합시켜 새로운 '본심'이라는 우주본체를 제기했고, '체용(體用, 사물의 본체와 작용 – 역자 주)'이야말로 최고 범주이며, '체'는 '용'을 떠날 수 없고 '용'은 '체'를 통해 구현된다는 "체용여일"의 철학체계를 만들어냈다. 웅 씨의

---

144) "境者, 心造也. 一切物境皆虛幻, 惟心所造之境爲眞實"(『자유서·유심(自由書·惟心)』)

145) "徹万化之大原, 發人生之內蘊."(『십력어요(十力語要)』권1『답설생(答薛生)』)

새로운 유식론은 불교 인사들의 비판을 받았고 사상계에도 심원한 영향을 끼쳤다.

2) 자산계급사회의 이상적인 도구라고 선전하다.

강유위는 불교의 출세주의(出世主义)를 이용하여 "세계로 들어가 대중의 고통을 보라(入世界观众苦)"로부터 착수하여 세상에 문명을 떨친 『대동서(大同书)』를 써냈다. 그는 인생의 38가지 고초를 피력하면서 모든 사람들이 고통이 없고 즐거움을 누리는 것을 이상적인 목표로써 추구해야 한다고 주장했다. 그는 고통이 없고 즐거움을 누리는 대동세계를 '극락세계'라고 했다. 사실상 이는 불교의 '자비·구세' 주장을 자산계급 개량주의 도구라고 강조했던 것이다. 강유위·담사동 등은 불교의 자비, 묵자의 겸애, 공자의 인애와 자산계급의 평등·박애를 나란히 하고, 불교의 '자비·구세', '중생 평등'으로 자산계급의 '평등박애'를 주장했다. 긍정적인 것은 강유위·담사동이 빌린 불교의 교의로써 자산계급의 정치적 주장을 선양한 것은 전제적 강령과 등급 제도에 타격을 준 것이며, 이것이 바로 그들의 진보적 의의였다. 그러나 불교 교의 역시 그들의 반 전제투쟁에서는 아연실색해졌고, 심지어 매우 황당한 지경에까지 이르게 했다. 담사동의 스승인 양문회(楊文會)는 "유럽 사람들의 생활은 중국 사람들에 비해 열 배나 좋은데 이는 전생에 불교를 믿었기 때문이고, 거악종선이 중국인을 훨씬 초월한데 있다"고 말했다. 이런 관점은 객관적으로 사회의 빈부격차에 대해 논증한 것이었다. 담사동은 여러 사람들에게 아미타불을 믿는다면 억년이 지나 모든 중생들이 다 성불할 것이라고 했다. 이런 논조는 암흑사회에 대해 일말의 영향도 주지 못했으며, 오로지 사람들을 잘못된 길로 인도할 뿐이었다.

3) 무아무외(无我无畏)[146]의 정신적 지주를 양성해야 한다.

대승불교는 신도들이 발분하여 정진하고 용맹무외(勇猛無畏)해야 하며, 중생을 제도하고 중생을 고난에서 구제하며, 타인에게 베풀고 자신을 희생하더라도 타인을 구해야 한다고 고무시켜 주고 있다. 장태염·담사동 등은 극력 불교의 이런 교의를 선양하면서 이를 빌어 국민의 도덕을 개조시키고자 했으며, 무사무위(无私无畏)의 정신을 양성해서 사회의 개혁을 추진하고자 했다. 그들은 모두 "스스로 자신의 마음을 귀하게 여겨야 한다(自貴其心)"고 하는 불교사상을 강조하면서 자신의 심력(心力)을 중시하고 타인에 의지하지 않고 자강·자립·자존하는 품덕을 기를 것을 강조했다. 그들은 "머리든 골수든 타인에게 베풀 수 있어야 한다"는 자아 희생정신을 제창하고 "용맹하여 두려움이 없다(勇猛無畏)"·"삶과 죽음에 대한 두려움을 물리쳐서 배제한다(生死排除)"라는 용감하여 두려움이 없는 기개를 선전했다. 장태염, 담사동, 강유위, 양계초 등은 모두 불교의 "내가 지옥에 가지 않으면 누가 가랴"라는 희생정신을 숭앙했다. 담사동은 바로 이런 정신으로 자신을 격려했고, 죽음을 초개같이 여기면서 "웃으며 칼을 받으리라"는 무외(無畏)정신으로 웃으며 형장으로 들어가 강개하게 형장의 이슬이 되었다. 대승불교가 중생을 구제하고 사람마다 성불할 수 있다고 하는 이런 목표와 목적은 물론 허구적인 것이지만, 자신을 잊고 남을 위하며 무사무위하는 정신을 제창하는 것은 인류 사상 일종의 미덕이며 과학적인 비판과 개조를 거치면 섭취할 바가 많

---

146) 무아무외(無我無畏) : 인간은 오온(五蘊)의 일시적인 화합에 지나지 않으므로 거기에 불변하는 실체가 없다고 주시하여 자아의 속박에서 벗어나 마음에 두려움이 없고 평온함을 말함.

다는 것을 보여준다.

이상의 것들을 모두 종합해 서술하면 다음과 같다.

불교와 중국철학의 관계는 매우 복잡하며, 아주 기나긴 변화과정을 겪어왔다. 대체적으로 불교가 먼저 중국 고유의 철학적 영향을 받아들였는데, 이러한 과정에서 쌍방은 이론투쟁을 벌였으며, 투쟁 후 불교종파들은 중국의 전통사상을 흡수해 이론을 창조했으며, 후에는 불교철학이 또한 이학가들의 비판을 받아들이고, 근대 사상가들의 찬양을 받으며 그들의 사상정립에 활용되었다. 불교는 오랜 역사발전 과정에서 형성된 철학사상으로 중국 고유의 철학사상과 점차 융합되고 조화되면서 점차 중국 전통철학의 매우 중요한 구성부분이 되었다.

중국 사상계의 비판을 야기한 불교사상은 주로 출세에 대한 주장, 인과응보설, 신불멸론이었다. 이로부터 두 차례의 큰 논쟁이 폭발되었다. 하나는 사문(沙門)이 왕상들에 대해 불경한 태도를 취한다고 하는 태도를 중심으로 하여 사실상 유가의 상강윤리에 어떤 태도를 취하느냐 하는 문제에 대한 논쟁으로 비화한 윤리사상에 관한 논쟁이었으며, 다른 하나는 신멸론과 신불멸론의 논쟁으로 이는 유물주의와 유심주의의 논쟁이었다. 전자에 대해 불교는 타협하고 조화하는 태도를 가졌으며, 후자에 대해 불교는 이론상에서 무신론자들의 집중적인 타격을 받았다. 그러나 불교는 삼세윤회·인과응보 등 미신적 설법이 있었기에 민간신앙을 받아들일 수 있었으므로 패배하지 않았고 치열한 논쟁 이후에도 여전히 전승되었으며, 수·당 시기에는 거대한 발전을 가져올 수 있었다.

불교가 중국에서 오랜 시간 전승될 수 있었던 것은 불교가 중국철학에 새로운 사조들을 제공해 주었고 보충해준 것과 직접 관련된다. 중국 전통철학 특히 유가철학은 현실 인생을 비교적 중시했으며, 경험인식에도 치중했으나 인생본연·세계본체·피안세계 등의 문제에는 깊이 토론하지 않았다. 불교는 인과응보를 인생을 지배하는 법칙으로 삼으면서 인생의 본연·본질·운명 등의 문제에 신비주의 해설을 가했다. 불교는 세계 본체에 대한 토론을 중시하면서 다양한 본체설을 제기했고, 특히 개인의 의식과 같은 '진심'을 본체학설로 삼아 고대 유심주의 본체론을 풍부히 했다. 불교의 피안세계에 대한 선전·선동은 고대 유심주의의 새로운 의미· 새로운 방면을 증가시켰다. 불교의 심성설은 고대 심성론에 풍부한 자료를 제공해주었다. 그 외 불교는 고대 변증법에 대해서도 공헌했는데, 모순의 대립과 통일, 현상과 본질의 관계, 주체와 객체의 관계, 주체, 자아의식과 객관능동성에 대한 강조 등을 통해 비교적 높은 변증사유 수준을 구현해주었다. 이는 우리가 열심히 비판하고 종합시켜 내재화시켜야 할 부분이다.

제4장

불교와 중국의 문학

제4장
불교와 중국의 문학

　불교경전의 번역과 전래에 따라 승려와 문인 명사들의 왕래가 잦아지고, 사원에서는 불교의 강의방식이 보급되면서 불교는 중국 고대문학의 각 방면에서 갈수록 많은 영향력을 주면서 오늘에 이르고 있다. 위진 이래 중국문학의 각 영역은 시가든 산문이든 또 그 후에 발전되는 소설·희곡이든 모두 선진(先秦)·양한(兩漢)시기의 문학과 다른 양상을 보이고 있는데, 그 중요하고도 직접적인 원인의 하나가 바로 불교경전의 문체와 불교이론의 가치관념·생활관념·생명관념 및 불교 홍보방식의 충격·침투·감화와 영향에서 비롯되었던 것이다.

　불교는 중국문학에 새로운 문체, 새로운 의경(意境), 새로운 주제 전달방식 등 형식과 내용상 중대한 변화를 가져다주었다. 형식상에서 불교는 율체시(律体诗)와 통속문학(설창문학[讲唱文学], 통속소설, 희곡 등)의 탄생에 직접적인 작용을 했고, 내용상에서는 주로 두 가지 새로운 성분을 보충하고 두 가지 새로운 변화를 일으켰다. 첫째, 중국문학은, 예를 들면『시경(诗经)』등은 사람과 사실을 중시했고, 장자(庄子)의 산문은 현학(玄學)사상이 풍부했으며, 운명에 달관했고, 자연에 순응했으며, 한부(汉赋)는 산천경개를 주로 묘사한 것에 비해, 불교는 그와 달리 인생의 무상함과 고통스러움 및 우주에 대한 지식을 환상화하면서 문인들에게 새로운 의경을 개척해주었다. 당나라 이후 일부 문학작품들은 우주적 인생관을 비판하면서 자연과 사물에 대해 초월적인 비판을 많이 하고, 권선징악·인과응보의 불교의 종지(宗旨)를 선양했다. 둘째, 중국 고유의 문학은 상상력이 풍부하고, 시공을 초월하거나 현실을 초월하는 환상이 극히 적으며, 사실주의에 치우쳐 묘술해 왔다. 열선전(列仙传)·신선전(神仙传)을 쓴다고 하더라도 간단하고 조심스러웠으나 불교는 그와 달리 하늘에도 오르고 땅에도 들어가며 아무런 구속 없이 환상을 펼치고, 시공의 제한을 받지 않았으며, 18층 지옥이든, 33층 하늘이든, 3천 대천세계든 광대무변해서 낭만적 색채가 매우 농후했으며, 영향력이 넓어 중국 낭만주의 문학의 발전을 크게 촉진시켰다.

제1절
불교 번역문학의 형성과 그 영향

　한나라 말부터 서진시기까지 안세고(安世高)·지루가참(支娄迦谶)·축법호(竺法护) 등은 직역의 방식으로 불경을 번역했는데, "화려하지 않으면서도 웅변적이고, 거칠지 않으면서도 질박했다."(『고승전·안세고전(高僧传·安世高传)』) 동진시기 이후 불경 번역가들은 점차 한어와 범어를 융합한 새로운 체제인 번역문학을 만들어내 중국문학사의 새로운 기원을 열어놓았다. 요진(姚秦)시기 경문번역의 대사 구마라십(鸠摩罗什)은 대량의 불교경전들을 번역했다. 그가 번역한 책들로는 『유마힐소설경(维摩诘所说经)』, 『묘법연화경(妙法莲华经)』·『마하반야바라밀경(摩诃般若波罗蜜经)』과 『대지도론(大智度论)』 등이 있는데, 역문은 문장이 미려하고 우아하며 뜻이 분명하고 문맥이 매끈했다. 그중 『유마힐소설경』은 대승거사 유마힐이 질병에 시달릴 때 석가모니께서 뭇 제자를 보내 탐방하게 했는데, 다수의 제자들이 유마힐의 신통한 언변에 감히 가지 못하고 유독 사리불(舍利弗)과 문수사리(文殊师利)만이 가게 되었다. 이에 유마힐은 그들을 만나주고 설교를 하면서 웅변능력을 보여주었고, 각종 신통함과 거침없는 웅변을 통해 대승불교의 도리를 선양했다는 이야기를 기술하고 있다. 문학 감상의 각도에서 보아도 이는 절묘한 소설임에 틀림없다. 『묘법연화경』은 비록 중생들도 부처와 같은 지혜를 얻을 수 있고 사람마다 성불할 수 있다는 불교의 종지를 선양하지만 경문에는 비유구가 많고 아름다운 우화들이 적지 않다. 방융(房融)이 구술을 적은 것으로 되어 있는 『대불정여래밀인수정료의저보살만행수능엄경(大佛頂如来密因修証了义诸菩萨万行首楞严经)』[147]은 초급으로부터 고급으로의 수행단계를 통해 제불국토에 이르는 교의를 선양했는데 생동적이고 형상적이었다. 이 3부의 경전은 역대 문인들이 모두 좋아해서 늘 사람들에게 순수한 문학작품으로 읽혀지면서 문학계에 지대한 영향을 미쳤다. 불타발타라(佛驮跋陀罗) 등이 번역한 『대방광불화엄경(大方广佛华严经)』은 문장이 기세가 있고 장엄하며 웅장한 기백이 넘친다. 담무참(昙无谶)이 번역한 『불소행찬경(佛所行赞经)』에서는 석가모니불의 일생에 대해 이야기하고 있는데, 이는 한 부의 운문형식의 전기라고 할 수 있다. 『대방광불화엄경(大方广佛华严经)』과 『불소행찬경(佛所行赞经)』등 이 두 부의 책은 불경 역서 중에서 중문학적 색채가 가장 농후한 대표작으로, 문학사에서 상당한 위치를 차지한다. 중국에서 한위(漢魏) 이래 산문과 운문은 점차 변려문(骈儷文)의 길에 들어섰고, 이 무렵의 불경 번역가들은 소박한 백화체로 경문을 번역하면서 알아보기 쉽게 쓰는 것을 원칙으로 했다. 이런 새로운 문체는 당시 중국문학의 장르를 변화시키는 데 중요한 작용을 했고, 그 후의 문학발전에 지대한 영향을 끼쳤다.

인도의 불경은 형식상의 배치와 구조를 중시했다. 예를 들면 『불소행찬경(佛所行赞经)』·『불본행경(佛本行经)』·『보요경(普曜经)』은 장편의 이야기

---

147) 간칭하여 《수능엄경(首楞嚴経)》·《능엄경(楞嚴経)》이라고 한다. 어떤 사람은 당나라의 위찬(偽撰)이라고 의심하 기도 한다.

들이고, 『서뢰경(須赖经)』은 소설체 작품이며, 『유마힐소설경(维摩诘所说经)』·『사익범천소문경(思益梵天所问经)』은 반소설체·반시나리오체의 작품이다. 이런 형식과 장르들은 중국 당나라 이전에는 없던 것들이며, 위에서 소개한 불전이 번역되면서 탄사(弹词)[148]·평화(平话)·소설(小说)·희곡(戏曲)의 탄생과 번영에 계발적이고 고무적이며 촉진적인 역할을 했다.

인도불교는 고대 '남아시아 아대륙(남아시아)'에서 생겨난 대량의 우화이야기를 이용하는 것을 중시하여, 그런 우화를 '비유체'로 해서 자기의 교의를 비유해 해설하고 선전했다. 불교경전 중에 편폭이 긴 많은 이야기에 산재한 것 말고도, 단지 '비유'라는 이름으로 된 것만 해도 6종 이상이 된다. 그중 『백유경(百喻经)』이 가장 조리 있고 정연하다. 이 경은 남제(南齐) 구나비지(求那毗地)가 번역한 것으로 2권이다. 여기에 열거된 비유 고사는 100개 이상이 불교 교의를 선전하는 것이며, 사람들이 부처를 믿도록 권유하고 있다. 이 우화 성격의 불교문학작품은 문필이 소박하고 정연하며, 이야기가 생동적이고 재미있으며, 좋은 글귀들이 매우 많아 설교부분만 제외한다면 정서교양에도 유익한 작용을 하게 된다. 노신(鲁迅)은 이 책을 사상사의 자료로써 연구하면서 그 속의 유익한 영양을 섭취해서 자금을 모아 인쇄하여 널리 알리기도 했다. 문학발전사로 볼 때, 『백유경(百喻经)』 등 우화고사들의 번역은 중국의 우화창작에 새로운 혈액을 주입한 것과 같았으며, 중국 후세 우화문학의 탄생에 적극적인 영향을 주었다고 볼 수 있다.

---

148) 탄사(弹词) : 삼현금(三弦)이나 비파(琵琶) 위주로 반주를 하며, 곡이 흐르는 중국 남방의 음악 문화.

제2절
불교는 음운학(音韻學)의 발전, 율체시(律體詩)의 탄생,
시가(詩歌)의 발전을 촉진시켰다

불교는 중국 시가에 매우 지대한 영향을 주었다. 한편으로는 불교의 유입과 더불어 인도의 성명론(声明论)[149]이 따라 들어왔고, 남조 음운학상 4성(四声)의 발명과 시가의 격률상 8병(八病)의 제정을 초래했다. 이로써 당나라 이후 격률시의 새로운 장르를 만들어냈다. 다른 한편으로는 불교사상 특히 반야학공종이론(般若学空宗理论)과 선종사상은 시가의 내용을 강하게 자극하고 침투되면서 시가의 의경을 풍부히 하고, 시가의 모습이 보다 다양하게 해주었다.

1) 4성, 8병과 격률시

중국 고대 시가 역시 음절을 중시하였다. 『상서·우서·순전(尚书·虞书·舜典)』에서는 이렇게 말했다. "시는 뜻을 말한 것이고, 노래는 시를 오래 하도록 만든 것이다. 오음을 이용하여 소리를 길게 늘이고, 악률로써 소

---

149) 성명론(声明论) : 고대 인도학자가 연구한 일종의 학문으로 어언학(语言学) 중의 훈고(训诂)와 사회학(词汇学)에 가깝다.

리를 조화롭게 해야 한다."[150] 『시(诗)』300편은 바로 시와 음악을 하나로 만든 것이다. 고대 작가들도 점차 소리문제를 중요시 하여 깊이 토론하기 시작했다. 위리등(魏李登)은 운서(韻書) 『성류(声类)』(이미 유실됨)를 쓴 적이 있으나 오랫동안 음운규칙을 따지지 않았다고 했다. 진송(晋末) 이래 건강(남경)에 거주하던 소리에 능한 승려들과 음을 중시하던 문사들의 교류가 밀접했다. 제량(齐梁)시기 문학가 심약(沈约)·왕융(王融) 및 승려 담제(昙济) 등과 왕래가 잦았던 주옹(周顒)은 불경소리의 영향으로 자음(字音)의 소리를 높낮이에 따라 평(平)·상(上)·거(去)·입(入) 네 개로 나누고 시의 격률에 사용했다. 심약 등 사람들은 성률론을 발명했는데, 중국에서 이전에 있던 음운학 연구의 성과도 흡수하면서 불경과 불문의 소리에서도 직접 받아들인 영향의 결과물이라 할 수 있다. 유명한 역사학가 진인각(陈寅恪)은 이 문제에 대해 전문적인 분석과 논술을 진행한 바 있다. 그는 다음과 같이 말했다.

"천축(인도) 위타(囲陀)의 성명론(声明论)에 따르면 소위 소리 즉 스와라(Svara)라고 하는 것은 중국 4성에서의 소리와 흡사하다. 즉 소리의 고저음은 영어에서 말하는 Pitchaccent가 바로 그것이다. 위타의 성명론은 그 소리의 높낮이를 각각 세 가지로 나누었다. 하나는 Udattd, 그 다음은 Svarita, 그리고 Anudatta가 그것이다. 불교는 중국에 유입되면서 불교도들이 경문을 읽을 때 이 세 가지 소리에 따라 읽었다. 당시 불교도

---

150) "詩言志, 歌永言, 声依永, 律和声"

들이 경문을 읽을 때 세 가지 소리가 중국의 평·상·거 세 가지 소리와 같았는지 이제는 고증할 길이 없으나, 이 두 가지에서 높낮이를 둘러싼 세 개 단계의 음이었음은 의심할 바 없다. 중국어에서 입성은 k·p·t라는 보조음이 있는데, 이는 특수한 종류로 구분되며 다른 소리와 구별이 쉽다. 평·상·거는 그 높낮이의 차이가 비록 구분되지만 약간의 다른 소리가 섞이면 쉽지 않게 된다. 그리하여 중국문사들은 당시 불경을 읽는 소리에 근거해 평·상·거 세 가지 소리를 정했다고 여겨진다. 합입성까지 합쳐 4성인 것이다. 이에 4성이 만들어졌다는 일설이 있고, 성조로 불경을 읽는 소리에 맞추어 중국의 소리에 아름답게 적응시켰다는 설도 있다. 이 4성설은 이렇게 이루어진 것으로 4성에만 어울리기에 기타 소리들에는 어울리지 않았다."[151]

심약은 『4성보(四声谱)』(이미 유실됨)를 써서 8병지설(八病之说)을 제기해 작시에서 8가지 음률상의 폐단을 피할 것을 강조했다. 즉 평두(平头)·상미(上尾)·봉요(蜂腰)·학슬(鹤膝)·대운(大韵)·소운(小韵)·방유(旁纽)·정유(正纽)가 그것이다. 심약 일파들의 시가창작을 보면, 매우 짧고 소리를 매우 중시했기에 역사상 '영명체(永明体)'라고 부른다. 『남제서·육궐전(南齐书·陆厥传)』에서는 이렇게 말했다.

---

151) 『4성3문(四声三问)』, 『진인각문집 2·금명관총고초편(陳寅恪文集之二·金明館叢稿初編)』

"영명 말년에 문장이 극성했다. 오흥의 심약·진군의 사조·낭아의 왕융이 그러한 기류를 더욱 촉진시켰다. 여남의 주옹은 성운을 잘 알았다"[152]

심약 등 문사들은 궁상을 빌어 평·상·거· 입 4성으로 운을 제어하면서 더하지도 덜하지도 못하게 했는데 이를 세간에서는 '영명체'라고 했다.

'영명체'는 중국의 시가에서 비교적 자유로운 '고체(古體)'로부터 격률이 엄격한 '근체(近體)'로의 중요한 전환을 의미한다. 비록 4성·8병이 시가 창작에 많은 불필요한 금기들을 규정했지만, 형식에 치중하고 내용을 경시하는가 하면, 지나치게 수식하고 미사여구만 늘어놓는 경향을 부추길 수도 있는 것이다. 그러나 시가의 격률을 지키는 데 있어서는 적극적인 의의를 가지며, 시가의 음절미를 첫 자리로 높여놓았으며, 인위적인 운율이 있게 만들었다. 그리하여 사람들은 율시의 격식을 따를 수 있게 되었고, 고체시가 율체시로 바뀌는 데에 중대한 역할을 한 것이다.

2 반야(般若)와 시, 선(禅)과 시

중국의 시단은 위나라 중기 이후 현학사상이 시가의 기조를 이루면서 소위 '현언시(玄言诗)'가 출현했다. '현언시'는 한때 소실되었다가 동진 시기에 다시 흥기했다. 이와 동시에 불교의 반야학 역시 광범위하게 전해지면서 대승공종(大乘空宗)의 모든 것이 공(空)에 지나지 않는다는 사조

---

152) "永明末, 盛為文章. 吳興沈約. 陳郡謝朓. 琅玡王融以气類相推轂. 汝南周顒, 善識声韻."

들이 시인들의 시가창작에 지대한 영향을 미치게 되었다. 일부 불교학자들은 '현언시'의 토대에 새로운 씨앗을 뿌려 새로운 열매를 맺게 함으로써 자유자재하며 한적하고 아늑한 시경을 연출시켰고, 그로부터 중국시가사(詩歌史)에는 불교학문이 침투된 시가영역의 새로운 국면이 나타나기 시작했다. 이런 시가작품들은, 혹은 현학과 융합되고, 혹은 산수와 결합되고, 혹은 불교이론을 설파하면서 불교시가로 거듭나는 새로운 특색이 나타나게 되었다. 동진시기의 저명한 불교 반야학 학자 지도림(支道林. 지순[支遁]) 역시 가장 중요하고 가장 걸출한 불교 시인이었다. 그의 작품은 매우 많은데, 현존하는 것들로는 정복보(丁福保)가 편찬한『전보시(全晋诗)』18수가 전해지고 있다. 지도림은 장학(庄学)에 연구가 깊어『장자·소요유(庄子·逍遥游)』에 매우 독특한 견해를 가지고 있었다. 그의 시는 노장사상과 산수자연을 결부시켜 이미 어린 나이에도 문장이 뛰어났고, 재주가 신기해서 많은 문인들의 찬탄을 받았다.

당시 '현언시'로 유명한 작가로는 손작(孙绰), 허순(许询), 왕희지(王羲之) 등이 있었는데, 모두 지도림과 사귀기를 즐겼고 함께 현학의 이론들을 탐구하며 깊은 영향을 받았다. 진송(晉宋)시기 대시인인 사영운(谢灵运. 강낙[康乐]) 역시 불교에 조예가 깊은 학자였다. 그는 자연경물을 묘사하는데 매우 능했고, 시작품 대부분이 절강·강서 일대의 명산대천들을 노래한 것들이었다. 그는 지도림에 이어 산수와 불교 교리를 더욱 결합시켜 산수의 개성을 그려 보이는 작품 속에 자유자적하는 의경을 이식해주었다. 사영운은 담담하고 무미건조한 현언시가 유행되는 상황에서, 특히 산수경물에 대한 묘사에 몰입하면서 현언시의 소실과 산수시의 성행에 중대한 작용을 일으켰다. 만일 지도림이 노장과 산수를 결합하는 시가창작의 개척자라고 한다면, 사영운은 시가창작에서 "노장을 물리치고 산수의 미를 더해준" 개조자라 할 수 있으며, 그는 문학사에서 산수시의 한 파를 이룬 사람이다. 그 외 단순히 불교교리만을 본다면 지도림의 『영회시(咏怀诗)』, 왕제지의 『염불삼매시(念佛三昧诗)』, 혜원의 『여산동림잡시(庐山东林杂诗)』와 『여산제도인유석문시(庐山诸道人游石门诗)』, 사영운의 『정토영(净土咏)』, 양무제 소연의 『정업부(净业赋)』 등이 있으며, 이런 작품들은 현언시·산수시 외에 다른 유파를 이루고 있었다.

당나라 선종의 흥기와 당시(唐诗)의 성행은 거의 동시다발적이었고, 전혀 다른 종교와 문학이 서로 이익을 주게 된 데는 상호 연결되는 내재적 요소와 더불어 흥망성쇠를 나란히 한 변화궤적이 있었다. 선과 시는 모두 내심의 체험을 필요로 하고 있으며, 모두가 절묘한 비유와 계발을 중시하며, 언어의 외연을 추구하는 공통점이 있다. 선종은 종교의 실천과 시가창작 실천의 일부 유사성에 서로 소통할 수 있는 다리를 놓아주었다고 볼 수 있다. 선종은 남조(南朝) 축도생(竺道生)이 창도한 불성론(佛性论)·돈오론(顿悟论)이 점차 변화하여 이루어진 것이며, 당시는 남조 '영명체'와 산수시가 서서히 탈변(脱變)하면서 만들어진 것이다. 당나라 시기 일부 저명한 시인들은 선을 담론하고 선에 참여하면서 작시할 때, 선의 정취와 이론을 표현했으며, 선사들도 시인들과 더불어 술을 마시고 시를 읊으면서 인생의 이상과 경지를 표현하면서, 선의 시에 대한 일방적인 강렬한 침투와 커다란 감염력을 보여주었으며, 당나라 시가창작에 새로운 길을 개척해주었다.

시에 대한 선의 영향은 주로 두 가지 방면에서 살펴볼 수가 있다. 하나는 선을 시에 끌어들이기 즉 선의(禪意)·선미(禪味)를 시 속에 끌어들이는 것이고, 다른 하나는 선을 시에 비유하기 즉 선종의 관점(선리)으로 시를 논하는 것이었다. 선으로 시를 비유하는 문학이론은 다음에 다시 거론하고자 한다.

당시의 시인들은 선을 시에 끌어들이면서 당시에 특유의 선취(禅趣)를 주입시켰다. 예를 들면 왕유(701-761. 일각에서는 698-759라고도 함)가 그런 인물이었다. 왕유의 자는 마힐(摩诘)이고 평생 부처를 신봉했으며, 소복을 하고 소식을 먹었으며, 유마힐(维摩诘) 거사를 숭앙했다. 그는 당나라 시기 저명한 시인이자 화가였으며 음악에도 도통했다. 당시 시선(诗仙) 이백과 두보가 있었으나, 왕유는 '시불(诗佛)'로도 불렸다. 왕유의 시들은 주로 산수시였고, 전원산수에 대한 묘사를 통해 은거생활과 불교의 선리(禪理)를 선양했다. 예를 들면 『녹시(鹿柴)』가 그것이다. "고요한 산에 사람은 보이지 않고, 어디선가 말소리만 들리누나. 해질녘 노을빛은 심산 속에 들어와, 푸른 이끼 위에 비치네"[153] 먼 산의 사람 말소리가 산의 고요함을 더해주고, 황혼 무렵의 석양빛이 깊은 산 푸른 이끼 위에 비치는 것은 세상의 무상함을 상징했던 것이다. 이는 선종의 '반조(返照)', '공적(空寂)'이라는 의리(義理)에 기댄 것으로 녹채 심산 속의 저녁 풍경에 대한 묘사를 통해 적막하고 무상한 심경을 보여주었던 것이다.

또 다른 예를 들면 『신이도(辛夷坞)』가 있다. "나무 끝에 핀 연꽃이런가, 산중에 붉게 피었구나!. 계곡가의 집은 인적 없이 적막한데, 꽃은 분분이 떨어지고 있구나."[154] 연꽃은 여기서 신이화(辛夷花)를 가리킨다. 시는 아늑한 신이도 산골짜기에 신이화가 활짝 피었다가 다시 떨어지는 모습을 형상화하고 있다. 피고 지는 꽃을 빌려 저자의 내심세계를 보여

---

153) "空山不見人, 但聞人語響. 返景入深林, 复照青苔上"(『망천집(輞川集)』)

154) "木末芙蓉花,山中発紅萼. 澗戸寂无人, 紛紛開且落."

주고 있는 것인데, 자유롭고 공허한 속마음을 말해주기도 하는데, 이는 바로 선종에서 인생의 처세태도의 이미지를 묘하게 표현한 것이라 할 수 있다.

왕유과 비슷한 유형의 시인들로는 맹호연(孟浩然)·위응물(韋应物)·유종원(柳宗元) 등이 있다. 그들의 시가작품 역시 불경이론에 기대고 있으며, 언어가 비교적 우아하고 교리와 정경이 융합되어 선광불상(禅光佛影)을 투영시키기도 한다.

또 다른 유형의 통속시로는 통속적 언어로 불교교리를 풀이한 시들인데, 그 대표주자들로는 왕범지(王梵志)·한산자(寒山子)·습득(拾得) 등이 있다. 왕범지(약 590-660)의 본명은 범천(梵天)이고, 당나라의 저명한 승려시인이다. 그는 대량의 시들을 썼고, 민간에 널리 전파되었으며, 그 영향이 매우 컸다.[155] 그는 평범하고 소박하며 통속적이고 가벼운 언어로 세속의 견해를 부정하면서 심경을 초탈하는 불교사상을 추구했기에 오랜 기간 선사들이 인용해왔다. 한산자는 한산이라고도 불리며, 당나라 저명한 승려시인이고 300여 수의 시가 전해지고 있다.

한산자는 일찍이 친구인 습득과 함께 고소(姑苏, 蘇州)의 성 밖에 있던 한산사(寒山寺)에 기거한 적이 있다. 그의 시는 말처럼 쉽게 알아볼 수 있으며, 기지가 번뜩였다. 예를 들면『모동야인거(茅栋野人居)』라는 시에서 그는 이렇게 읊조리고 있다.

"초가집에 시골사람 사는데, 문앞에는 차마(車馬)의 시끄러움이 없네.

---

155) "梵志翻着袜, 人皆道是錯. 乍可刺你眼, 不可隱我脚.", "城外土饅頭, 餡草在城里. 一人吃一个, 莫嫌 沒滋味." (『왕범지시시교집(王梵志詩校輯)』권6)

깊은 숲속엔 한갓 새들 모이고, 넓은 시내엔 물고기 있네. 산과일은 아이 데리고 따고, 언덕 밭은 아내와 함께 맨다. 집안에는 무엇이 있는가? 오직 책상과 택이 있을 뿐이네."[156] 이는 저자의 청고하고 냉담한 심경을 보여주고 있는 것이다.

또 다른 예를 들면 『일주한산만사휴(一住寒山万事休)』라는 시에 그는 이렇게 쓰고 있다. "한산에 살면서 모든 시시비비 구름처럼 흩어지고, 마음에 걸려있는 잡념도 없네. 한가로이 바위벽에 시 몇 줄 적으며, 매이지 않은 배처럼 내 마음 자유로이 떠다니네(一住寒山万事休,更无杂念挂心头; 闲于石壁题诗句,任运还同不系舟.)" (『한산자시집(寒山子诗集)』) 이 시에서는 자유자재로 노니는 선의 경지를 시화하고 있다.

한산의 시들은 백거이(白居易), 왕안석(王安石) 등의 추종을 듬뿍 받으면서 그 영향력 또한 오래도록 계속되었다. 예를 들면 백거이는 『독선경(读禅经)』에서 이렇게 말했다.

"모름지기 알라 제상(諸相)이 모두 상(相)이 아님이다. 만약 무여(無餘)에 주(住)한다면 도리어 유여(有餘)가 되리로다. 말 아래에 말을 꺼리면 일시에 알 것이고, 꿈 가운데서 꿈을 설하는 것 두 가지 모두 허환이다. 허공의 꽃에 어찌 다시 열매를 구할 수 있으며, 양염(陽炎, 물로 보임)에 어떻게 다시 고기를 구할 수 있겠는가? 동(動)을 섭(攝)해서 이를 선(禪)이라한다

---

156) "茅棟野人居, 門前車馬疏. 林幽偏聚鳥, 渓闊本蔵魚. 山果携儿摘, 皋田共婦鋤. 家中何所有, 唯有一 床書." (『한산자시집(寒山子詩集)』)

면 선은 이미 동(動)한 것이거니와 선도 아니고 동도 아니니
곧 여여(如如)함이다"[157]

이처럼 그의 시문을 보면 불교 맛이 가득하며, 언어는 통속적이고 직
설적인 것을 알 수 있는데, 이로써 한산 일파에 가까웠음을 알 수 있다.
　송나라 시기 선종은 계속 유행되었고, 선승들도 학문이 있고, 풍월을
읊을 줄 아는 승려들이 많았다. 일부 문인들은 불교를 신봉하거나 유명
한 승려들과 교류하기도 했는데, 예를 들면, 소식(苏轼)·왕안석(王安石)·
황정견(黄庭坚)·육유(陆游)·양만리(杨万里) 등이 그들로 그들의 시에는 불
교 교리가 많이 섞여 있었고, 심지어 불교의 선종어록에서 소재를 따오
기도 했다. 송나라 때에 이르러서는 당나라 때보다 선이 시에 주입된 부
분이 더욱 많았고, 의론도 더 활발해졌다. 예를 들면 소식(1037-1101)
같은 인물이 그런 부류이다. 소식의 호는 동파거사(东坡居士)이며, 그의
시는 선적인 의미가 극히 강했다. 『화자유민지회구(和子由渑池怀旧)』라는
시에 잘 나타나 있다.

　"인생살이 무엇과 같은지 자네는 아는가? 생각건대 나는 기러
　기가 눈 진흙 밟은 것과 같다네. 진흙 위에 우연히 발자국 남
　겨도 기러기 난 뒤 어찌 다시 동으로 갔는지 서로 갔는지 헤
　아리겠소? 노승은 이미 죽어 새 탑을 이루었고, 무너진 벽에

---

157) "須知諸相皆非相, 若住无余却有余; 言下忘言一時了, 夢中說夢両重虛. 空花豈得兼求果? 陽炎如何 更覓魚? 摄動是
　　禅禅是動, 不禅不動即如如."(『백거이집(白居易集)』권32)

옛날 적어 놓은 시 볼 길이 없네 그려. 지난 날 험난했던 길 자네는 아직도 기억하는가? 길은 멀고 사람은 지쳤는데, 절름발이 당나귀는 울부짖기만 하네"[158]

이 선시는 인생 무상함과 공허하고 비참한 심경을 보여주는데 선종이 제창하는 바가 바로 이러한 것이었다. 또 다른 시 『제서림벽(題西林壁)』에서는 이렇게 읊조렸다.

"앞에서 보면 고개요 옆에서 보면 봉우리니, 원근고저의 모습이 다르다네. 여산의 진면목을 보지 못하는 것은, 다만 내가 산 중에 머물고 있기 때문이네"[159]

종으로 횡으로 산을 보매 그 형태가 같지 않아 이로부터 세상만물이 관찰자의 각도가 다름에 따라 다르다는 도리를 깨달으며, 선종의 "언어 밖의 의미를 깨닫는다"는 교의를 보여주고 있다. 또 왕안석(1021-1086)을 보자. 그는 중년 이후 불교에 전념하다가 만년에는 절로 들어갔다. 그의 『회중산(怀钟山)』이라는 시를 보면 다음과 같다.

"나이 점점 들어 조정에서 돌아와 금릉(남경)에 기거하니, 먼 지로 모든 것이 뒤 덮여 종남산을 볼 수가 없구나. 어찌하여

158) "人生到処知何似? 応似飛鴻踏雪泥; 泥上偶然留指爪, 鴻飛那复計東西! 老僧已死成新塔, 坏壁无由 見旧題, 往日崎嶇還知否? 路長人困蹇驢嘶!"(《蘇軾選集》, 10쪽, 済南, 斉魯書社, 1981.)

159) "横看成岭側成峰, 遠近高低各不同. 不識廬山真面目, 只緣身在此山中."(《蘇軾選集》, 위의 책, 8쪽.)

황량(黃粱)**160**이 지은 뜨거운 밥을 기다리는 것인가!"**161**

이 시에서 그는 인생은 꿈같다는 소극적이고 공허한 심리상태를 표현하고 있다. 다른 시『자강(柘冈)』에서 그는 또 이렇게 읊었다.

"모든 일들이 지나갔지만 모두 다 우연이건만, 나이가 드니 새해를 쉽게 맞이하네. 자강 서쪽 길 위의 꽃들이 눈 같구나, 머리를 돌려보니 벌써 봄바람이 다가오니 내가 가장 처량하구나"**162**

시에서는 인생이 공허하다는 시대적 감상이 흘러넘친다. 황정견(1045-1105)의 호는 산곡도인(山谷道人)이다. 소식의 문하생인 그는 그러나 소식과 같이 이름을 날리며 세간에서는 '소황(苏黄)'이라 불릴 정도였다. 그 역시 선종 황용파 회당조심(晦堂祖心) 선사의 제자로서 조심선사의 두 제자인 영원위청(灵源惟清) 선사·운암오신(云岩悟新) 선사와 더불어 같이 연구하고 교제 또한 매우 깊었다. 그의『봉답무형혜지장구(奉答茂衡惠纸长句)』라는 시를 보면**163**. 선사는 자기의 마음을 소에 비유하면서, 애초에

---

160) 황량(黃粱) : 당(唐)대 심기제(沈既济)의《침중기(枕中記)》에, 노생(盧生)이라는 서생이 하루는 여관에서 잠을 자다가 온갖 부귀영화를 누리는 꿈을 꾸었는데, 잠에서 깨어보니 아까 주인이 짓던 조밥이 채익지 않았더라는 고사에서 유래한 말로, 부귀영화의 공허함을 비유하는 말.

161) "投老帰来供奉班, 塵埃无复見鐘山! 何須更待黄粱熟, 始覚人間是夢間?" (『임천선생문집(臨川先生文 集)』 권31)

162) "万事紛紛只偶然, 老来容易得新年; 柘岡西路花如雪, 回首春風最可怜." (위의 책, 권30)

163) "羅侯相見无雜語, 苦問'偽山有无句?' 春草肥牛脱鼻縄, 菰蒲野鴨還飛去!"(『산곡선생시집·외집(山 谷先生詩集· 外集)』 권12)

반드시 콧구멍에 고삐를 매야 함부로 날뛰지 않으며, 나중에 길들여지면 고삐도 필요하지 않다고 설파하고 있다. 그때의 마음은 마치 들오리와도 같아서 자유자재로 날아옌다는 것이었다. 이것이 바로 황정견이 선에 참여해 깨달음의 경지에 이른 생동적인 묘사이며, 그의 입신 처세하는 모습에 대한 표현인 것이다.

제3절

불교는 설창문학(说唱文学)—변문(变文)·보권(宝卷)· 탄사(弹词)·고사(鼓词)의 잇따른 탄생을 견인해냈다

중국 고대문학사에서 설창문학과 소설에 대한 불교의 영향은 시가에 대한 영향보다 더욱 현저하고 거대하다. 남북조시기 이후 불교는 더욱 민간에서 신도들을 흡수하여 영향력을 확대하면서 경문의 '전독(转读)'[164]·'범패(梵呗)'로서의 노래와 '창도(唱导)'라는 세 가지 형식의 선전 방법을 추진시켰다. '전독'은 '창경(唱经)' 또는 '영경(咏经)'이라고 하는데, 불경을 낭독하는 것으로 쉽게 알아들을 수 있다. '범패'는 불교의 찬가로 소리로써 사람들을 감화시키는 것을 말한다. '창도'는 먼저 노래를 부르고, 이어 경을 설명하는 것이다. 이런 방법들은 불교가 심입됨에 따라 민간에 침투되는 루트가 되었다.

낭송·강연·노래·찬송 등으로 말도 하고 노래도 하며 설교와 노래(설

---

164) 전독(転読) : 복을 구하는 기도 등의 목적으로 행하는 독경 의식을 '전경', 혹은 '전독(転読)'이라고 하는데, 여기서의 '전(転)'은 불경의 일부를 추려서 읽거나 옮겨 쓰는 것을 말한다.

창)를 결부시키기에 불교가 속세에 쉽게 전파될 수 있었고, 변문(変文)[165]
이 되어 보권(宝卷)·탄사(弾词)·고사(鼓词) 등이 나타나게 되었다. 중국
고대의 변문·보권·탄사·고사 등 통속문학에서의 설창문학은 모두 불교
에서 직접 기원되었다고 해도 과언이 아니다.

  '변문'은 불교가 중국 통속문학에 영향을 끼친 중요한 계기가 되었
다. 무릇 불본생(佛本生)의 이야기를 그림으로 그린 사람들은 모두 '변현
(変現)'이라 불렸고, 후에 불경이야기를 노래하는 데로 발전했으며, 이렇
게 노래하는 글을 '변문'이라고 했다. 당나라 시기에는 '전변'이라고 하는
설창예술이 유행되었는데, 거기에서 말하는 '전'이 바로 설창이며, '변'
은 변형된 문체를 가리킨다. 표현할 때에는 그림을 보여주면서 이야기
를 노래로 설창했다. 그때 그 그림을 '변상'이라 하고, 그 설창이야기의
모본을 '변문'이라고 했다. '변문'의 기원은 불교 경전문체와 육조시기 불
교 통속화의 방식과 직접 관련된다. 불경의 문체에는 세 가지가 있는데,
첫째 장행(长行, 계경[契经])으로 직접 교리를 설명하는 산문이다. 둘째 중
송(重颂, 응송[应颂])으로 장행에서 말한 시가를 다시 복술(復述)하는 것이
다. 셋째 가타(伽陀, 게송[偈颂])로 장행에 의존하지 않고 독립적으로 직
접 이야기를 서술하는 시가이다. 교리를 반복적으로 천명하기 위해 불
경은 흔히 장행과 중송·게송을 겸용한다. 중송과 게송은 범음으로 노래
를 부르지만, 중문으로 번역한 다음 글자 의미의 제한을 받아 노래로 부
를 수 없게 된다. 그리하여 사람들은 '범패'를 제작했던 것이다. 즉 인도

---

165) 변문(変文)--이 형식 : 3종류가 있다. 오로지 창만 하고 말하지 않는 것(只唱不説), 오로지 말만하고 창
  을 하지 않는 것(只説不唱), 말도 하고 창도 하는 것(有説有唱) 등이다. 이중에서 "말도하고 창도하는 것"
  이 대다수를 점하고 있다.

의 성률로 곡조를 만들어 중문으로 된 게송을 노래하는 것이다.[166] 영경(咏经)과 가찬(歌贊)은 불경을 선전하는 두 가지 방식으로 경사가 책임졌다. 그 외 '창도'는 경사(经师, 경전을 베끼는 것을 직업으로 삼는 사람)가 달라서 풍자조의 불경이 아니라 이야기의 원인을 노래하는 것이 위주이다. 양진(梁晉)시기에 이르러 경사와 창도는 합쳐지게 된다. 당나라 중기 이후 민간의 구어들이 변화되면서 불경의 원문이 점점 알아듣기 어렵게 되면서 다시 당나라 시기의 속어로 경문을 번역했는데, 이렇게 해서 변문이 생겨났다. 불경의 문체는 장행과 중송을 겸용하기에 변문 역시 자연스럽게 산문과 운문 두 가지 장르가 교차하게 되었으며, 설창과도 동시적으로 합쳐지게 되었다. 당시 사원의 승려들은 통속화된 전도방식으로 민간에 침투했는데, 늘 변문을 가지고 통속적으로 설창했고, 그것을 소위 '속강(俗讲)'이라고 했다. 속강은 두 사람이 진행했는데, 먼저 한바탕 경문을 소리높이 노래 부르고, 속세의 강법사가 상세하게 해석해주는 식이었다. 그들은 중국 민간 설창의 특색을 살려 이야기 성분을 첨가했으며, 운문과 산문을 결합하고 말도 하고 노래도 하는 방식으로 경문을 해석했는데, 음악성과 이야기성이 모두 강해 청중들을 흡인했고, 사람들의 마음을 움직이게 하는 목적을 달성했다.

중국 고유의 문학체제는 단순해서 변문(駢文)이면 변문, 산문이면 산문이었다. 그러나 변문은 달랐다. 변문은 인도의 산문과 운문이 중첩되는 표현방식을 흡수하고, 또 중국 민족형식의 시문을 삼투시켜 민간가

---

166) "天竺方俗, 凡是歌咏法言皆称爲唄. 至于此土, 咏經則称爲 '轉讀', 歌贊則号爲 '梵唄.'"(『고승전(高 僧傳)』 권13 『경사편(經師篇)』)

곡의 요소도 섞어서 설창을 병용했는데, 강의하는 부분은 산문이고, 노래하는 부분은 운문으로 해서 노래를 부르고 강의도 했다. 그러나 노래가 많고 강의는 적었다. 변문의 설창과 시문이 합쳐진 형식은 시인묵객들이 모방하기에 이르렀다. 변문의 이런 참신한 문학형식은 중국 설창문학의 새로운 장을 열었던 것이다.

변문의 이야기들은 불경에서 온 것이고, 불경의 이야기를 설창하는 것은 불교 교리를 선양하기 위한 것이었다. 중요한 대표작들로는 유마힐 거사와 문수사리 등이 같이 불법을 논의한『유마힐경변문(維摩诘经变文)』, 목련(目连)이 하늘과 땅을 오가고 황천과 지옥을 샅샅이 훑으며 어머니를 찾는『대목간련명간구모변문(大目乾连冥间救母变文)』, 사리불과 육사(六师)의 싸움을 쓴『강마변문(降魔变文)』등이 있다. 이런 변문들은 후기 소설 창작에 매우 큰 계시를 주었다. 변문의 내용은 끊임없이 발전해서 불교이야기를 설창하던 것으로부터 확대되어 중국의 역사전설과 민간이야기 및 당시 사람들이거나 역사인물들에 대한 전문 이야기까지 포함되었다. 예를 들면 오자서(伍子胥)가 초나라를 버리고 오나라에 가서 갖은 고생 끝에 마침내 아버지와 형님의 복수를 하는『오자서변문(伍子胥变文)』, 당나라 시기 사주(沙州) 봉기군 장령 장의조(张义潮. 张议潮)가 토번의 반란을 틈 타 사방의 각 민족 인민들을 이끌어 봉기를 일으켜 토번 수장을 몰아내고 부근의 과(瓜)·이(伊) 등 열 개 주의 땅을 점령한『장의조변문(张义潮变文)』, 왕소군(王昭君)이 화친을 위해 토번한테 시집간 이야기를 담은『왕소군변문(王昭君变文)』, 동영(董永)이 몸을 팔아 노예가 되었다가 길에서 천녀를 만난 이야기를 쓴『동영변문(董永变文)』, 맹강녀(孟姜女)가 만리를 걸어 남편을 찾다가 그 눈물에 만리장성이 무너졌다는 이야기를 쓴『맹강녀변문(孟姜女变文)』등이 그것이다. 이런 변문들은 종교

내용이 점차 약해지면서 민간이야기·영웅이야기·역사이야기들이 그 내용을 많이 점했으며, 이야기가 굴곡적이고 정절이 생동적이었으며, 이야기성이 강하고 문자가 통속적이고 분명하고 순통하며 운문과 산문이 결합되어 정취가 드높았다. 이와 같은 민간 통속문학의 새로운 형식은 고대 오랜 시간 전해지면서 사람들에 의해 회자되던 전설이야기와 유행어들이 보존되었을 뿐만 아니라, 비교적 자유로운 새로운 문풍을 형성하기에 이르렀다.

변문은 사람들이 즐겼지만 고아한 글에는 속하지 못했다. 북송 진종(真宗) 조항(赵恒) 황제는 변문의 유행을 금지시키고, 불교 사원에서 변문을 설창하는 바람을 막아버렸다. 그러나 변문은 민간에서 다른 방식으로 다시 부활했다. 직접 변문을 계승한 것은 후에 노래가 위주인 보권(宝卷)이었고, 간접적으로 변화한 것은 노래가 위주인 탄사·고사·저궁조(诸宫调)[167] 및 강연을 위주로 하는 강사(讲史)·소설의 입말체 등이었다.

보권은 송나라 때 형성되어 명, 청 때에 성행했다. 보권은 7자구·10자구로 된 운문이 위주였고, 간혹 산문도 있었다. 소재는 불교이야기가 많았고, 인과응보 사상을 선양하는 것들이었다. 오늘날 현존하는 『향산보권(香山宝卷)』은 북송 보명(普明) 선사의 작품이라고 전해진다. 그 외 『어람보권(鱼篮宝卷)』·『목련삼세보권(目连三世宝卷)』 등이 있는데 모두 불교이야기를 선전하는 것들이었다. 명·청시기 이후 민간이야기를 소재로

---

167) 궁조(宫调) : 음악의 술어. 중국의 중상각치우(宫, 商, 角, 变徵, 徵, 羽) 외에 变宫은 7声이다. 이중에서 1성 이 위주이기 때문에 일종의 형식(调式)으로 되어 있다고 할 수 있다. 무릇 '궁성'을 위주로 하는 형식은 '궁(즉 궁 조식)'이라 칭한다. 기타 각 성을 위주로 할 경우에는 '조(调)'라하고, 통칭해서는 '궁조(宫调)'라고 칭한다.

하는 보권이 날로 유행되었는데,『양산백보권(梁山伯宝卷)』·『토지보권(土地宝卷)』·『약명보권(药名宝卷)』 등 200여 종에 달한다. 보권은 후에 일종의 곡예(曲艺)로 발전했다. 탄사는 원나라 때에 형성되어 명·청시기에 성행했다. 연기자들은 대부분 1~3명이 설창을 진행했다. 악기도 대부분 삼현금·비파·월금 등이 위주였고, 스스로 연주하며 노래를 불렀다. 저명한 소주탄사·양주탄사 등은 모두 지방언어로 설창을 했다. 고사는 혼자서 북이나 판(板)을 치며 노래하는 것으로 때로는 삼현금 등 악기로 반주를 했다. 역시 명·청시기에 유행되었는데, 탄사가 남방에서 유행되었다면, 고사는 주로 북방에서 유행되었다. 이름난 작품들로는 가부서(贾凫西. 응총[应宠])의『목피산인고사(木皮散人鼓词)』가 있다. 이 작품은 역대 흥망을 거듭했던 정치 수난사를 통해 수천 년 동안 암울하고 부패했던 통치를 풍자했는데, 언어가 통속적이고 생동적인데다 민간문학의 특색을 잘 갖추고 있었다. 저궁조는 북송시기에 기원해서 송·금·원 시기에 유행했다. 역시 노래가 위주였고 해설은 보조역할을 했다. 다만 노래 부분의 음조가 비교적 복잡했고 더는 범음을 위주로 하지 않았으며, 당시 유행되었던 곡조로 대체되었다. 다시 말하면 같은 궁조를 선택해서 약간의 곡조로 이어서 서두와 결말의 음이 같았다. 그리하여 더는 다른 궁조로 많은 토막들을 이어서 기다란 장편을 만드는 것이 아니라, 잡 것은 말로 하면서 장편이야기를 설창하는 것이었다. 현존하는 것으로는 금인(金人. 필명) 창작으로 된『유지원(刘知远)』토막들이 있고, 동해원(董解元)이 쓴『서상기(西厢记)』 및 원나라 왕백성(王伯成)이 쓴『천보유사(天宝遗事)』의 토막들이 남아 있다. 저궁조는 원나라 시기 잡극의 형성에 매우 큰 영향을 주었다.

제4절
불교는 고전소설에 정절(情节)이야기와
사상내용을 제공해주었다

　중국 선진(先秦)시기의 소설은 상층사회로부터 중시되지 않았다. 『한
서·예문지(汉书·艺文志)』는 소설을 "골목잡담"이라고 일축하면서 소인배
들이나 즐기는 것으로 군자들은 보지 말아야 한다고 했다. 이러한 관념
때문에 선진시기의 소설작품은 전해져 오는 것이 없다. 육조시기 지괴
지인(志怪志人)의 작품들이 나타나기 시작했고, 그 후 당나라 사람들은
전기로 역사를 썼고[168], 송나라 사람들은 화본(話本)소설[169]을, 원·명 시

---

168) 현대문학계에서는 중국 고대의 신화전설은 길가 골목의 담화라고 생각하고 있고, 志怪志人이 지은 것
　　거나 伝奇講史 등이 소설발전의 선구라고 인식하고 있다.

169) 화본소설 : 화본은 송·원대에 전문적으로 재미있는 이야기를 하던 사람들이 사용한 '저본'을 말하 는
　　데, 이러한 저본이 후대에 인쇄·판매됨에 따라 독자들의 환영을 받게 되었고, 저본을 모방하는 작 품
　　들이 생거나 '의화본'이라고도 불리게 되었다. 이것은 중국 백화소설에 커다란 촉진작용을 했다. 그 러
　　나 최근의 연구에 의하면 위와 같은 견해에 반대하여, 화본은 대략 1200~1620년에 독자적으로 한 틀을
　　형성하고 있던 단편고사라고 주장도 있다. 명대 풍몽룡이 편찬한 3권의 단편소설집, 〈성세항언(醒世恒
　　言)〉·〈경세통언(警世通言)〉·〈유세명언(喻世明言)〉을 합하여 '3언'이라고 하는데, 이는 화본의 대표작이라
　　고 할 수 있다

기에는 장회(章回)소설[170]을 쓰면서 소설은 점차 문학무대에 등장해서 시가와 어깨를 나란히 하게 되었다. 소설은 서사성 문학 장르의 하나로 인물형상을 부각시키는 것이 중점이고, 완정한 스토리와 구체적인 환경에 대한 묘사를 통해 광범위하고도 자세하게 사회생활을 반영하고 있다. 중국 고대의 일부 소설들은 장르구조·이야기 출처·예술구사와 사상경향 등 각 방면에서 모두 불교의 영향을 받아왔다.

앞에서 언급했다시피 당나라 불교 승려들은 변문을 창조했고, '속강(俗讲)'[171]의 방식으로 불경을 설창(說唱)[172]했으며, 세속의 이야기도 설창하면서 당나라 사람들의 '설화'에 영향을 주었다. '설화'는 일종 설창예술로 '설'은 이야기이고 '설화'는 곧 이야기를 말하는 것이었다. 당나라 사람들의 '설화'는 후에 송나라 때에 이르러 '설화인'이 책을 말하는 장소에서 '설화'를 하는 데로 발전했다. 이야기를 말하는 모본은 '화본(话本)'이라고 한다. 화본은 '강사(讲史)'와 '소설(小說)' 두 가지로 나뉜다. 전자는 흔히 옅은 문언체로 되었고, '장편'의 규모를 갖추었으며, 후자는 흔히 백화체로 된 '단편'이 대부분이다. 송나라 사람들의 화본에는 『대당삼장취경시

---

170) 장회소설(章回小說) : 회장체소설이(回章体小說)라고도 한다. 내용이 복잡하고 분량이 많은 소설을 출간할 때 그 내용을 몇 개의 부분으로 나누는데, 이때 각 부분을 가리켜 회(回) 또는 장(章)이라 했고, 여기서 '회장체'라는 이름이 붙게 되었다. 한 작품은 여러 장회로 나누어지고 분량이 긴 작품은 그 수가 수십 개에 달하기도 한다. 각 장회의 첫머리에는 그 내용에 해당하는 제목이 붙여지는데, 이런 형식은 원래 중국의〈삼국지연의〉·〈수호지〉같은 대하소설에서 사용하던 것으로서, 이들 작품들 이 수입되는 과정에서 한국 소설에도 영향을 끼쳤다.

171) 속강(俗講) : 당대(唐代)의 사원(寺院)에서 불경의 뜻을 해설할 때 쓰던 설창(說唱)형식.

172) 설창(說唱) : 이야기와 창(唱)을 섞어 대중에게 고사(故事)를 들려주는 서사 문학으로, 당대 불교의 설교에서 싹텄으며, 소설 등 대중문학의 전개와 더불어 발달했다. 설창의 음악(가창과 반주)은 당대에 생기고 송대에 유행한 사(詞)와 당 말의 궁정속악을 계승한 궁정 '연악'을 받아들인 것이다.

화(大唐三藏取经诗话)』가 있는데, 책을 상중하 3권·17장으로 나뉘었고 첫
장절이 없다. 당삼장(唐三藏) 법사 현장(玄奘)과 후행자(猴行者. 백의수재·
지용쌍전·신통광대)가 서역에 가서 경을 가져오면서 갖은 어려움을 겪
고 마침내 성공적으로 돌아오는 이야기를 서술하고 있는데, 초보적으로
장회체소설의 규모를 갖추었다고 볼 수 있다. 화본소설에서 진일보적으
로 발전한 것이 장회체소설이며, 회를 나누고 제목을 달아서 이야기가
이어지고 단락이 정연하였기에 명·청시기 장편소설의 주요 형식이 되었
다. 이름난 장편소설로는 『삼국연의(三国演义)』·『수호전(水浒传)』·『서유기
(西游记)』·『봉신연의(封神演义)』·『금병매사화(金瓶梅词话)』·『홍루몽(红楼梦)』·
『유림외사(儒林外史)』 등이 있는데, 이 소설들은 모두 명·청시기 장회체
소설의 대표작들이다. 장회체소설은 이야기에 집중하였기에 산문체로
되었고, 동시에 '사왈(词曰)' 또는 "시에 이르기를" 등의 형식을 사용하여
운율을 보존했다.

불교는 중국 고대의 지괴(志怪)소설[173]과 신마소설(神魔)[174]에 이야깃거
리를 제공하고 예술성을 구사하는데 큰 계발(啓發)을 주었다. 중국 상고
문학작품은 '사달(辞达, 뜻만 전래지면 된다는 의미 - 역자 주)'에만 주의를
기울여 풍격이 질박해서 소설의 창작과 발전에 불리했다. 그러나 불교
고전들은 그와 달리 비유, 우화, 이야기 등으로 교의를 설명하고 흔히

---

173) 지괴소설(志怪小说) : 주로 육조시대 중국에서 쓰여진 기괴한 이야기로, 동시기의 지인소설(志人小说)과
함께 후의 소설의 원형이 되었으며, 작품은 당의 전기소설로 인계되었다

174) 신마(神魔)소설 : 전형적인 귀신이나 요괴, 부적, 강시, 도사, 신선, 도술 등이 주를 이루는 장르로, 그 원
류는 중국의 서유기, 봉신연의, 산해경, 팔선전설, 요재지이에서 출발했다. 한국의 전우치나 구미호이야
기, 전설의 고향이 신마소설에 속한다.

불교 교리를 화려하고 기묘한 문예형식에 융해시켜 그 속에서 형상적인 교화효과를 노렸다. 불교경전의 직접적 전래는 중국소설의 우스운 이야기 등 전통소재의 속박을 타파해버렸으며 소설 창작을 위해 광활한 천지를 개척해주었다. 육조시기 불교, 도교 2대 교가 성행하면서 귀신이나 신괴(神怪)한 이야기들이 사회풍기를 형성하고 있었으며 그로부터 많은 지괴소설들이 나타났다. 예를 들면 간보(干宝)의 『수신기(搜神记)』, 안지추(颜之推)의 『원혼지(冤魂志)』, 오균(吳均)의 『속제해기(续齐谐记)』 등이 대표적 작품들이다. 일부 작품들 예를 들면 왕염(王琰)의 『명상기(冥祥记)』, 유의경(刘义庆)의 『유명록(幽明录)』 등은 불교 신상의 위령과 불교를 신앙하고 여소(茹素, 채식만 하는 것 - 역자 주)를 선전하는데 좋은 점도 있었다. 노신은 이렇게 말했다.

"육조시기 사람들의 지괴사상의 발달을 도와준 것은 인도사상의 수입 때문이다. 송·제·양·진 4조 시기에는 불교가 크게 성행해서 당시 번역된 불경이 매우 많았으며 그와 동시에 귀신이나 기괴한 이야기들도 많았기에 중국과 인도의 귀신들이 모두 소설 속에 등장하면서 재빨리 발전할 수 있었다."[175]

노신은 또 당나라 때 단성식(段成式)의 『유양잡조(酉阳杂俎)』의 설법을 빌려 양선(阳羨)지방의 아롱(鹅笼) 서생 이야기는 인도사상과 관련된다고 지적했다. 사실상 이는 삼국의 오나라 강승회(康僧会)가 번역한 『구잡

---

175) 《鲁迅全集》, 第9卷, 308쪽, 北京, 人民文学出版社, 1981.

비유경(旧杂譬喻经)』 18조의 "호중인(壺中人)"의 이야기에서 비롯된 것이었다. 또 명나라 시기 오승은(吳承恩)의 『서유기(西游记)』는 민간에서 유전되던, 당나라 승려 현장이 불경을 구하는 이야기와 해당 화본·잡극의 기초 위에서 낭만주의 신마이야기 소설로 변화된 것이다. 소설은 손오공(孫悟空)의 신통력이 대단하고 용감무쌍하며 천궁을 소란하게 하고 요괴를 항복시키는 이야기를 서술하고 있다. 책에 기재된 보살조사(菩提祖師)가 한밤중에 법술을 손오공한테 전수하는 이야기는 바로 불전에 기재된 선종 5조 홍인(弘忍)이 야밤삼경에 6조 혜능(慧能)에게한테 의발(衣钵)을 전수해주는 전설에서 따온 것이다. 소설에서 손오공이 천궁을 소란하게 하고 저팔계(猪八戒)가 맞선을 보는 것이나 유사하(流沙河)에서의 사승(沙僧) 이야기 등은 모두 불교경전이나 『현장법사전(玄奘法师传)』[176]에 관련 이야기가 있는 것이다. 『대방광불화엄경(大方广佛华严经)』에는 선재동자오십삼삼(善財童子五十三参)이 등장하는데 기이하게 잘 변하며 풍부하고 다채로워 『서유기』의 81회 이야기를 위해 길을 닦아주었다. 『강마변문(降魔变文)』에서는 사리불과 육사(六師)의 겨룸을 아주 그럴듯하게 묘사하고 있는데, 『서유기』에서 묘사된 각종 싸움에 계발성적인 작용을 하게했다. 『서유기』는 손오공이 천궁에서 소란을 일으키고 각종 요괴들을 이기는 이야기를 통해 천신세계나 그 질서를 멸시하는 반항정신을 보여주고 있으며, 사악한 세력과 완강히 싸우는 강한 의지를 보여주고 있다. 그러나 소설은 손오공이 십만팔천리를 곤두박질해도 여래불의 손바닥을 벗어나지 못한다는 것을 통해 결국에는 '귀정(归正, 정의로 돌아감)'하고 '정과(正

---

176) 陳寅恪, 〈西游記玄奘弟子故事之演變〉, 《陳寅恪文集之三 · 金明館叢稿二編》, 上海, 上海古籍出版社, 1980.

果, 올바른 결과)'를 획득해야 한다고 가술하면서 부처의 위력을 선양하고 불교사상의 심오함을 표현하고 있다.

또 예를 들어『봉신연의(封神演义)』에서는 상나라 말 정치가 문란하고 주무왕(周武王)이 상(商)을 토벌하는 역사이야기를 쓰고 있다. 책에서 서술되는 36갈래의 길로 서기(西岐)를 토벌한다는 이야기는『대방광불화엄경』과『강마변문』의 계시를 그대로 받아들인 것이다. 책에서는 적지 않은 부처와 신선의 겨룸을 묘사하고 있는데 그중의 인물형상은 직접 불전에서 왔으며 부처를 신선으로 바꾼 것뿐이다. 예를 들면 나타(哪吒)의 원형은 바로 불교 4대천왕 가운데 북방 비사문천왕(毗沙门天王)의 셋째 태자 '나타'로서 수호신이었던 것이다. 불전『북방비사문천왕수군호법의궤(北方毗沙门天王随军护法仪轨)』는 이렇게 말했다. "그때 타나 태자가……말한다: '나는 불법의 수호자이다'" 선종『오등회원(五灯会元)』권2에서는 이렇게 말했다. "나타 태자는 자기의 살을 갈라 어머니한테 돌려주고 자기의 뼈를 갈라 아버지한테 돌려주고는 본신으로 돌아가서 신력을 최대한 발휘해서는 부모를 위해 정의를 주장했다"『봉신연의』와『서유기』등에서는 '나타(那吒)'가 '나타(哪吒)'로 변했고 상당히 성공한 인물형상의 하나가 되었다.『봉신연의』에서 묘사된 나타는 용왕의 태자를 죽이고 옥황상제는 용왕에게 그 부모를 취할 것을 허락했으며 이에 그는 자신이 한 일은 부모와 상관없음을 증명하고자 의연하게 배를 가르고 창자를 드러낸 체 뼈와 살을 발라내서는 부모님께 돌려주고 죽어갔던 것이다. 죽은 뒤 그 혼백은 태을진인(太乙真人)의 법술에 의해 키가 1장 6자나 되는 연꽃의 화신으로 변해서 장자아(姜子牙)를 도와 주나라를 흥하게 하고 상나라를 멸하면서 전공을 세운다. 분명한 것은 '나타'라는 인물 및 그 이야기의 정절(情節)은 불전에서 비롯된 것이라는 것이다.

불교가 고전소설의 사상에 미친 침투와 영향도 상당하다. 예를 들면, 『삼국연의』는 동한 말년과 삼국시기 봉건 통치집단 사이의 모순과 투쟁을 묘사한 역사소설이다. 그러나 소설은 권두시에서

"굽실굽실 굽이쳐 동으로 흐르는 긴 강, 굽이쳐 흘러가는 물거품이 영웅들의 시비성패(是非成敗)를 다 씻어가 버렸네. 머리 들어 돌이켜 보니 어허! 모두 다 공(空)이로다. 푸른 산은 예와 같이 의연히 있네. 몇 번이나 석양이 붉었다가 꺼졌더냐. 백발이 성성한 어부와 초부(樵夫) 한이 가을 달 봄바람을 시름없이 바라보며 한 병의 막걸리로 기쁠사 서로 만나 고금의 허다한 일 웃음과 이야기로 흘려보내네"[177]

라고 적고 있다. 이는 인생의 허무함을 보여주는 사상인 것이다. 『금병매사화』는 시정잡배이며 상인이며 졸부인 서문경(西門庆)이 관아와 결탁해 부녀자를 유린하고 나쁜 짓을 일삼으며 발전하다가 멸망하는 추악한 역사를 쓰고 있다. 그리고 그것을 통해 부랑배의 횡포와 황음(荒淫, 함부로 음탕한 짓을 함) 무치함을 폭로하고 있다. 아울러 서문경의 흥망성쇠를 빌려 지나친 욕망으로 인한 비참한 최후를 형상적으로 보여주고 있다. 그러나 또 사람의 운명을 생전의 명으로 귀결시키면서 인과응보의 미신사상을 선양하고 있다. 소설 『홍루몽』은 중국 장편소설 가운데

---

177) "滾滾長江東逝水, 浪花淘尽英雄. 是非成敗転頭空, 青山依旧在, 几度夕陽紅. 白発漁樵江渚上, 慣看 秋月春風,一壷濁酒喜相逢. 古今多少事, 都付笑談中."

현실주의 작품의 최고라고 불리며, 높은 사상성과 탁월한 예술성을 인정받고 있지만, 불교사상의 소극적인 사상의 영향을 받았다. 소설은 꿈으로부터 시작해 꿈으로 마무리된다. 책에서는 남녀의 사랑과 얽히고설킨 인연·부귀영화·대관원 등을 묘사하면서 그 결과는 전부 부서지고 흩어지고 궁핍하며 헤어지는가 하면 사람도 재물도 다 잃는 모습을 보여주어 인생은 꿈같은 허무주의라는 사상을 선양하고 있다.

그 외 중국 원나라 시기부터 잡극이 출현하면서 합악곡(合乐歌)·무도(舞蹈)·과백(科白) 등 정식희곡들이 생겨났다. 원나라 잡극은 전기와 소설에서 소재를 채집했을 뿐만 아니라, 때로는 직접 불교의 이야기를 따오기도 했다. 원나라의 잡극은 12과로 나뉘며 그중 "신두귀면(神头鬼面)"은 불교의 소재를 포함하고 있다. 정연옥(郑廷玉)의 『포대화상(布袋和尚)』, 오창령(吴昌龄)의 『당삼장서천취경(唐三藏西天取经)』 등은 매우 유명하다. 명나라의 잡극 『관세음수행향산기(观世音修行香山记)』·『목련구모권선희문(目连救母劝善戏文)』 등은 모두 희곡 가운데 불교영향을 많이 받은 선명한 사례가 된다.

제5절

불교의 고대 문학이론 비평에 대한 영향

불교는 중국 고대문학창작에 대해 중대한 영향을 끼쳤을 뿐만 아니라, 중국 고대문학 이론비평에 대해서도 영향을 미쳤다. 불교에서는 사변방법(思辨方法)·직각방법을 제창하며 문학창작의 이론적 사유와 모종의 묵계적인 데가 있다. 불교는 객관적 환경의 사슬에서 초탈하는 것을 중시하고, 청정한 정신경지를 추구하는데 이는 문학작품의 심미가치, 인간의 심미인식과도 상통하는 데가 있다. 따라서 불교의 모종의 학설은 고대문학 이론비평에 커다란 영향을 끼쳤으며, 그것은 주로 다음의 네 가지로 귀결된다.

1) '언어도단(言语道断)'설, '돈오(顿悟)'설로부터 '묘오(妙悟)'설까지

종교로서의 불교는 신앙에 대해 돈오할 것을 제창하며, 오직 신비한 직각(直覺, 보거나 듣는 즉시 즉각 깨닫는 것 - 역자 주)만이 불교의 최고 진리를 인식할 수 있다고 주장한다. 『보살영락본업경·인과품(菩萨璎珞本业经·因果品)』은 이렇게 말했다. "모든 언어도단은 마음으로 다스려야 한다." 『유마힐소설경·입불이법문품제구(维摩诘所说经·入不二法门品第九)』는 이렇게 말했다. "언어문자 없이 법문에 참으로 들어갈 수가 없도다." 불교의 최고 진리는 '언어의 도단'이라는 것은 두말할 나위도 없다. 마음으로 다스리고 다시 생각하지 말아야 한다는 것은, 즉 언어문자·이성사유·논리사유로는 표현하거나 장악하지 못한다는 말이 다. 중국 불교학자들은 이를 매우 중시하고 있다. 요진(姚秦) 시기 승조(僧肇)는 『반야무지론(般若无知论)』이라는 책을 써서 '성지(圣智)' 즉 불교의 최고지혜는 무형상이요, 무명칭으로 해탈에 이르는 근본 도경이라고 했다.[178] 후에 선종은 오로지 은어로만이 사람들이 깨달음을 얻고 '진여'를 체험할 수 있다고 했다.

언어도단설의 신비주의 방법론과 밀접한 관련이 있는 것은 승조의 동학인 축도생이 쓴 전문서에서 제창한 돈오설이다. 혜달(慧达)은 『조론수(肇论疏)』에서 이에 대해 간명한 논술 한 적이 있다. 즉 진리와 현묘함은 불가분의 관계이며, 진리를 깨닫는 것은 진리와 합일되는 것으로 중간상태란 있을 수 없고 단계적으로 도달하는 것도 아니라고 주장했던 것이다.[179] 사영운은 도생과 교제를 하면서 도생의 학설을 매우 흠상해 『여제도인변종론(与诸道人辨宗论)』을 펴내서 진일보로 도생의 이론을 천명하고 돈오성불설을 선양했다. 앞에서 기술했듯이 혜능선종은 더욱 돈오성불설을 크게 선양하면서 '돈교(顿教)'로 불렸다. 혜능은, 소위 성불이란 사람마다 가지고 있는 본성의 깨달음이며 이로부터 "억겁을 미로에서 헤매도 찰나에 깨닫도다"(돈황본 『단경(坛经)』) 중생들은 본성에 대한 깨달음이 한 찰나이며, 그 일념으로 본성을 깨닫고 성불한다는 것이다. 선종은 또 모든 사물은 '진여'를 체현하고 있으며 중생은 모든 사물에서 모

178) "圣智幽微, 深隐難測, 无相无名, 乃非言象之所得."

179) "第一竺道生法師大頓悟云, 夫称頓者, 明理不可分, 悟語照极. 以不二之悟, 符不分之理. 理智恚(此 字不明, 有疑爲 '悉'字)釋, 謂之頓悟."

두 '진여'를 깨닫고 '정과'를 얻을 수 있다고 주장했다.

불교 언어도단설과 돈오설 사상의 영향으로 당나라 시기 승려시인 교연(皎然)은 사영운의 10대손으로 『시식(诗式)』을 써서 전문 시가의 체제와 작법에 대해 토론을 진행했다. 그는 "먼 조상 사영운의 시작 "발개조극(发皆造极)"을 선양하면서 그로부터 "공앙지도조(空王之道助)"·"직여성정(直于情性)"·"불고사채(不顾词彩)"를 획득해야 하며, 언어도단과 돈오는 시인이 최고 경지에 이를 수 있는 유일한 길임을 강조했다.[180] 어릴 때부터 교연을 좋아했던 시인 유우석(刘禹锡)은 욕심과 상상을 없애는 것을 중시했다.[181] 당나라 말기 사공도(司空图. 837-908)가 쓴 『24시품(二十四诗品. 약칭 『시품(诗品)』)』은 유엽(刘勰)과 교연의 사상을 계승 발전시켜 "이미지 외의 이미지, 풍경 외의 풍경"을 담는 작품의 형상 특색을 제기하면서 이미지가 통할 뿐 말로 전달할 수 없는 "운외지치(韵外之致)[182]"·"미외지지(味外之旨, 맛 너머의 참맛 - 역자주)"를 추구했다. 즉 작품에 내재하고 있는 글 밖의 소리들 즉 운미(정취)와 함축을 시가의 첫째가는 예술적 특징이라고 주장했다. 후에 남송 문학비평가 엄우(严羽. 호는 창랑포객(沧浪逋客))는 『창랑시화(沧浪诗话)』에서 이렇게 지적했다. 그는 '오(悟)'가 시를 배우고 시를 쓰게 되는 근본적인 첩경으로, 문자로 시를 쓰지 말아야 하

---

180) "康樂公(謝灵運)早歲能文, 性穎神澈及通内典, 心地更精. 故所作詩, 發皆造极. 得非空王之道助 邪?…麗者嘗与諸公論康樂爲文, 直于情性, 尙于作用, 不顧詞彩, 而風流自然."(『시식·문장종지(詩式·文章宗旨)』)

181) "梵言沙門, 犹華言去欲也. 能离欲則方寸地虛, 虛而万景入, 入必有所泄, 乃形乎詞."(『유몽득문집(劉夢得文集)』 권7『추일과홍거법사사원편송귀강릉병서(秋日過鴻擧法師寺院便送歸江陵井序)』)

182) 운외지치(韻外之致) : 어언(語言) 의의 층면상 이해하는 정서가 아니라, 어언 의의 층면 이외의 모종의 느낌으로써 더 이상 파고들어 물을 수 없는 정취를 느끼는 것.

며 재능과 학문·의론으로 시를 써야 한다고 했다.[183] 그는 또 '흥취'가 곧 '미감'이라고 했다. 시가는 서정적인 것이고 마땅히 유한한 문자로 사람들에게 무궁한 계시를 주어야 하며, 뜻 이외의 심원한 의경을 추구해야 한다고 했던 것이다.[184] 이는 불교 언어도단설이 시가창작 방면에서 운용되고 발전된 사례이다. 엄우는 '묘오(妙悟)'를 말하면서 "오직 깨달음만이 핵심이고, 이를 위해서는 '형상사유'와 '논리사유'의 구별을 체험해야 하며, 시는 '형상사유'여야 하고 '심미판단'이 있어야 한다"는 것을 강조했는데, 이는 문학이론 상에서 중요한 공헌이라 해야 할 것이다.

청나라 왕사진(王士禛. 1634-1711)의 호는 어양산인(漁洋山人)이고, 그는 『대경당집(帶経堂集)』에서 진일보적으로 사공도·엄우 등의 이론을 계승해서 '신운설(神韵説)'을 제기했다. '신운'이란 시문의 풍격 있는 운미(韻美)를 가리킨다. 엄우는 "흥회신도(興会神到)"를 강조하고 "득의망언(得意忘言)"을 추구하면서 담백하고 여유로운 '신운'을 시가의 최고경지라고 했다. '신운'의 특징은 함축되고 심원하며 뜻은 언어 밖에 있다는 것으로, 시가 '삼매(三昧)'의 가장 중요한 예술원칙이라고 주장했다. 왕사진이 제기한 "묘오 밖에 신운이 있다"는 것은 고대 시가 이론의 공헌이라고 할 수 있으며, 시가가 사회생활을 벗어나 허허로운 경지를 추구하도록 견인해주었다.

---

183) "大抵禪道惟在妙悟, 詩道亦在妙悟.…惟悟乃爲当行, 乃爲本色." (『창랑시화·시변(滄浪詩話·詩辨)』)

184) "盛唐諸人惟在興趣, 羚羊挂角, 无迹可求. 故其妙處透徹玲瓏, 不可湊泊, 如空中之音, 相中之色, 水中之月, 鏡中之花, 言有盡而意无47窮."

2) '현량설(現量說)'

묘오설·신운설의 현실초탈 경향은 시론계의 또 다른 주장 즉 불교 인명학논시(因明學论诗)의 주장을 이끌어 냈는데, 주로 명나라 말기 청나라 초기의 사상가 왕부지(王夫之. 1619-1692)의 '현량설'이 그것이다. 불교 인명학에는 사유방식에 관한 이론이 포함되며, 그중에는 현량(現量)과 비량(比量)에 대한 논술이 있다. 현량은 사물형상에 대한 직관을 말하며 감성인식을 가리키고, 비량은 사물의 공성을 비교하는 것, 즉 논리 추리방법으로 획득한 이성인식을 가리킨다. 현량은 객관 사물 이미지에 대한 직접적 투영으로 현실성과 형상성이 있다. 왕부지는 현량설을 응용해 시가이론을 천명하면서 시가의 현실성을 강조했다. 그는 시를 쓰려면 "경물을 보고 마음으로 알아야 한다"는 것이 바로 '현량'의 요구라고 주장했다. 견물생심이고 자연스레 영감을 얻으며 억지로 짜내지 말아야 한다는 것이다. 예를 들면 왕유의 시구 "긴 강물엔 지는 해가 둥글구나(長河落日圓)"·"물 건너 나무꾼에게 물어보네(隔水问樵夫)" 등은 모두 애써 추구하지 않았으며, 경물을 보고 느낀 바를 그대로 적은 것들이다. 왕부지는 현량이 진실을 추구하며 비량이 틀린 데가 있다면 바로 착오적인 인식에 빠지게 된다고 인정했다. 왕부지는 현량설로 시가창작과 심미활동의 요구와 특징을 설명하면서 시가이론에 객관주의 이론기초를 제공함으로써 시가창작이 현실을 벗어나도록 도와주었다.

3) '경계설(境界說)'

당·송이래 문학비평 저서들은 '경(境)'과 '경지(境界)'의 이론을 매우 중시했다. 여기서 말하는 '경'이란 일반적으로 객관 존재를 말하며, '경지'란 문학작품에서 묘사한 생활풍경과 표현하고자 하는 사상정감이 융합되어 형성된 일종의 예술경지를 가리키며, 그것을 '의경(意境)'이라고 했다. '경'이나 '경지'는 중국 선진 고전에서 늘 보아오던 개념으로 후에 불교경전에서 '경'과 '경지'에 대해 보다 상세한 이론천명을 한 것이다. 불교는 흔히 물질현상과 정신현상을 통틀어 '경'이라 하고 '경'은 모든 현상의 통칭이라고 본다. '경지'는 흔히 두 가지 뜻이 있는데, 하나는 6감으로 변별되는 각종 대상들, 예를 들면 눈으로 인식되는 '색감(경)'을 그 '경지'라고 한다. 당나라 시기 원휘(圓暉)가 쓴『구사론송수론본(俱舍论颂疏论本)』권2에서는 이렇게 말한다. "기능에 따라 경지가 다르다. 예를 들면 눈으로는 색상을 보고 색을 인지하게 되며 그런 색상이 곧 경지인 것이며, 눈은 색상을 감별하는 기능이 있는 까닭이다." 이는 주체의 감각기관과 사유기관이 접촉한 대상이 이미 감지되었음을 강조하는 것으로 이것을 '경지'라고 한다. 이런 '경지'에는 감성·직관성·가지성(可知性)의 특징이 있다. 다른 하나는 조예와 성과이다.『무량수경(无量寿经)』은 이렇게 말한다. "이 뜻은 너무 넓고 깊어서, 나의 경지가 아니다."[185] 불교의 이런 경지관과 문학이론 비평은 일맥상통하는 데가 있어 문학이론가들은 이를 섭취하고 운용하는 것이다. 당나라 승려 교연의『시식』에는『취경(取境)』이라는 대목이 있는데 "시를 다 지은 후에 그 기세와 모양을 보기를 등한시 하는 듯하면서 생각하지 않고 얻는다"[186]라고 하면서 '취경'의 중요함과 간거함을 강조하고 있다. 그는 작시에 대해 이렇게 말했다. "시의 정서는 경지에서 발원된다" 그는 주관적인 감정과 객관적인 환경의 통

---

185) "斯義弘深, 非我境界."

186) "取境之時, 須至難, 至險, 始見奇句."

일을 주장했다. 당나라 시기 많은 작가들 역시 '경'으로 시를 말했다. 근대 학자 왕국유(王国维. 1877-1927)는 『인간사화(人间词话)』를 써서 '경지설'을 주장했다. 그는 말한다. "사(詞)는 경지에 이르러야 최고이다.

경지가 있으면 새로운 높이가 형성된다." "경지는 경물만을 말하는 것이 아니다. 희노애락 역시 인간의 한 경지인 것이다. 그러므로 경물을 쓸 때 진실한 감정을 담으면 그것이 곧 경지인 것이다. 그렇지 않으면 경지가 아니다." 그는 "격이 없음"을 주장하면서 언어가 사람들의 심금을 울려야 하고, 경치(景致)를 쓰면 사람들의 이목을 트이게 해줄 것을 주문했다.

왕국유가 희로애락을 인간 마음의 경지라고 한 것은 불교의 관점에서 온 것이다. 다만 왕국유의 '경지설'은 불교의 이론에서 섭취했을 뿐만 아니라 서방 쇼펜하우어 등 사람들의 미학사상에서도 자양분을 섭취했다고 할 수 있다.

4) "선으로써 시를 깨우치다(以禅喻诗)[187]"

중국 불교의 각 종파들 중 선종은 문학이론에 대해 특히 시론, 사론(詞論)에 대한 영향이 가장 크다. 송나라 이후 선으로써 시를 비유하는 "이선유시"는 풍조가 되었고, 시와 선의 비유는 거의 입버릇처럼 유행되었다. 일부 승려시인들과 문인들은 분분히 불가의 선 이론으로 시의 창

---

187) "以禅喻詩 : 전통적인 견해 속에서는 비교적 추상적으로 전개되어 있는데, 세분해 보면 이것은 "이선찬시(以禅參詩, 참선의 태도와 방법을 가지고 시가 작품을 읽고 감상하는 것)", "이선형시(以禅 衡詩, '대소승[大小乘]', '남북종[南北宗]', '정사도[正邪道]' 등과 같은 논법을 사용하여 시가의 고저[高低]를 품평하는 것)", "이선론시(禅論詩, 선가의 묘체를 써서 작시의 오묘함을 논술 하는 것)"로 구별된다.

작과 감상과 평론을 논술하면서 장기간 쟁론이 그치질 않았고 그 영향은 매우 컸다.

1) 창작 : "선가의 묘체를 써서 작시의 오묘함을 논술해야 한다(以禅论诗)"

"선으로써 시를 깨우치다(以禅论诗)"라는 아론은 불가의 설법으로 작시의 오묘함을 논술한 것이다. 앞에서 엄우의 묘오설을 언급했고, 불가의 참선, 특히 지혜로운 오성으로 시의 도리를 설명했었다. 그 외 오가(吳可. 오사도(吳思道))와 공상(龔相. 공성임(龔圣任))의 각각 3수의 『학시(学诗)』라는 시 역시 선가의 묘술로 작시를 논술한 전형적인 설법이다. 오가의 『학시(学诗)』에 이른다.

> "시 배움은 꼭 참선 배우는 일과 같아, 죽탑과 포단 위에서 햇수를 따질 수가 없네. 스스로 모든 것을 깨우치고 나면, 예사로 뽑아내도 초연 경지 이루어지리."[188]

> "시 배움은 꼭 참선 배우는 일과 같아, 스스로 깨달아 이해를 통해 창작해야 전함에 부족하지 않고, 옛 격식을 벗어나야 보금자리 밖으로 나올 수 있으니, 대장부 기질이 하늘에 충만하게 된다."[189]

---

188) "学詩渾似学参禅, 竹榻蒲団不計年. 直待白家都了得, 等閑拈出便超然."

189) "学詩渾似学参禅, 頭上安頭不足伝. 跳出少陵窠臼外, 丈夫志气本冲天."

"시 배움은 꼭 참선 배우는 일과 같아, 자고로 자기 소원대로 원만하게 성공하는 자 몇이던가? 한 구절 한 구절 연못 정자 옆 봄풀 나듯 새로워야, 경천동지하게 되니 오늘가지 전해진다네."[190]

오가의 『학시』첫 수는 선가 참선의 요구에 따라 오성(悟性)에 든다는 설법으로 시가창작을 배우는 과정을 보여주고 있다. 작시는 오랜 수양을 필요로 하며 심혈을 기울여야 하고 일단 "스스로 얻었다"고 생각하면 이미 "오성에 든" 것이며, 붓만 들면 바로 초연하기 이를 데 없는 시를 쏟아낼 수 있는 것이다. 둘째 시는 선종의 중생 심성 본각·권위를 배척하는 종지에 따라 시인 주체의 참오를 강조하며 스스로 창작하고 타인의 것을 답습하지 말고 "시성" 두보의 울타리에서 뛰쳐나오고 "머리로 머리를 내리누르는" 한계에서 벗어나도록 고무하고 있다. 불가가 수행하는 '원만성공(圓成)'[191]을 보면, 선종은 모든 사물 가운데 '진여'가 구현된다고 보고 있다. 세 번 째 시는 이에 비추어 '원성'을 치켜들고 모든 사물에 다 시가 깃들어 있다고 주장한다. 그리기에 사영운의 "연못 정자 옆의 자라는 봄풀(池塘生春草)" (『등지상루(登池上楼)』)이라는 절구에서는 흔히 보는 연못의 풀에서 시의를 느끼고 그로부터 강렬한 예술매력을 취

---

190)　"学詩渾似学参禅, 自古圓成有几聯? 春草池塘一句子, 惊天動地至今伝."(《詩人玉屑》卷1)

191)　원성(圓成) : 원만성공, 지극히 높은 시가의 경계를 가리키는 말이다.

득해 오래도록 사람들한테 낭송되는 것이다. 공상의 『학시』3수[192]는 오가의 관점과 똑같고 역시 선종의 언어문자로 표현할 수 없는 불교 교리에 근거해 참선하고 오성에 이르는 설법으로 "쇠로 금을 만드는" 것을 강조하면서 고산유수에서 시의를 체험해야 하고 성률을 타파해야 한다고 했다. 두보의 시의 "기괴하고 절묘한 곳"을 인식한 것이다. 오가와 공상은 '료오(了悟)'의 시가창작에서의 작용을 강조하면서 취할 바를 인정야 한다고 했다.

2) 감상 : "선처럼 시를 깨달아야 한다(如禅悟诗)"

선종은 문자를 쓰지 않는 것을 표방하면서 교(敎) 밖의 것은 선전하지 말고 심인(心印)만 전하라고 하면서, 자신의 참오(參悟)로 불교 교리를 터득하고 불법을 이해할 것을 주장했다. 일부 문인들 역시 참선과 마찬가지로 참시하고 시가를 신상할 것을 주장했다. 범지실(范之实. 범온(范温))은 『잠계시안(潛溪诗眼)』에서 이렇게 말한다.

"글을 아는 자는 불가에서 깨달음에 이른 자와 같다. 법문에서는 천양지차라 해도 한 마디로 오성(悟性)에 이를 수 있다. 마치 옛사람들의 문장을 보면서 어느 한 곳에 이르러 깨닫게 되면서 기타의 오묘함을 알게 되는 것과 같다."

불교와 작시는 차이가 없고, 시를 깨닫는 것은 바로 선을 깨닫는 것과 같으며, 참선하는 태도와 방법으로 시를 읽고 시를 감상해야지, 시가

---

192) 龔相《學詩》三首是吳可《學詩》三首的和韻作, 詩曰: 學詩渾似學參禪,悟了方知歲是年. 点鐵成金 犹是妄, 高山流水自依然. 學詩渾似學參禪,語可安排意莫傳. 會意卽超聲律界, 不須煉石補靑天. 學詩 渾似學參禪, 几許搜腸覓句聯. 欲識少陵奇絶處, 初无言句与人傳.《詩人玉屑》卷1)

의 언어문자 자체에 집착해서는 안 되며, 시가는 언어문자 외에도 무궁한 의미와 운치가 있다고 했다. 인정해야 할 것은 이것은 시가의 감상규칙에 맞는다는 것이다.

3) 비평 : "선으로써 시를 비교해야 한다(以禅比诗)"

엄우는 『창랑시화·시변(沧浪诗话·诗辨)』에서 불교의 종파에 따라 역대 시가의 호불호를 비유하고 가늠했다. 그는 '정법안'이란 불법에서의 정확한 인식을 말하는데, 성문피지과(声闻辟支果)는 소승에 속하고, 여기서 그것을 독립적으로 소승 밖에 둔 것은 잘못된 것이라고 했다. 엄우(严羽)는 선(禅)으로 비유를 하면서, 한위진(汉魏晋) 및 성당(盛唐)시기, 대력(大历)[193]시기와 만당(晚唐)시기의 시는 세 개 등급으로 나뉘는데, 마치 불교의 대승·소승·성문피지과 3등급과 같다고 했다.

비록 엄우의 뜻은 이런 비유를 통해 성당 이전과 대력 이후의 시가의 차이를 말하려는 것이었으나 "선으로써 시를 비교하는 법"의 한계점도 드러내보였다.[194]

---

193) '대력(大歷)' : 당나라 대종(代宗)의 연호(766-779).

194) 禪家者流, 乘有大小, 宗有南北, 道有邪正. 學者須從最上乘, 具正法眼, 悟第一義. 若小乘禪, 聲聞辟 支果, 皆非正也. 論詩如論禪: 漢魏晋与盛唐之詩, 則第一義也. 大歷以還之詩, 則小乘禪也, 已落第二 義矣. 晚唐之詩, 則聲聞辟支果也.

제6절
불교는 중국 문학언어 보고에 새로운 어휘들을 보충해주었다

인도의 불교저작들이 번역되어 전해지게 됨에 따라 불교 경전 속의 많은 아름다운 고전과 예술미가 있는 새로운 어휘들이 중국 6조 특히 당나라 이후의 문학작품에 들어왔고, 그중 불교의 용어에서 기원된 것들이 한어 속의 외래어 중 90%이상을 차지한다. 인도와 중국의 불교 신조어들은 중국 문학언어의 보고를 풍부히 했고, 심지어 사람들이 일상용어에 쓰이는 기본어휘로 굳어지기도 했다.

불교 용어가 일상용어로 변화되었는데, 예를 들면, 세계(世界)·여실(如实)·실제(实际)·실상(实相)·각오(觉悟)·찰나(刹那)·정토(净土)·피안(彼岸)·인연(因缘)·삼매(三昧)·공안(公案)·번뇌(烦恼)·해탈(解脱)·방편(方便)·열반(涅槃)·파심(婆心)·회향(回向)·중생(众生)·평등(平等)·현행(现行)·상대(相对)·절대(绝对)·지식(知识)·유심(唯心)·비관(悲观)·포영(泡影, 물거품)·야호선(野狐禅)·청규계율(清规戒律)·일침견혈(一针见血)·일체개공(一切皆空)·일초돈오(一超顿悟)·일념만년(一念万年)·일탄지간(一弹指间)·삼생유행(三生有幸)·삼두육비(三头六臂)·불이법문(不二法门)·불생불멸(不生不灭)·불즉불리(不即不离)·오체투지(五体投地)·공덕무량(功德无量)·장육금신(丈六金身)·항하사수(恒河沙数)·격화소양(隔靴搔痒)·타니대수(拖泥带水)·대취법라

(大吹法螺)·대자대비(大慈大悲)·생로병사(生老病死)·육근청정(六根清净)·심원의마(心猿意马)·본지풍광(本地风光)·덕미증유(得未曾有)·유아독존(唯我独尊)·기려멱려(骑驴觅驴)·불가사의(不可思议)·냉난자지(冷暖自知)·승다죽소(僧多粥少)·미동작랍(味同嚼蜡)·쾌마가편(快马加鞭)·개대환희(皆大欢喜)·표리부동(表里不一)·백자간두(百尺竿头)·고중작낙(苦中作乐)·보살심장(菩萨心肠)·담화일현(昙花一现)·대천세계(大千世界)·"고해무변, 회두시안(苦海无边, 回头是岸)"·"방하도도, 입지성불(放下屠刀, 立地成佛)"·"종과득과, 종두득두(种瓜得瓜, 种豆得豆)" 등이 그것이다.

불교에서 늘 사용되는 용어로는 화재(火宅)·화성(化城)·제천(诸天)·일사불괘(一丝不挂)·삼십삼천(三十三天)·삼천세계(三千世界)·오십삼삼(五十三参)·천용팔부(天龙八部)·천수천안(千手千眼)·관하주면(观河皱面)·천녀산화(天女散花)·천화난추(天花乱坠)·당두방할(当头棒喝)·제호관정(醍醐灌顶)·극낙세계(极乐世界)·염화미소(拈花微笑)·나찰귀국(罗刹鬼国)·현신설법(现身说法)·중망문상(众盲扪象)·백성연수(百城烟水)·정중로월(井中捞月)·향남설북(香南雪北)·니우입해(泥牛入海)·구흡서강(口吸西江)·향상도하(香象渡河)·차화헌불(借花献佛)·가조마불(呵祖骂佛)·지인설몽(痴人说梦)·증사성반(蒸沙成饭) 등이다.

상술한 각종 언어들을 보면 불교의 새로운 어휘들은 한어의 표현력을 풍부히 해주었고, 사람들의 사상교류를 편리하게 해주었으며, 문화생활과 사회생활에서 적극적인 작용을 일으키는데 중요한 작용을 했음을 알 수 있다. 종합적으로 보면 불교와 중국문학의 소통·연계는 표면상으로 볼 때 쌍방향적인 것이지만, 사실상 주로 불교가 중국문학에 일방적으로 침투한 것이며 영향을 준 것으로, 이는 불교와 중국 윤리·철학과의 관계와는 다른 점이다. 불교와 중국 윤리·철학의 관계에서 더욱 많은 부분은 중국 윤리의 불교에 대한 침투와 감염과 작용으로 헤아려 지며, 상대적으로 볼 때 불교는 중국철학 특히 중국 윤리에 대한 영향이나 보충이 비교적 적다고 해야 할 것이다. 불교는 중국문학에 독특한 인생관, 세계관, 가치관과 종교적 정취를 가져다주었고, 중국문학에 새로운 문체와 새로운 의경을 가져다주었다. 후자의 실제작용은 보다 큰 것이며, 불교가 중국문학에 대한 공헌은 그 소극적인 작용을 훨씬 초과한다고 봐야 할 것이다. 불교가 중국문학사에 준 영향은 긍정해야 할 일이며, 비판 계승할 합리적인 요소로 자리매김했다고 볼 수 있다.

제5장

불교와 중국의 예술

제5장
불교와 중국의 예술

　중국의 고대예술은 기나긴 세월 동안 발전해왔다. 그 사이 한위(汉魏) 왕조를 지나면서 고댜예술은 불교의 새로운 자극과 강대한 영향을 받아 중국 예술의 각 영역은 보다 이채를 띠게 되었고, 새로운 차원으로 올라서게 되었다. 만일 불교 예술이 없었더라면 한위왕조 이후 중국 예술은 손색이 많이 갔을 것이고, 일부 영역은 심지어 공백으로 남게 되었을지도 모른다. 예술은 불교 홍보의 가장 효과적인 수단과 방식의 하나였다.

　불교의 홍보는 예술에서의 형상사유를 동원하였고, 부처·보살 등의 예술형상을 빌려 사람들의 경이로움·두려움·숭앙과 신앙을 불러일으키게 했는데, 이때마다 예술적인 과장수법이 필요했다. 즉 부처나 보살 등의 이미지를 극히 신비화, 이상화 시키는데 소위 석가모니불의 32상, 80종 등으로 사람들이 불교에 대해 장엄하고 위대한 신비감과 미감(美感) 얻을 수 있도록 했던 것이다. 사원의 불탑 건축 역시 될수록 장엄하고 웅장하며, 정교하고 화려하며, 주변 산수예술과 조화를 이루게 하여 사원건축이 전반적으로 예술환경의 중심이 되게 하였다. 불교의 홍보는 또 범패정음(梵呗净音)으로 청중들에게 음악예술의 쾌감을 끌어올려주면서 사람들의 내심을 감화시키는 종교적 효과를 얻도록 하였다.

　중국 각지의 명승지·석굴·고찰 등에는 금빛 찬란한 사찰건축물들이며, 천태만상의 조각들이며, 신기하고 다채로운 회화들이며, 귀를 감미롭게 해주는 훌륭한 음악들이 있어, 불교예술이 민간에서의 중요한 심미대상(審美対象)과 신앙중심(信仰中心)으로 되게 해주었으며, 찬란한 동방의 종교예술보고가 되게 하였다.

『위서·석로지(魏书·释老志)』의 기술에 따르면 불교의 회화·조각·건축 등은 불교경전과 더불어 한나라 때 중국에 유입되었다. 한명제(漢明帝) 때 인도에서 들여온 불상은 맨 처음 낙양의 백마사(白马寺)에 안치하였고, 수많은 그림 등을 사원의 벽에다 걸어두었다.

이것이 중국의 불상, 불사, 벽화 등 3대 예술의 시작이었다. 그 후 불교예술은 점차 발전했고, 사료에 의하면 단양(丹阳) 사람 착융(笮融)은 서주(徐州) 광릉(广陵)에서

> "부도사가 크게 세워지자 상륜에는 여러 겹의 금반(金盤)이 있고, 아래로는 여러 층의 건물이 들어섰다. 또한 당(堂)·각(閣)을 회랑이 둘러싸고 있어 3,000여 명은 능히 수용할 수 있는 규모이다. 황금으로 칠해진 불상을 만들었고, 불상에 입혀진 가사도 금빛으로 빛이 났다. 불상을 목욕시킬 때마다 마실 것과 먹을 것을 길 양편으로 늘어놓으니 도로 전체를 뒤덮은 듯 했다. 이들을 먹으며 구경을 하는 자들이 만여 명은 되었다"[195] 고 했다.

---

195) "大起浮屠寺, 上累金盤, 下為重楼, 又堂閣周回, 可容三千許人, 作黄金涂像,衣以錦彩. 每浴仏, 輒多 設飲飯, 布席 于路,其有就食及観者, 且万余人."(『후한서(后漢書)』 권73, 「도겸전(陶謙伝)」)

위진남북조 시기는 중화문화가 대융합하는 시기이고, 중화민족문화와 인도문화, 한족문화와 소수민족문화가 서로 융합하는 시대로서 중국예술의 발전을 촉진시켰다. 이 기간 동안 불교예술의 작용은 대단히 컸다. 북방에서는 불교를 다시 일으켜 세워 사원을 짓고 탑을 신축했으며, 불상과 석비(石碑)를 만드는 풍조가 일어났다. 남방에서도 불교의 의미를 다지기 위한 시가·회화·서법·불교건축 등이 성행하면서 북방의 석굴예술과 어깨를 나란히 했다. 흔히 남북조시기의 불교예술에 대해, 한편으로는 한나라 예술의 전통을 계승해 조형이 간결하고, 곡선이 분방하며, 색조가 대담하다고 하고, 다른 한편으로는 인도 불교예술의 풍채를 흡수해 거대한 성취를 거두었다고도 평하고 있다. 그러나 외부로부터 전래된 종교 재료 및 기성 모델은 중화민족의 예술전통과 결합되어야만 했기에 당시의 불교예술은 아직은 비교적 낯설고 억지적인 느낌이 없지 않았다. 북조 이후부터 불교예술의 이미지, 제재, 풍격 등에 선명한 변화가 나타나기 시작했고, 점차 찬란한 당나라 예술로 넘어가게 되었다.

당나라 시기는 중국 고대예술사에서 황금시기였다. 불교의 건축·조각·회화예술 등은 휘황찬란하기가 그지없어 최고의 경지에 다달았던 것이다. 당나라의 불교예술은 환상적인 종교세계와 현실생활을 결합시켰고, 박래된 예술의 정수를 중화민족의 전통예술에 교접시켜 독특한 풍격을 이루게 하였으며, 새로운 불교예술을 탄생시켰다. 이 무렵의 불상모습은 장대화려하고 온화하면서도 돈후하여 인간미가 넘쳤다. 불교예술은 인도의 불교예술에 비해 더욱 넓고 더욱 웅대해졌으며, 최고의 왕조로 거듭나는 당나라의 전형적인 웅장한 기백이 흘러넘치게 되어 초기 유입된 불교예술과 비교할 때 커다란 차이를 보였다.

그러나 당나라 이후의 불교조각·회화 예술은 서서히 쇠퇴해 갔고 내리막길을 걸었으며, 불교예술의 변화 역시 당나라의 주류를 벗어나지 못했다. 그러나 원나라 시기 유입된 내지의 서장(티베트)불교의 조각상들은 얼굴상·자태·대좌(台座) 및 탑 모양 등에서 모두 새로운 형식을 드러냄으로써 풍부한 불교예술의 보고를 이루게 하였다.

제1절
불교 건축 – 불전·불탑·경당(经幢)

불교 건축예술은 사찰건축에서 집중적으로 구현되고 있다. 중국 불교 사찰건축은 초기에는 불탑(佛塔)을 위주로 하다가 수·당 시기에는 점차 불전(佛殿, 불당)을 중심으로 하게 되었다. 이런 불교 건축들은 주로 불전건축과 불탑건축 2대 유형으로 나뉘고 그 외 경당 등 건축들이 있다.

1) 불전건축

당나라 목조구조 사찰의 대전들은 지붕에 삐죽 나온 나무 두공(斗拱)이 있다. 두공은 주로 두형 나무와 궁형 나무를 가로와 세로로 교차시켜 쌓는 방식으로 되어 있으며, 점차 밖으로 나오면서 윗부분이 크고 아랫부분이 작은 모양을 나타내게 되었다. 두공은 집 처마를 비교적 크게 해줄 뿐 아니라 장식효과도 있다. 지붕꼭대기는 치미(鸱尾)로 장식하는데 모양이 다양하다. 주추는 연꽃잎 모양으로 되었는데 정교하기 이를 데 없다. 천정에는 조정(藻井)이 있는데 네모꼴, 둥근꼴 또는 다변형의 오목면 등으로 되어 있고, 그 위에는 각종 꽃무늬·조각·그림 등이 그려져 있다. 불전 앞에는 계단이 있고, 양 옆에는 회랑·돌난간·기둥 등이 있는데 조각이 정교하고 아름답다. 이러한 불전은 하나의 완벽한 예술품이라 할 수 있다. 송나라 이후 사찰건축은 비록 변화가 있었으나 당나라의 풍격을 잃지 않았다. 중국의 사찰은 석굴사 외에도 많은 목조건물이 있었는데, 목조건축과 고유의 전통예술을 결부시켰기 때문에 새로운 풍격을 형성하면서 건축사에 새로운 다채로움을 더해주었다.

2) 불탑건축

불탑은 건축예술이자 조각예술로 두 가지 예술을 모두 지난 불교 건축물이라 할 수 있다. 중국의 불탑 건축은 분포가 넓고 수량이 많으며 규모가 크고 층수가 높으며 조형이 아름다워 고대건축에서 손꼽일 뿐만 아니라, 세계적으로도 보기 드물다. 불탑은 마치 알알이 박힌 보석이나 한 떨기 한 떨기 아름다운 꽃처럼 푸른 하늘·하얀 구름과 청산녹수 사이에 세워져 있어 산천을 더욱 아름답게 빛내준다. 어떤 탑은 멀리서 보면 구름 위에 우뚝 솟아있어 탑 꼭대기, 탑 그림자들에서 그 독특한 표지와 특징들을 실루엣처럼 보여준다. 불교 사원 건축에서 불탑은 흔히 사람들에게 가장 강한 인상을 남겨주면서 사람들에게 고향과 조국에 대한 생각과 그리움을 불러일으켜 주는 예술적인 매력이 있다.

불탑은 조형이 아름답고 금, 은, 마노(瑪瑙) 등으로 장식되었으며, 안에는 사리(舍利)가 들어있어 '보탑(寶塔)'이라고 불린다. 탑의 기원은 인도로서 본래는 무덤을 말하는데 산스크리트어로는 스투파(Stupa)라고 하고, 음역으로는 솔도파(窣堵波)·불도(佛圖)·부도(浮屠) 등으로 불린다. 의역하면 원총(圓冢)·방문(方墳)·영묘(靈廟) 등이라 할 수 있다. 후에 솔도파에서 '솔'자를 약해서 '도파'라 했으며 '탑파(塔婆)'라고도 하다가 나중에는 '파'자마저 없애고 그냥 '탑'이라고 불렀다. 중국에서 탑은 마치 종묘와도 같은 존재로 여겨지기에 '탑묘(塔廟)'라고도 불렸다.

'솔도파'는 본래 고대 인도의 무덤이었다. 석가모니가 세상을 떠난 후 불교도들은 불골(佛骨)을 묻은 '솔도파'에 와서 예배를 했고, '솔도파'는 그때로부터 승려들이 숭배하는 대상이 되었다. 솔도파는 흔히 대(台, 대기[台基])·복발[覆钵]·평두[平头]라고 하는데, '보협[宝箧]'이라고도 하여 제단으로 네모꼴 형이다)·간(竿)·산(伞)[196] 등 다섯 부분으로 이루어졌다. 후에 승려들이 수행 중 수시로 예배하는데 편리하게 하기 위해 거주하는 석굴 가운데 뒷벽에 불탑을 새겨놓았다. 이와 같이 불탑이 새겨져 있는 석굴을 '지제(支提)'라 하며, 그 뜻은 '묘' 또는 '탑묘'라는 의미이다. 이런 석굴 속 탑을 '지제식 탑'이라고도 부른다. '솔도파'에 있는 사리는 '사리솔도파'라 하며, 그런 탑을 '사리탑'이라 했다. '지제식 탑'과 '사리탑'은 인도 불탑의 두 가지 형식이다. 나중에 인도에서 불교 밀종(密宗)이 흥기하면서 금강보좌식 탑이 나타났는데, 중앙이 크고 사위가 작은 오좌탑(五座塔) 조형이 그것으로 금강계 5부를 봉양하는 오방불(五方佛)을 나타낸 것이다.

불교는 처음에 유입되면서 인도의 '솔도파' 이미지도 가져왔다. 진한 시기 중국에서 유행되던 미신에 의하면, 신선들은 구름이 가득한 하늘 높은 곳에 살고 있으며 "선인들은 누각에 산다"고 했다. 그리하여 진시황, 한무제 등도 모두 집을 높이 지어 신선의 강림을 맞이하고자 했다. 이런 신선사상의 강한 영향으로 불탑은 박래되면서 중국건축의 전통문화와 결합되어 누각식 탑이라는 새로운 형식으로 자리매김했다. 예를 들면, 동한(東漢) 중엽 서주에 건조된 부도사탑이 바로 "하위중루각도(下为重楼阁道)" "수종반구중(垂铜槃九重)" (『삼국지·오서·유요전(三国志·吴书·

———
196) 간(竿)과 산(伞) : 숭앙을 표시함

劉繇传)』) 식이다. 소위 '중루(重楼)'라는 것은 여러 층으로 된 목조구조의 층집을 말하며, '동반(铜槃)'이라는 것은 다른 말로 하면 '금반(金盘)'이라고도 하며 '상륜(相轮)' 혹은 '찰(刹)'[197]이라고도 하는 산개(伞盖)인데, 불탑 꼭대기의 장식을 말한다. 흔히 둥근 고리 모양의 쇠고리이고, 하나하나가 다시 내외 두개의 고리로 되어 있으며, 가운데 작은 고리가 탑심주(塔心柱) 꼭대기에 씌워져 있다. 이런 누각식 탑은 아래는 중국 고유의 누각으로 되어 있고, 윗부분은 인도의 솔도파 식으로 되어 있다. 이 역시 남북조 목조탑의 기본 양식이다. 중국 누각건축의 네모꼴 식 평면과 인도 솔도파의 원형식 평면은 모순되는 데다가 중국 목조구조의 형식으로는 원형 식 평면을 만들기 어렵기에 당나라 건축 장인들은 창조적으로 정방형과 원을 절충해서 8각형의 평면을 만들어냈는데 우리가 흔히 보는 평면형식이 바로 그것이다. 이에 상응하여 재료 역시 목조구조로부터 벽돌구조로 바뀌었다. 원·명·청시기 탑의 형태는 더욱 발전해 12변형·원형·십자형 및 내원외방·외원내방 등 다양한 모습을 나타냈고, 재료도 돌·흙·구리·쇠·유리 등 다양한 건자재로 발전하면서 보다 다양한 탑 모양들이 나타났다.

인도 지제식 탑은 중국에 들어온 후 점차 석굴사(石窟寺) 쪽으로 발전했고, 본래 석굴 내 뒷부분의 탑은 탑주(塔柱) 혹은 중심기둥으로 발전했다. 인도 밀종의 금강보좌식 탑 역시 중국에 들어온 후 명나라 이후 많이 건축되었다.

중국의 불탑은 흔히 평면을 네모꼴, 팔각형으로 하는 것이 많고, 층

---

197) '刹'은 다른 의미로는 사원 앞에 있는 당간(幢杆)을 가르키기도 한다.

수 역시 홀수로 하며, 홀수는 양수(阳数)를 가리키고, 전통적으로 길상스런 의미를 담고 있다. 탑의 종류는 다른 각도에서 구분되기도 한다. 건축자재에 따라 목탑·전탑(塼塔, 벽돌탑)·석탑 등, 층수에 따라 단층탑과 다층탑 등, 조형에 따라서는 누각식 탑·밀첨탑(密檐塔)·병형탑(瓶形塔, 라마탑[喇嘛塔])·금강보좌탑 등으로 나뉜다. 아래에 중점적으로 소개하면 다음과 같다.

목탑·전탑·석탑 : 목탑은 중국 고유의 층집 형식의 방법으로 만드는데 층수가 훨씬 많다. 예를 들면, 원위(元魏)시기 건조된 낙양 영녕사(永宁寺)탑은 목탑으로 높이가 333미터에 달해 백 리 밖에서도 능히 볼 수 있지만, 건조된 지 얼마 안 되어 그만 불에 타버리고 말았다. 대체적으로 볼 때 수나라 이전에는 목탑이 많았으며, 일각에서는 역사상 건립된 목탑이 약 1천 좌 이상에 달했다고도 한다. 목탑은 오래 견디지 못하고, 또 벽돌기술이 발달함에 따라 당나라 이후에는 개혁되어 전탑이 많아졌다. 송나라 시기에는 또 철색의 유리벽돌로 쌓은 '철탑(鐵塔)'이 나타나기도 했는데, 북송 경력 4년(1044) 하남 개봉 우국사(祐国寺)의 '철탑'이 바로 그것으로 전부 특별제작한 '철색유리'로 벽돌을 만들어 불탑이 더욱 빛을 뿌리게 했다. 5대 후주 말년(960)에 세워진 항주 영은사(灵隐寺)의 석쌍탑은 높이가 10미터이지만 9층으로 되어 있고, 건축 장인들은 대담하게 돌로 목조구조를 본뜬 양식으로 지었기에 탑의 조형이 더욱 풍부해졌다.

단층탑 : 탑신은 단층 네모꼴로 처마가 밖으로 나왔으며, 위는 방추형(方锥形) 또는 반구형(半圆球形)의 지붕으로 되어 있다. 현존하는 건축으로는 수나라 시기 산동 역성현(历城县) 신통사(神通寺)에 세워진 '사문탑(四门塔)'이 단층탑의 좋은 본보기가 되고 있다. '사문탑'의 탑신은 커다란

청석(靑石)으로 쌓아 만들어졌고, 사면에는 각각 반구형 아치형의 문이 나 있으며, 형태가 간결하고 소박하며 돈후하여 중국 현존하는 가장 이른 석탑이면서도 현존하는 제2의 고탑이기도 하다. 또 다른 예를 들면, 하남 숭산 회선사(会善寺) 정장선사(净藏禅师)의 묘탑(墓塔)을 들 수 있는데, 이 찹은 단층 8각 벽돌탑이며, 당천보 4년(745)에 세워졌고, 중국에서 가장 빨리 세워진 팔각형탑이다. 이런 단층탑들은 중국건축의 기백을 충분히 구현해주고 있다.

누각식 탑 : 각종 불탑들 중 중국 탑의 특색을 가장 잘 대표해주는 것이 바로 이 누각식 탑이다. 초기의 누각식 탑들은 모두 목조구조였고, 후에 벽돌구조의 누각식 탑이 등장했다. 이런 탑의 내부에는 층계가 있어 오를 수 있고, 외관과 상등하거나 더 많은 층수를 가지고 있다. 탑에는 많은 목조구조를 모방한 부분들이 있는데, 예를 들어 층마다의 창문이나 기둥, 처마 위의 도리나 서까래 등에서 볼 수 있다. 서안 대안탑(大雁塔)은 누각식 탑의 훌륭한 본보기이다. 이 탑은 당 현장(唐 玄奘)이 만든 것으로 소박하고 실용적이며 대범하다. 탑의 각 층은 겉보기에 솜씨가 빼어난 장인들이 섬세한 수단으로 돌을 나무모양으로 만들었고, 뛰어난 공예와 독특한 심혈을 기울였음을 엿볼 수 있다.

밀첨식 탑: 비교적 높은 탑신에 층층이 밀첨을 달아놓은 데서 유래되었다. 밀첨식 탑과 누각식 탑은 가장 흔하게 볼 수 있는 탑들이다. 일반적으로 기둥이나 대들보 등을 사용하지 않고 우아한 윤곽 라인만 내보이게 축조되었다. 윗부분의 탑 처마가 층층이 겹쌓인 모양새로서 층수를 거의 알아볼 수가 없다. 이런 탑의 1층 탑신은 특별히 높고 거대하며 창문·기둥·불단·불상 등 조각들도 모두 여기에 집중되어 있으며, 탑의 중심이기도 하다. 저명한 것으로는 하남 숭산 숭악사탑(嵩岳寺塔)으로,

북위 효명제 신구 20년(520)에 세워져 현존하는 가장 오래된 고대 불탑
이다. 탑은 모두 15층으로 되어 있고, 평면은 12각형이며, 각층마다 벽
돌로 인도양식의 기둥이나 기둥 주춧돌 등에 연꽃장식을 넣어 만들었
다. 전반적으로 탑의 윤곽 및 매 층 처마 아래의 곡선은 모두 포물선 모
양을 하고 있어 매우 부드럽고도 화려해 심금을 울려준다. 이 탑의 높이
는 40미터로 모두 벽돌로 쌓았는데, 중국 벽돌기술의 비약적인 발전을
보여주는 대표작이다. 또 다른 예를 들면 요나라 시기 건조된 베이징 천
녕사탑(天宁寺塔)은 팔각형의 밀첨탑으로 일찍이 이런 탑들이 널리 유행
되고 있었다. 그 외 금나라 시기 건조된 낙양의 백마사탑(白马寺塔)은 한
층 더 독특한 풍격을 이루고 있는데 탑신 아래에 높다란 대기(台基, 건축
하부에 설치하는 대좌[台座])가 있고, 제1층 탑신은 좀 낮아서 윗 층들의
밀도를 성글게 해주고 있다.

　병형탑(瓶形塔): 원나라 시기 도솔파가 네팔에서 다시 중국으로 유입
되면서 불탑 중에서도 그 수량이 비교적 많은 하나의 유형이 되었다. 예
를 들면, 베이징 묘응사(妙应寺. 백탑사[白塔寺])의 탑이 바로 그중의 대표
작이다. 이 탑은 네팔의 공예사 아가니(阿哥尼)의 설계로 축조되었고, 원
세조 쿠빌라이(忽必烈) 때부터 원나라 9년(1271)까지 건설된, 중국 최고
로 오래된 병 모양의 탑 즉 병형탑이다. 베이징 북해(北海)의 백탑(白塔)
과 산서 오대산 탑원사탑(塔院寺塔) 역시 이런 유형의 탑이다. 이런 탑들
의 구조는 병 모양으로 되어 있고 아래는 매우 큰 수미좌(须弥座)가 있으
며, 불좌 위에는 복발형(覆钵形)의 '금강권(金刚圈)'이 있고, 그 위에는 단
지 모양으로 '탑배(塔肚子)'라고 불리는 탑신이 있으며, 더 위에는 '탑목(塔
脖子)'으로 불리는 '수미좌'가 있고, 그 위에는 원추형 내지 원주형에 가까
운 '13천(天)'과 '보개(宝盖)', '보주(宝珠)' 등이 있다. 라마교에서는 이런 탑

들을 자주 건조하기에 '라마탑'·'장식탑(藏式塔)'이라고도 불린다. 명·청시기 이런 탑들은 라마나 고승들이 열반한 뒤 묘탑으로 되었기에, '승려의 무덤(和尚坟)'이라 불렸다. 이런 탑들은 무덤의 형식을 보존하고 있으며 인도 탑식의 냄새가 짙다.

금강보좌탑: 금강계 5부의 주불(오방불)을 공양하는데서 비롯된 이름이다. 이런 탑들은 매우 큰 대좌위에 5좌 내지 7좌의 탑이 완벽한 탑군(塔群)을 이루고 있는 것이 특징이다. 탑 아래의 금강보좌는 매우 커서 겉으로는 다섯 층으로 되어 있고, 그 아래에 또 한 층이 수미좌이다. 매 층마다 위에는 모두 기둥이 있어 불좌로 되고 있으며, 소박하면서도 웅위하다. 탑의 좌대에는 오방불상의 조각들이 있어 정교하고도 아름답다. 이런 탑들은 현재 베이징 서직문(西直门) 밖에 있는 오탑사(五塔寺, 진각사[真覚寺]탑), 베이징 벽운사(碧云寺) 금강보좌탑원, 운남 곤명 관도진(管渡镇) 오탑(五塔) 등 10여 곳이 있다.

3) 경당(经幢)건축

당(幢)은 홍보하는 측면과 기념하기 위한 의미를 띤 건축예술이다. 인도의 '당' 형식은 부처를 기념하는 건축물의 옥원(玉垣. 주원[周垣])으로 위에 각종 조각들이 두드러지게 새겨져 있고, 또 탑 전방 좌우에 각각 돌을 배치하여 마치 중국의 장방형 석비(石碑)와도 같고 비면에는 법륜(法輪)·비천(飞天)을 조각했고, 법륜 아래에는 인물과 동물의 조각이 새겨져 있다. 중국 당나라부터 요·송시기에 이르기까지 당을 건축하는 바람이 성행했고, 공덕을 새기는 의미에서 건조된 다라니(陀罗尼) 경당이 있는가 하면, 고승을 기념해 건조된 묘지형 당도 있다.

중국의 경당은 대개 석조각이 많고, 쇠로 된 것도 약간 있는데, 원주형 혹은 6각이나 8각으로 되어 있으나 8각이 주를 이루고 있다. 일반적으로 기좌·당신(幢身)과 당정(幢頂) 세 개 부분으로 이루어졌고, '당신'에는 다라니 경문이 새겨져 있으며, '기좌'와 '당정'에는 꽃이나 구름무늬 등 도안들이 새겨져 있으며, 보살·불상 등도 새겨져 있어 매우 화려하다.

이름난 것으로는 당나라 말엽에 건조된 산서 오대산 불광사 경당이 있는데, 소박하면서도 장엄해서 중요한 예술작품으로 꼽히고 있다. 하북 조현(趙縣) 현성 내 조주(趙州) 다라니 경당은 북송 시기 건조된 것으로 전부 석재를 쌓아올려 만들었고, 높이가 약 18미터에 달하며 중국에 현존하는 석조 경당 중 가장 높다. 당 아래에는 네모꼴의 기석이 있고, 대기 위에는 8각형의 잘록한 수미좌가 있으며, 경당은 1층부터 3층까지 다라니경을 새겨놓았고, 그 외 각 층마다에는 불교인물·동물·꽃 등의 도안들이 새겨져 있다. '당정'은 구리로 된 화엄보주(火炎宝珠)를 찰(刹)로 해서 윤곽은 장엄하면서도 청수해서 송나라 시기 조형예술의 높은 경지를 보여주고 있다. 또 운남 곤명의 지장사(地藏寺) 경당은 대리국(大理國) 중기에 세워진 것으로 높이 8.5미터에 달하고 8각 7층으로 되어 있다. 제1층에는 4대 금강 및 범문이 새겨져 있고 윗 층들에는 불상이 새겨져 있다. 조각공예가 극히 정교해서 운남 소수민족 역사문화와 조각예술을 연구하는 중요한 문물로 간주되고 있다. 쇠로 만들어진 당에서 유명한 것들로는 송나라 시기 호남 상덕시(常德市) 덕산(德山) 건명사(乾明寺)에 건조된 철당으로 높이가 4미터를 넘고 무게가 3,000여 근에 달하며 원주형으로 하얀 생철로 되어 있다. 철당 좌기 부분에는 불상·금강역사와 용호·연꽃잎 등 무늬가 주조되어 있으며, '당신'에는 경문 등이 주조되어 있어 우아하고도 정밀하다.

제2절
불교 조각[198]

　불교 조각은 사원이나 석굴 중 조각·조형된 존불상 및 금·석·옥·나무·도자기 등으로 조각된 기물 또는 예술품들을 가리키며, 그중에는 생동적인 모습을 하고 있는 나무조각들도 있다.

　흙으로 빚은 존상(尊像, 존귀한 형상)이 가장 전형적이다.[199] 불교 조각들은 불교예술의 집중적 표현으로 주로 역대 개발된 동굴 속에 보존되어 있었으며, 석상은 쉽게 부서지지 않고 큰 조각상은 도둑질하기도 쉽지 않아 석굴이야말로 오래 보존할 수 있는 최적지였으므로 동굴예술이 꽃을 피우게 하였다.

　불교가 들어오기 전 중국의 조각예술은 이미 매우 높은 수준에 이르러 있었다. 최근 요서(遼西)에서 출토된 문물 중 5,000년 전에 채색된 여신의 두상이 있는데 조형이 아름답고 생동적이며, 그 눈동자는 녹색 마원옥으로 만든 것이라 형형색색의 빛을 뿌리고 있었다. 그 외 옥 조각으로 된 저룡(猪龙)·백조 등이 있다. 이는 중국이 5,000년 전에 벌써 매우

---

198) 본 절은 常任侠의 〈仏教与中国雕刻〉을 참조했다.

199) 불교조각 중에는 석각이나 경당(経幢)도 중요하다. 이 외에 불교의 조상비(造像碑)와 도문(図文)도 중요한 사료가치가 있다.

높은 조각예술을 구비하고 있음을 말해준다. 서한에 이르러서는 거대 조각도 나타났는데, 예를 들면 섬서성 흥평(兴平) 무릉서남(茂陵西南)의 곽거병(霍去病)의 묘지 앞에 잇는 와마(臥馬)·약마(躍馬)·복호(伏虎)·와우(臥牛) 등의 석각들이 그것인데, 아들은 소박하고 웅건하며 중후하고 힘이 있으며 이미지가 생동적이고 예술성이 뛰어나다. 불교가 중국에 전해진 뒤 중국 조각예술은 거대한 충격과 자극을 받았으며 그로부터 중국 조각예술의 보고가 극히 풍부해지게 되었다.

중국의 불교 조각예술은 대체로 인도의 불교 조각을 흡수하던 데서 중국 전통 조각예술과 결합되면서 중국화 되는 과정을 거쳤다. 이는 돈황(敦煌), 운강(云冈), 용문(龙门) 등 이름난 석굴예술에서도 그 예술풍격의 변화를 엿볼 수가 있다.

중국의 불교 조각은 대략 동진시기에 시작되었다. 당시 대규(戴逵) 부자가 바로 이름난 조각가였는데, 그들이 조각한 불상들은 극히 정교하고 아름다웠다. 전해지는 바에 의하면 대규가 일찍이 회계산음(会稽山阴) 영보사(灵宝寺)에서 나무로 무량수불(无量寿佛)과 협시보살(胁侍菩萨)을 조각할 때 기본적인 형상을 완성시킨 다음 은거해 재구상을 하면서 반복적인 수정을 거쳐 3년 후에야 비로소 완성시켰다고 한다. 이는 조각의 예술성을 고도로 중시했던 것이고, 백성들이 친밀감을 느낄 수 있게 해준 것이며, 신앙심을 유발시킨 한 사례이다. 석굴불상의 시작은 부진(苻秦) 건원(建元) 2년(366)으로 사문낙존(沙门乐傅)이 감숙 돈황에서 첫 석굴 조각 불상의 막을 열었다. 나중에 돈황 막고굴에서는 또 다른 갈래의 흙조각 예술이 탄생했다. 흙조각은 색칠이 되어 있어서 컬러조각이라고도 한다. 돈황 막고굴의 컬러조각은 흙과 협저(夹纻)로 상을 만든 후 색을 입히는데, 이는 중국 조각예술에서 가장 특수한 방식의 일종으로 중국 고대 조각가들의 독특한 창조성을 말해주는 것이라고 할 수 있다. 컬러조각의 형식은 다종다양하며, 천부조(浅浮雕)와 고부조(高浮雕) 등이 있는 조각과 회화가 결합된 일종의 특화된 예술이다. 막고굴의 컬러조각은 매우 정교하고도 장려해서 동서고금을 아울러 걸작으로 평가 받고 있다. 흙과 나무의 조각예술은 쇠나 돌 조각보다 더욱 쉽게 조각가의 천재성과 묘기를 보여줄 수 있다. 그러기에 당·송이래 각지의 사원들에서는 흙과 나무의 조각들이 점차 동굴 석각 조각들로 대체하기 시작했고, 이 역시 중국 불교 조각예술의 커다란 변화라고 할 수 있다.

조기의 불교 조형물은 대부분 인도의 불교예술을 모델로 하면서 직접 인도에서 들여온 불교 그림들을 모방한 것이었기에 인도풍이 농후했다. 예를 들면 대동의 운강석굴 서쪽 담요5동(曇曜五洞)의 불상은 웅장하고 장엄하고 높이 우뚝 치솟아 있다. 그 풍격은 인도 간다라(犍陀罗) 예술이나 굽타(笈多) 예술과 매우 흡사하다. 중부 6미인동의 무희 6미인은 인도 고대미인의 얼굴상으로 미인들은 미소를 지으며 장막에 무릎 꿇고 있는데, 이목이 아름답고 풍만해서 간다라 식 현태를 잘 드러내고 있다. 중부의 조정(藻井) 위에 있는 비천(飞天)에는 포동포동한 아이가 있는데 인도의 굽타 조각과 흡사하다. 서부 쪽의 동굴들은 북위 말기 조각들로 비천은 가늘고 길며 옷들이 바람에 나부끼는 것이 특색이고, 중부 쪽 비천의 이미지와는 전혀 다른데 이는 중국화의 풍격을 구현하고 있다고 하겠다. 북위가 대동에서 낙양으로 천도하면서 용문석굴이 잇달아 개발되어 당고종·무측천후에 이르러 피크를 이루었다. 용문석굴 조각상은 구간부가 길고, 피부가 풍만하며, 비례가 균등하고, 얼굴모습이 아름답고, 내리깐 눈으로 웃음 짓는 모습이 온아하고 돈후해서 인정미가 넘쳐흐른다. 봉선사(奉先寺)의 대불은 그중 가장 전형적인 형태로써 당나라 시기 조각의 정점을 찍었다. 용문석굴 조각과 조기 운강석굴 조각을 비교하면 중국 전통의 우수한 민족기법과 민족풍격이 확연히 드러나 있다.

중국과 인도의 불교 조각예술의 차이는 주로 조각의 형식에서 찾아볼 수 있는데, 특히 얼굴상, 무늬, 복색 등 면에서 잘 나타난다. 이런 형식상의 차이는 또 시대의 변천에 따라 서로 다른 특징을 보여준다. 상임협(常任俠)은 『불교와 중국 조각(佛教与中国雕刻)』이라는 책에서 이렇게 지적했다. "인도는 열대나라로서 불상의 옷차림이 엷고, 흔히 어깨와 가슴을 드러내고 있다"고 했다. 예를 들면 운강 제17석굴에서 제20석굴까지의 본존불들은 옷가지가 왼쪽 어깨에서 비스듬히 걸쳐서 흘러내려 오른쪽 겨드랑이에 이르고 있으며, 옷깃은 오른쪽 어깨에 걸쳐져 있고, 오른쪽 가슴과 오른팔이 모두 맨살을 드러내고 있다. 옷섶은 평행하고 융기되는 거친 쌍라인이다. 이는 '오른팔을 드러내는 식'이다. 운강 제8호굴과 제20호굴의 좌우 협시(夾侍)는 '통어깨식'으로 넓은 소매에 얇은 긴소매가 몸을 감싸면서 신체의 기복에 따라 흘러내리다가 목깃 쪽은 수건으로 둘러 앞가슴에서 어깨 쪽으로 걸쳐지게 했다.

이 두 가지 옷 양식은 조기 불교 조각에서 매우 성행하던 것으로 대개 인도에서 전해진 양식이다. 후에 점차 중국의 복색 양식으로 변화되었는데 예를 들면 운강 제16굴의 본존은 '면복식(冕服式)'으로 옷섶이 앞에서 맞놓이고 가슴이 드러나며 앞가슴에는 실들로 얼기설기 이어져 있으며, 오른쪽 옷섶은 왼쪽 팔꿈치 께를 덮고 있다. 옷들은 비교적 두껍고 무거우며 옷섶 거리가 비교적 넓고 계단식으로 되었다. 이는 인도양식이 중국양식으로 과도하는 과정을 보여준다. 당나라 이후 불상은 더욱 중국화 되었다. 조각가들은 미와 건강의 조형을 선점하여 조각상에 미적인 감과 파워를 실어주었다. 예를 들면 6조면상(六朝面相)들은 대부분 풍만하고 후기에는 비교적 야위었으며 당나라 시기에는 또 풍만함을 고취했다. 옷과 장식들은 북조시기보다 복잡하고 화려했으며 따스한 촉감을 주었다. 사실상 당나라의 불교 조각상들은 중국문화 전통정신의 지배하에 박래된 불상양식을 통일화시켜 중국화의 형식으로 구현했던 것이다.

불교조각이 중국 전통조각에 대한 영향은, 내용면에서 인간과 동물을 주제로 표현하던 것으로부터 부처와 보살의 종교 신앙 숭배에 더 집중했고, 기교 상에서는 간단하고 소박하던 것으로부터 정교하고 원숙한 데로 발전했으며, 풍격 상에서는 웅위하고 매끈하던 것으로부터 장엄하고 화려하게 변화되었다. 불교조각은 비록 신비한 내용을 가져다주었지만, 예술 각도에서 보면 중국 조각예술의 발전을 크게 촉진해 주었다고 할 수 있는 것이다.

제3절
불교 회화

불교 회화는 불교에서 신앙심을 더욱 불러일으키고 홍보의 영향력을 확대할 수 있는 일종의 중요한 도구이다. 불화(佛画)는 불교의 교의를 형상적으로 전파할 수 있으며, 불교 신도들의 부처에 대한 경모의 마음을 더욱 깊이할 수 있게 하며, 사찰의 전당을 장엄하게 장식하는 등의 작용을 하게 한다. 불교학자들은 흔히 불화를 불도(佛道)를 선양하는 최고의 방편으로 생각한다. 대승불교 경전은 특히 회화불상의 공덕을 강조하고 있다. 예를 들면 『현겁경·사사품(贤劫经·四事品)』에서는 이렇게 말했다. "연꽃 위에 앉은 부처상을 그릴 때 모화(摸画)를 벽(壁)·증(缯)·전(甎)·포(布) 위에 그리면서, 자세를 단정하게 하여 그로부터 중생이 즐겨 복을 얻을 수 있다는 믿음을 주어야 한다"고 했다. 『현우경·아수가시토품(贤愚经·阿输迦施土品)』에서는 보다 더 구체적으로 밝히고 있다. "석가여래께서는 과거에 세상에서 사람을 청해 8만4천 장의 여래상을 그리게 하여 각 나라에 보내 뭇사람들이 봉양토록 했다. 이러한 공덕에 의해 태어난 후에는 형상이 단정하고 매우 묘했는데, 그 형상이 32상(相) 80종이나 되었다. 나악 그들 스스로가 모두 성불하였고, 열반 후에는 8만 4천개 탑의 인과응보를 담당했다" 불경을 선전하는 회화의 불상이 성불할 수 있다는 것은 분명한 인정과 직접적인 격려로서 불교 회화예술은 거대한 추진력을 갖고 있었음을 대변해 주었던 것이다.

불교의 화상(畫像)이 중국에 들어오기 전, 중국 회화는 이미 독립적인 발전을 해왔다. 예를 들면 한나라 시기의 회화는 이미 소박하고 고풍스런 풍격을 형성허고 있었다. 불교 회화예술이 중국에 들어온 후 위진남북조 시기 중국의 화가들은 불교 회화의 기술을 섭취해서 회화예술의 발전을 촉진시켰다. 수당시기 남북통일이 이루어지면서 화가들은 민족전통을 융합시켜 불교 회화창작이 전성기에 이르도록 했다. 그러다가 송나라 이후 점차 불교가 쇠락하면서 불교회화 역시 쇠퇴하게 되었다.

역사문헌에 의하면 불교가 유입되던 초기에 불화 역시 인도로부터 들어왔다고 밝히고 있다. 불화의 영향으로 한명제(漢明帝)는 일찍부터 사람들에게 명하여 불화를 그리도록 했다. "명제는 화공에게 불상을 그리라고 명해서는 청량대(清凉台) 및 현절능(显节陵) 위에다 걸어두었다." (『위서·석로지(魏书·释老志)』) 이것이 대개 중국 화가들이 스스로 불화를 그리기 시작한 기원일 것으로 보고 있다. 한나라 시기 불교회화에 능한 화가들은 많지 않았으나 위진남북조시기에 이르러서는 불교화를 그리는 명화가들이 다투어 나타났다. 6조시대의 불화는 회화의 중심이 되었고, 회화를 그리는 사람들은 저마다 불화를 그렸다. 가장 이른 사람으로는 동오(东吴)의 화가 조불흥(曹不兴)으로 그는 중국에 와서 전도하는 강증회(康僧会)가 가지고 온 불교화본을 모사했는데, 화상의 신체비율이 매우 균등했다. 서진시기 저명한 화가로는 장묵(张墨和)과 위협(卫协)이 있었다. 위협은 일찍이 7불화를 그렸는데 인물들이 어찌나 생동적인지 '화성(畫聖)'으로 불렸다. 한나라의 회화는 비교적 간략했고 위협의 회화는 세밀한 쪽으로 발전했는데, 그의 회화수법은 한 시대를 풍미했다. 동진시기 대화가 고개지(顾恺之) 역시 불화에 남다른 재능을 보인 화가였다. 그의 화상은 눈에 초점을 맞추었는데 그는 "신을 전달하는 사작은 아도(阿堵, 이것은 눈동자를 가리킴 - 역자 주)에 있다" 라고 하면서 "이형사신(以形写神, 형태로써 정신을 묘사하는 것 - 역자 주)"론을 펼쳤다. 전하는 바에 의하면 고개지는 건강(建康, 즉 남경)의 와관사(瓦棺寺) 벽화인 유마힐거사도(維摩诘居士图)를 그렸는데, 장안의 화제가 되었다고 한다. 남조(南朝)의 송(宋)시기 육탐미(陆探微)는 고개지의 화법을 배워 섬세한 필법으로 멈추지 않고 그리기로 이름났다. 남조양(南朝梁) 시기 장승요(张僧繇)는 불화에 능해 중국과 인도의 벽화 풍격을 전승해서 깊고 옅게 칠하는 수법으로 명암과 음영을 두드러지게 나타냈으며, 변화가 많고 필묵이 간결해서 '장가양(张家样, 장 씨의 풍 - 역자 주)'으로 불렸다. 북제(北齐) 조중달(曹仲达)은 중앙아시아에서 왔는데, 그의 불교회화 화법은 의상이 몸에 꼭 끼고 인도 굽타예술 양식을 본떴으며 독특한 풍격을 이룸으로써 "조가양(曹家样, 조 씨의 풍 - 역자 주)"이라 불렸다.

당나라의 불화 특히 벽화의 발전은 전무후무한 전성기를 이루었다고 할 수 있다. 당시 벽화는 거의가 명가의 손을 거친 것으로, 예를 들면, 오도자(吴道子)는 많은 화가들의 기법을 집대성한 고대 불화의 일인자로서 '화성(畫聖)'이라 불렸다. 그는 일찍이 장안(长安)과 낙양사(洛阳寺)에서 불교 벽화 300여 점을 그렸는데, 필법이 깨끗하고 세련되었으며, 힘 있고 기세가 웅장했으며 생동적이고 입체감이 넘쳤다. 난초 잎이나 순채(莼菜)를 그리는 필법으로 옷섶을 그려 나부끼는듯한 감을 주었기에 사람들은 "오대당풍(吴带当风)"이라 불렀다. 또 초묵(焦墨)으로 선을 구사하고 약간의 담담한 색채를 첨가했는데, 이를 '오장(吴装)'이라 불렀다. 후세사람들은 그와 장승요의 화법을 통틀어 '소체(疏体)'라 이름 지어, 고개지와 육탐미의 힘 있고 이어지는 '밀체(密体)'와 구분했다. 오도자의 화

풍은 훗날 인물화에 커다란 영향을 미쳤다. 당나라 중기 이후 불교 선종이 성행하면서 선종은 직접 인심을 지향하고 돈오를 제창하면서 형식을 경멸하고 불상을 중시하지 않게 되면서 불화 역시 점차 쇠락하고 말았다. 선종의 초연한 흉금과 활달한 인생철학은 또 쉽게 자연스럽고 탁 트이는 산수화와 일체가 되어갔다. 당나라의 대시인이며 대화가인 왕유(王维)는 탐어선열(耽于禅悦, 선의 회열을 탐닉하다), 성희산수(性喜山水, 스스로 산수를 즐겨야 한다)라고 했다. 그의 짙고 옅은 묵색의 산수화는 시적 의미가 넘쳤기에 후세사람들은 "그림 속에 시가 있다"라고 했다. 그는 중국 전통 산수화의 풍격을 변화시키고 초연하고 초탈하며 높고 멀리 바라보는 담백한 화풍을 개척했는데, 이후 중국화의 발전에 커다란 영향을 주었다. 당나라 불화의 내용은 과거에 비해 더욱 풍부했고, 색조 또한 비교적 현란했으며, 표현하는 경지 역시 더욱 넓었으며, 중국 회화사에서 중요한 위치를 차지했다. 그 후 불화는 더욱 많이 중국의 전통기법과 융합되면서 점차 인도풍격과 다르게 되었으며, 화가들의 흥취 역시 불화를 떠나 산수화로 전향되어 갔으며, 이렇게 해서 점차 불교내용을 벗어나면서 미를 추구하는 순수 예술로 전환되어 갔던 것이다.

종합적으로 보면, 중국의 불교회화는 대체적으로 조각상과 그림이라는 두개의 부류로 나눌 수가 있다. 불상은 주로 부처상·보살상·명왕상(부처·보살이 분노한 상 - 역자 주)·나한상·귀신상(천룡팔부[天龙八部]의 상)과 고승상 등이 있다. 그림은 불전도(佛傳圖, 중생을 교화시키는 석가모니의 일생을 회화화한 여러 사적[史蹟]), 본생도(本生圖, 석가모니가 과거에 보살일 때 중생을 교화한 많은 일들을 회화화한 것 - 역자 주), 경변도(经变图, 어느 한 불경의 전부 또는 부분적 내용을 회화화한 것 - 역자 주), 고사도와 수륙도(水陸圖, 수륙법회 전당에 걸어놓는 종교도 - 역자 주) 등이다. 그 중 특히 중시해야 할 것은 경변도와 수륙도의 내용이다. 경변은 중국 불교예술의 한 창조 장르로 이는 회화예술의 기교와 양식의 발전을 촉진시켰고, 불전과 불교 본래의 이야기 범위에서 벗어나 더욱 폭넓게 현실생활을 반영하고 새로운 이미지의 세계를 창조했다. 예를 들면 저명한 '유마힐변(維摩诘变)'은 『유마힐소설경(維摩诘所说经)』에 근거를 두고 그려진 그림으로 유마힐거사와 문수사리(文殊师利) 등이 변론하는 생동적인 장면을 통해 유마힐거사의 항변할 수 없는 변재(辩才)를 표현하고 있다. 고개지가 그린 유마힐거사상은 청담한 위진(魏晋) 현학(玄学)의 영향을 받아 박식하고 말재주가 좋은 전형적 인물의 형상을 표현하고 있다. 또 예를 들어 당나라에서 유행되던 정토종(净土宗)에 상응하는 정토의 변상적인 면을 사원의 벽화에 구현시켰다. 정토변상에서 화가들은 서방의 극락세계를 묘사할 때 매우 장려(壮丽)하게 해주고 있다. 칠보누대(七宝楼台)·연지수조(莲池树鸟)·향화기락(香花伎乐) 등은 웅장하고 화려하며, 수려하고 장엄한 경상들을 보여주어 불교의 가혹한 계율·고행금욕(苦行禁欲)과 현저한 차이를 보이고 있으며, 당나라의 궁정생활과 인민들이 염원하는 것과의 사이에 있는 왜곡된 상황의 반영이라고 할 수 있다. 불교가 중국에 들어온 후 무릇 유가의 윤리 관념과 부합되는 이야기·회화 등은 모두 광범위하게 전해졌다. 예를 들면 "섬자본생(睒子本生)"의 이야기가 그러했다. 가이(迦夷)의 국왕은 산속에 들어가 수렵을 하다가 산에서 수행하던 섬자를 쏘아버렸다. 섬자는 임종 시에도 여전히 두 눈이 먼 부모님들을 봉양할 사람이 없음을 못내 안타까워했다. 그러다가 천신의 약으로 구조되어 부활하게 된다. 효도를 선양하는 이 이야기는 남북조시기 널리 유행된 불화 제재의 하나로, 전통적인 효자이야기와 뒤섞여 『효자전(孝子传)』 등의 책에 수록되곤 했다. 수륙도는 흔히 상당(上堂)과 하당(下堂)으로 나뉘는데, 상당에는 부처상·보살상 등이 있고, 하당에는 제천상·제신상·유사신선상·성황토지상 등이 있으며, 불도화의 집대성을 이루었다. 하당의 제천과 제신상은 대부분 도교화가 섞여 들어와 불교와 도교가 혼성일체를 이룬 예술이 되었다. 중국의 불교회화에서 중국 불교사상의 전변적인 궤적을 살펴볼 수 있는 회화이다. 불교 회화는 중국 회화사에서 현저하고도 중요한 위치를 점하고 있다. 불교 회화는 형상 면에서 많은 전범적(典範的)인 작품을 창조했을 뿐만 아니라, 새로운 독특한 형식을 개척하기도 하면서 회화의 소재를 풍부히 해주었다. 이런 소재들의 내용은 의심할 것 없이 종교적인 것으로, 일반백성들에게는 소극적인 영향과 작용을 끼쳤는데, 그렇지만 마땅히 지적해야 할 것은 불교 회화의 종교내용에도 특정된 적극적인 사상이 있다는 것이며, 이것이 바로 예술가들이 풍부한 상상력으로 불화를 통해 생활 속의 즐거움과 어려움, 정감과 희망을 표현하고, 사람들의 견강(堅剛)하고 침착하며 인내하고 희생하는 고귀한 품격을 표현해주었다. 예를 들면 '유마힐변'은 열렬한 변론을 통해 '진리'를 추구하는 정신을 보여주고 있으며, '강마변(降魔変)'은 견정한 파워로 어려움을 극복하고 사악함을 이겨내는 신념을 보여주었던 것이다.

제4절
불교 음악

　음악은 조직적인 악음(樂音)을 통해 형성된 예술형상으로 사람들의 사상정감을 표현하며 매우 강한 예술적 감화력을 가지게 하는 장르이다. 중국 고대의 유가는 음악을 매우 중시해서『악경(乐经)』을 6경의 하나로 신봉했다.『효경(孝经)』은 이렇게 말했다. "풍속을 바꾸는데, 음악만한 것이 없다(移风易俗, 莫善于乐)"『예기·악기(礼记·乐记)』와 순자(荀子)의『악론(乐论)』에서도 음악이 마음을 후련하고 상쾌하게 해주며, 심령을 정화시키고, 사람들을 교화시키며, 민심을 개선케 하는 작용이 있다고 강조했다. 진한(秦漢) 통치자들은 음악궁을 설치해서 '악부(乐府)'라 불렀으며, 한무제 시기의 악부는 조정의 연회나 집회 등에 사용되는 음악들을 관할하면서 민간의 시가와 악곡도 채집했다. 중국에서는 불교가 들어오기 전 궁정음악과 민간음악이 광범위하게 유행되고 있었다. 불교가 중국에 들어온 후 8계(戒) 중 하나에 "가무를 보거나 듣는 것을 금한다"는 구속은 있었지만, 중국 백성들의 문화생활과 예술 신상의 요구에 따르고, 불교를 선전하고 보시(布施. 화연[化缘])와 의연(義捐)하는 필요에 맞춰 불교 음악을 매우 중시하게 되었다. 중국의 불교 음악가들은 오랜 시간의 탐색과 실천을 거쳐 점차 역사가 유구한 궁정음악·종교음악·민간음악을 아우르면서 "원(远)·허(虚)·담(淡)·정(静)"을 특징으로 하는 불교 음악을 형성시키면서 민족음악의 한 부분으로 자리매김하게 했다.

불교 음악은 불교와 더불어 인도에서 서역을 거쳐 중국 내지로 들어왔다. 이렇게 전해진 불교 음악과 중원 지구의 언어 및 음악전통이 서로 적응하지 못했기에 한어(汉语)로 번역 또는 창작한 가사를 배합시킬 수가 없었다. 이러한 모순을 해결하기 위해 승려들은 민간악곡 또는 궁정악곡을 채납해 박래된 불교 음악을 개편 또는 직접 새로운 불교 음악을 창조하는 방식을 취해, 점차 중국의 불교 음악을 형성시켜 나갔다. 나중에 일부 노래에 능한 승려들은 박래되는 불교 음악을 끊임없이 흡수했는데, 이것이 특히 중요했고, 다른 한 방면으로 불교의 낡은 곡조에만 매달리지 않고 새롭게 혁신하면서 부단히 새로운 불교 음악을 보충해나갔다. 그리하여 중국의 불교 음악은 비약적인 발전을 가져오게 되었던 것이다.

앞에서 이미 제기했듯이 범패(梵呗)는 인도 곡조를 모방해 새롭게 한어로 부른 노래이다. 이와 같은 찬미조의 노래는 아름답고 우아한 음률이 있고 선율성이 강했다. 기로에 의하면 남조(南朝) 제(齐)나라 경능문선왕(竟陵文宣王) 소자량(萧子良)은 "명승들을 불러 모아 불법을 강의하게 하고, 불교음악을 새로 만들었다"(『남제서(南齐书)』 권40 「경능문선왕자량전(竟陵文宣王子良传)」)고 했다. 소위 "경패신성(经呗新声)"이라 함은 바로 불교 음악을 말한다. 양무제 소연(萧衍)은 독실한 불교도이며 불교 음악가이기도 했다. 그는 『선재(善哉)』・『신왕(神王)』・『멸과악(灭过恶)』・『단고륜(断苦轮)』 등 10편의 가사를 썼고, "이름은 정악이고, 모두가 불법을 설했다"[200]라고 했다. 이렇게 불법을 선양하는 가사들은 불교음악에 배합되어 불려졌다. 북조 역시 불교 음악이 유행되었는데, 예를 들면, 북위 불교 는 매우 성행했고, 불교 사찰 역시 매우 많아 "불교음악이 집집마다 울 려퍼졌다(梵唱屠音,连檐接响)"(『위서·석로지(魏书·释老志)』)고 했다. '도음 (屠音)'이란 즉 '부도(浮圖, 불교)'의 음이라는 것으로 바로 불교 음악을 말 하는 것이었다. 사원에서는 늘 불교음악을 연주했는데 이는 남북조시기 불교의 보편적인 현상이었다.

수나라 궁정에는 '7부악(7部樂)'과 '9부악(部樂)'을 설치해두었다. 7부 악이란 국기(国伎), 청상(清商)·고려(高丽)·천죽(天竺)·안국(安国)·구자(龟 兹)·문강(文康)의 음악을 가리킨다. 후에 청상은 청악으로 고쳤고 소륵 (疏勒)과 강국(康国) 2부를 더해 9부악이라 불렀다. 7부악과 9부악에는 소 수민족 음악도 들어가 있고 외래음악도 있다. 천축음악에 있는 무곡(舞 曲)『전곡(天曲)』이 바로 불교음악이다. 이는 불교 음악이 이미 사회에서 유행되었고, 궁정연회의 음악으로도 채용되었음을 말한다. 9부악은 후 에 당나라에 와서 고창악(高昌乐)이 증가되면서 '10부악'으로 되었다. 수 나라 시기에는 또 '법곡(法曲)'이 나타났다. 법곡은 '법악(法樂)'에서 발전 된 것이다. 불교 법회의 음악이라고 해서 '법악'이라고 불렀던 것이다. 법악은 본래 서역의 각 민족음악이 중원지역에 유입되면서 한족들의 청 상악과 결합되어 나온 산물이다. 이런 청상악을 위주로 불교 음악의 요 소들을 흡수한 법악은 후에 수나라 법곡으로 발전되었다. 악기에는 요 (铙)·발(钹)·종(钟)·경(磬)·당소(幢箫)·비파(琵琶) 등이 있었고 연주할 때

---

200) "名為正樂, 皆述仏法"(『수서·음악지상(隋書·音楽志上)』)

에는 금석사죽(金石丝竹)이 선후로 참여해 합주를 진행했다. 당나라 시기 법곡에는 또 도교 곡들이 섞이면서 전성기로 발전했다. 당현종은 법곡을 사랑한 나머지 이원제자(梨园弟子)들에게 공부하게 하고 널리 부르라고 명을 내렸다.

당나라 시기 불교가 전례 없이 성행하면서 불교 음악 역시 날로 번영해서 중국화를 완성해갔다. 도시에서 일부 이름난 대사원 즉 종교 활동의 중심들은 백성들이 오락활동을 하는 유흥장소가 되었다. 당나라 시기의 '극장'은 바로 대부분 사원에 집중되어 있었기 대문이었다. 승려들은 경상적으로 속강(俗讲)활동을 벌였고, 노래는 글로 번졌으며, 그 외에도 가무나 극놀이도 했고, 곡예와 마술도 했다. 많은 예승(艺僧)들 가운데는 적잖은 고수들이 나타났는데 그중 당덕종 시기 단본선(段本善)이 바로 가장 특출한 사람이었다. 전하는 바에 의하면, 덕종정원(德宗贞元) 연간에 장안에서는 성대한 공연을 벌렸는데, 장안의 '궁중 제1고수'라고 불리는 저명한 비파연주가 강곤륜(康昆仑)이 동시(东市)의 채루(彩楼)에서 연주했는데 대단한 성공을 거두었다고 했다. 이때 예쁘게 차려입은 여자가 서시(西市) 채루(彩楼)에 나타나 곤륜이 연주한『우조녹요(羽调绿腰)』보다 더 어려운『풍향조(风香调)』를 연주했다. 그 연주가 어찌나 격앙되고 찬란했던지 곤륜이 놀라서 승복했으며 스승으로 모셨다고 한다. 이 여자가 바로 여기(女伎)로 분장한 중 단본선이었다. 이는 당나라 시기 사원에서 연악(燕樂)기예의 수양과 비파연주 예술이 이미 절묘한 경지에 이르렀음을 말해준다. 시인 원진(元稹)은『비파가(琵琶歌)』에서 단본선의 제자 이관아(李管儿)를 극찬해마지 않으면서 이렇게 말했다. "관아는『육요(六么)』를 연주했는데 소리가 참으로 그윽했다. 원숭이는 눈 속에서 소리를 내며 삼협을 오가고, 학은 맑은 하늘에서 9번을 울었다." 이로부터 단본선의 예술 수양과 풍격이 어느 정도였는지를 미루어 짐작할 수 있을 것이다. 또 당장경(唐长庆) 연간 속강을 하던 승려 문서(文叙)는 악곡을 이용해 문장을 변화시키는데 능했는데, 소리가 우아해 사람들 감동시켰다.[201] 문서가 공연한 설창음악곡조(说唱音乐曲调)는 당시 작곡하는 예인들이 공부하는 전범이 되었다.

당나라의 불교 예술들은 민간음악을 흡수하고 활용해서 불교를 선전하고 불교를 위해 복무하는데 매우 능했다. 당정원(唐贞元) 연간 정토종의 명승 소강(少康)은 "상술한 『게(偈)』『찬(赞)』은 정위(郑卫)의 소리로 변체(變體) 된 것이었다. 슬픔도 즐거움도 아니고, 원망도 노여움도 아니며, 그 가운데를 취했다. 마치 선량한 의사가 먹기 어려운 약에 꿀물을 발라 아이들도 잘 먹도록 하는 것과 같다."(『송고승전(宋高僧传)』 권25 『소강전(少康传)』)고 했다. 이는 중국 불교음악이 주로 민간에서 채집되어 발전되었음을 말해준다.

북송 이후 수집정리하고 전파시키는 민간음악 사업은 궁정 예인으로부터 민간 예인들에게로 넘어왔다. 민간 예인들은 자기들의 단체를 만들었고, 고정적인 공연장소를 가지고 있었으며, 이를 '와자(瓦子)' 혹은 '와사(瓦肆)'라고 불렀다. 이로부터 불교사원의 극장은 점차 와자들한테 넘어갔다. 그러나 일부 대사원에는 여전히 무대가 있었고, 묘회(廟會)라도 열리면 여전히 음악활동이 펼쳐졌다. 불교음악은 여전히 민간악곡과 박래악곡들을 흡수해서 자신을 충실히 하고 있었다.

---

201) "聚衆譚說, 假托經論所言, …愚夫冶婦, 樂聞其說听者塡咽, …教坊效其聲調, 以爲歌曲"(당·조 린(趙璘), 『인화록(因話彔)』 권4)

원나라 시기 성행했던 남북곡은 그 후 불교에서 채용했다.[202] 명나라 영락(永乐) 15년부터 18년(1417-1420)까지 승려들이 엮은『제불세존여래 보살존자명칭가곡(诸佛世尊如来菩萨尊者名称歌曲)』50권은 바로 중국 내지의 고전 음악과 유행곡 300여 수를 채집한 결과였다. 명왕조의 선도 하에 경성의 일부 사원들도 관악을 두게 되었는데, 예를 들면, 지화사(智化寺) 의 관악은 단순곡만 100여 개에 달했다. 흔히 사용한 악기들로는 관(管) 두 개, 생(笙) 두 개, 적(笛) 두 개, 운라(云锣) 두 개 등이었고, 거기에 상 고(上鼓)·당자(铛子)·요(铙)·발(钹)·섬자(铦子)·소발(小钹) 등 타악기들이 동원되었다. 1446년 사원이 건축되고 나서부터 지화사의 음악은 매우 엄격하게 사도(師徒)가 전하는 방식으로 보존되어 왔으며, 오늘날까지 28대에 이른다. 이 사원에서 연주하는 음악에는 비참한 종교색채도 있 고, 우아한 궁정정취도 있으며, 농후하고도 질박한 민간음악의 운율도 있다. 최근 베이징에서 불교음악단이 설립되었는데, 불교 음악의 발굴·정리 사업이 진행되면서 회복되고 있으며, 유럽에 소개되어 좋은 호평 을 이끌어냈다.

불교 음악은 일부 사람들이 불교를 신앙하는데 있어 감화시키고 신앙 심을 유발시키는 작용을 하고 있다. 고대 백성들의 문화생활이 무미건 조할 때, 불교 사원에서는 사원의 프로그램에 따른 활동, 묘회(廟會), 무 대공연 등으로 예술 감상과 예술 활동의 기회를 제공해주었고, 불교 음 악은 사람들의 문화생활에 적극적인 작용을 일으켜 주었다. 이와 연관 해서 보면 불교 사원은 일종의 민간음악의 집중지이자 보존자였으며,

---

202) 남북곡(南北曲) : 남방과 북방의 희곡(戱曲)과 산곡(散曲)에 사용하는 각종 곡조의 합칭.

전수자이자 예술의 질을 제고시킨 주연이라 할 수 있으며, 불교음악은 민간음악의 보존과 발전에 있어 유익한 작용을 했다고 할 수 있다.

불교예술은 불교의 홍보를 위해 복무했으나, 예술이 종교의 노예였던 것은 아니었다. 무수히 많은 무영 예술가들은 예술형상을 그려나가고 주조하는 과정에서 자신의 생활에 대한 인식과 태도와 감정을 부여했으며, 인간의 심미적 이상을 체현케 하고, 신권의 금지 하에 있는 인간의 주체의식의 몽롱함에서 각성할 수 있도록 깨우치을 주면서 인간세상의 광명을 구현하고, 사람들에게 신선하고 활발하며 비약적인 미감을 보여주었다. 긍정적인 것은 중국 불교예술 역시 고대 예술가들의 지혜의 빛이라는 점이다. 심산밀림 속 또는 번화가의 사탑, 불상, 벽화 이 모든 찬란한 예술보고들은 중화민족의 고고함과 자랑인 것이다.

제6장

불교와 중국의 민속

제6장
불교와 중국의 민속

　불교는 양한(兩漢)시기 중국에 유입되었고, 2천 년래 그 맥을 이어오면서 윤리, 철학, 문학, 예술 등 각 방면에 깊은 영향을 미치고 있으며, 각종 민간풍속 역시 정도는 다르지만 그 영향을 받아왔다. 아울러 중국고유의 민속 역시 불교에 영향을 주었다. 민속의 범위는 매우 넓고 종류도 다양해 생산교역, 의식주행(衣食住行), 관혼상제, 세시풍속, 오락유희, 무속신앙 등을 포함한다. 중국은 지역이 넓고 다양한 민족들이 살고 있으므로 각 지방·각 민족은 독특한 풍속습관이 있으며, 그 풍습도 각양각색이다. 불교가 전해져온 과정 역시 불교신앙이 민속으로 형성되는 과정이었으며, 이는 중국 민속에 적지 않은 외래적 요소, 미신적 요소를 더해주었다. 불교는 인과응보, 윤회설, 불국정토, 아귀지옥 등을 선양하기에, 그로부터 음사(陰司, 저세상), 염왕(閻王), 판귀(鬼判, 귀신 형상의 판관), 초도(超度, 죽은 이의 영혼을 제도[濟度]하는 것), 배불(拜佛), 타귀(打鬼), 봉양(供献), 소향(燒香), 환원(还愿, 신불에게 발원한 일이 이루어져 감사의 예참을 하는 것), 송경(诵经), 욕불(浴佛) 등의 풍속이 일어났고, 또한 불상을 조각하고, 불탑을 세우며, 사찰을 만들고, 묘회(廟會, 일정한 날에 절 안이나 절 부근에 임시로 설치하던 장)에 참가하며, 복을 내려주고 재액을 없애달라고 기도하는 등 설법이나 활동들이 파생되거나 형성되면서, 중국의 민간풍속은 확대되었고, 매우 큰 신비성을 더해주게 되었다. 물론 이와 동시에 사람들에게 일부 생활을 조정하고 정신적으로 유쾌하고 심리적인 만족감을 얻도록 해주기도 했다. 본 장에서는 이처럼 불교가 민속의 변화와 일부 민속신앙에 가져다준 영향을 서술하고자 한다.

제1절
불교명절과 민간명절

석가모니와 보살을 둘러싼 불교명절은 매우 많고, 중국 민간풍속에 끼친 영향도 방대하다. 이런 명절들로는 주로 납팔절(臘八节), 중원절(中元节), 사그다바축제(萨格达瓦节)와 살수축제(泼水节) 등이 있다.

1) 납팔절에는 납팔죽(臘八粥)을 먹는다

납팔절은 중국에서 구정(설)의 서막이라고 할 수 있는 중요한 전통 명절이다. 고대 사람들은 대개 연말이면 수렵해온 짐승들로 천지·신령과 조상들에게 제를 지내면서 복과 장수를 빌었고, 재앙이 물러가기를 빌었는데, 이를 '납제(臘祭)'라고 했다. 후에 민간에서는 겨울의 말미인 12월을 '납월(臘月, 음력 섣달)'이라고 불렀다. 납월이면 사람들은 여러 신들에게 제사를 지냈는데 사색신(司啬神, 농사 신[后稷]), 곤충신(昆虫神) 등 여덟 신이라 해서 이를 '납팔(臘八)'이라고 지칭했던 것이다. 한나라 이후 제사를 지내는 날자는 점차 납월 초파일로 고정되었다. 불교가 중국에 유입된 이후 남북조시기에 이르러 제법 융숭해졌으며, 불교계 인사들은 납월 제삿날과 불교 시조 석가모니 기념일을 합치게 되었다. 그리하여 납팔절은 중외 합작 명절로 자리매김하게 되었다. 불교에서는 납월 초파일을 석가모니 성도일이라 해서 이날 각 사원들에서는 모두 기념행사를 거행하며 납팔죽으로 부처를 공양했다.

중국 불교전설에 따르면 불교 시조 석가모니는 출가해서 수행할 때 각지를 돌아다니며 고생을 했는데, 어느 날인가 기아와 과로로 길에서 쓰러지게 되었다. 이때 마음씨 착한 목동처녀가 이를 발견하고 얼른 자기한테 있던 잡곡과 갓 딴 과일을 꺼내 샘물을 길어다 죽을 쑤어 석가모니한테 친히 한 모금씩 떠먹여주었다. 석가모니는 그 죽을 먹고 나서 즉시 정신을 차려 원기를 회복하고 부근의 네라강(尼连河)에서 목욕을 했다. 그리고 보리수 아래에서 조용히 명상에 잠겼는데 마침내 납월 초파일 크게 깨닫고 활불이 되었다는 것이다.

나중에 불교 승려들은 이를 기념하기 위해 '납팔'일에 경을 읽으며 기념하기 시작했고, 그 목동처녀를 본떠 죽을 끓여 부처한테 공양했는데, 이 납팔죽을 '불죽(佛粥)'이라고도 불렀다. 승려들이 납팔절에 납팔죽을 먹는 습관이 점차 민간에 전해지면서 민간의 풍습으로 굳어졌다. 납팔 역시 불교의 성도절로부터 종합명절이 되었고, 납팔죽 역시 자연스럽게 명절음식으로 되었다. 중국에서 납팔죽을 먹는 풍속은 송나라 시기부터 시작되었다고 한다. 송나라 맹원로(孟元老)의 『동경몽화녹(东京梦华录)』 권10에 아래와 같은 내용이 기록되어 있다.

"초파일이면 거리에서 승려들이 삼삼오오 떼를 지어 불경을 읽는다. 은·동 등 각종 제기들을 벌려놓고 구리나 나무로 된 불상들을 향수에 적셔서 모셔놓고 버드나무가지로 물을 뿌리며 설법을 시작한다. 여러 큰 절들에서는 욕불회(浴佛會)를 가지고 칠보오미죽(七宝五味粥)을 어린 사미승들을 파견해 돌리는데 이를 '납팔죽'이라고 한다. 도인들은 그날 과일이나 잡곡으로 끓인 죽을 먹는다."

'납팔죽'은 흔히 오곡 잡량에 대추, 살구씨, 호두씨, 밤, 땅콩 등을 넣어 작은 불로 천천히 푹 흐드러지게 끓이는데 독특한 맛이 난다. 민간에서 납팔죽을 먹는 의미는 불교에서 먹는 의미와는 다르다. 민간에서는 오곡이 풍성하고 잡귀나 온역(瘟疫, 돌림병)을 쫓는 의미가 강하다. 이런 세속은 민간에서 널리 유행되었을 뿐만 아니라 황제나 황후, 문무백관들도 이날에는 서로 납팔죽을 권하면서 길상여의(吉祥如意)를 기원했다.

명나라 이후에는 납팔죽에 대한 다른 이야기가 전해지고 있다. 주원장이 어릴 때 집이 가난해 지주네 집으로 가서 소를 방목하게 되었다. 한번은 다리를 건너다가 소와 사람이 함께 물에 빠졌는데 소가 그만 다리가 부러지고 말았다. 이에 지주는 주원장을 집안에 가두고 사흘 밤낮동안 먹을 것을 주지 않았다. 배고픔을 이기지 못한 주원장은 집구석에 쥐구멍이 있는 것을 보자 쥐를 잡아 허기를 달랠 궁리를 하게 되었다. 그래서 손을 들이밀어 쥐구멍을 파기 시작했는데 그것이 쥐의 '창고'인 줄을 몰랐다. 안에는 강냉이, 쌀, 콩, 토란 등이 있었다. 그는 얼른 그것을 파내 모두 쓸어 넣고 죽을 끓였는데 죽 맛이 일품이었다. 주원장은 황제가 된 후 닭, 오리, 물고기, 짐승고기 등 산해진미를 너무 먹어 물리게 되었다. 마침 때는 음력 12월 초파일이었다. 불현듯 어릴 때 먹었던 그 쥐의 먹거리로 끓였던 죽이 생각나자 그는 대뜸 태감(太監, 중국 명나라와 청나라 때, 환관의 우두머리 - 역자 주)을 불러 각종 잡곡들과 콩 따위를 넣고 죽을 끓이라고 했다. 문무백관들도 따라 먹어보았다. 이러한 일은 후에 민간에까지 퍼지게 되었다.

청나라에 이르러서도 납팔죽은 성행하기 시작했다. 청나라 『연경세시기(燕京岁时记)』의 기록에 의하면, 명·청 시기에는 매번 납월 초파일 저녁이면 곤녕궁(坤宁宫)에 100여 근의 쌀을 안칠 수 있는 커다란 가마를 걸고 밤을 새워 죽을 끓였는데 그 향기가 코를 찔렀다고 한다. 또 옹정(雍

正)시기에는 베이징 국자감 동쪽의 저택을 옹화궁(雍和宮)이라고 고치고, 매번 납팔절이면 궁내에 커다란 솥을 걸고 납팔죽을 끓였는데, 라마를 청해 경을 읽게 했고, 나중에는 왕공대신들에게도 나누어 먹게 했다. 민간에서도 이를 따라 온 가족이 모여 죽을 끓였으며, 이웃들에게 나누어 주었다. 오늘날에도 중국 베이징, 강소, 절강 등 연해지구, 안휘성 중부, 산동 동부, 동북, 서북 등 일부 지역에서는 여전히 납팔죽을 먹는 습관을 그대로 이어오고 있다.

납월 초파일에 납팔죽을 먹는 풍속은 비록 종교미신적인 색채를 띠고 있지만, 이 무렵 이 죽을 먹게 되면 사람의 몸에 매우 유익하다. 또 풍년을 기원하는 형식이 추가되었기에 사람들의 흥취와 활력도 높여주었다. 사실상 색상, 향기, 맛 등을 고루 갖춘 납팔죽은 이미 사람들이 일상적으로 즐겨 먹는 풍미 음식으로 자리매김하고 있다.

2) 부처·보살 탄생일의 명절활동

중국의 불교 승려들은 불교의 선전효과를 극대화하기 위해 일부 부처와 보살들에 대해 그 탄신일을 정하고 사찰에서 경상적(經常的)으로 활동을 거행했는데, 이는 인도 불교경전에서는 볼 수 없는 부처나 보살의 탄신일 기념의식인 것이다. 즉 정월 초하루는 미륵부처 탄신일, 2월 열아흐레는 관음보살 탄신일, 2월 스무하루는 보현보살 탄신일, 4월 초사흘은 문수보살 탄신일, 7월 30일은 지장보살 탄신일, 11월 열이레는 아미타불 탄신일 같은 것들이 그것이다. 그 외에 6월 19일은 관음보살 성도일, 9월 19일은 관음보살 출가일 등 같은 기념일도 있다. 사찰들에서 경상적으로 이와 같은 명절이벤트를 조직하기에 관음, 미륵, 아미타불 등 이름과 이미지들은 널리 그리고 깊게 민간에 침투되었으며, 집집마다 알게 되면서 지난 날 중국 민간에서 보편적으로 신앙하던 우상으로 발전했고, 특히 관음보살은 부녀자나 어린애들마저 알게 되어 '선남신녀'로부터 경건한 숭앙을 받게 되었다. 예전에는 매번 음력 2월 19일에 한족·만족지역에서는 성대한 관음 묘회를 거행하면서 제사를 지내는 민간의 신앙축제일로 되었다. 관음보살 도량(道場)이라고 불리는 절강 보타산(普陀山)에서는 매번 명절을 맞으면 인산인해를 이루는데, 인파가 끊이질 않고 다투어 가며 향을 올리고 관음보살에게 절을 하는 사람들이 부지기수다. 해외 불교도들도 불원천리하고 찾아와 배알하기도 한다.

그 외 운남, 귀주의 바이족(白族)들은 관음보살에 대해 특수한 신앙을 가지고 있다. 현지에서 전해지고 있는 관음보살에 대한 이야기를 소개하면 다음과 같다. 관음보살은 고대 대리성(大理城) 서창산(西苍山) 중화봉(中和峰)에서 왔고, 바이족 인민들을 위해 사람을 잡아먹는 나찰(罗刹) 마왕을 굴복시키고는 채색구름을 타고 승천하였다고 한다. 전설에 의하면 대리 삼월가(三月街)는 관음보살이 그해에 나찰과 계약을 맺은 곳이라고 부른다. 따라서 삼월가는 예전에 '제관음가(祭观音街)', '관음가' 또는 '관음시(觀音市)'라고도 불리었다. 바이족들은 심지어 대리 4경(景) 중에 이를 넣었으니, '창산의 눈(苍山雪)', '하관의 바람(下关风)', '이해의 달(洱海月)', '관음보살 신앙'이 그것이었다. 그래서 바이족들은 해마다 음력 2월 19일이면 성대한 집회를 열고 융숭하게 관음 탄신을 기념하며 향을 피우고 예를 올리고 있다. 또 해마다 음력 4월 25일에는 상양계(上阳溪)에서 관음회(觀音會)를 거행하는데, 관음회 역시 현지인들에게는 중대한 민족신앙 명절로 여겨지고 있다.

3) 승자자일(僧自恣日)²⁰³부터 중원절에 이르기까지

해마다 7월 15일의 승자자일(僧自恣日)과 4월 초파일의 불탄일은 불교에서 최대의 두 명절이다. 『우란분경(盂兰盆经)』에 이르기를, 7월 15일 승자자일에는 우란분회를 거행하고, 백 가지 음식으로 사방팔방에서 모여드는 자자승들을 대접하면서 현생 부모와 7세 부모²⁰⁴ 모두 어려움에서 해탈하도록 했다. 남조시기 양무제는 동태사(同泰寺)에 우란분재(盂兰盆斋)를 설치하도록 앞장섰다. 당나라에 이르러 해마다 7월 15일이면 황실에서 각 관사에 분(盆)을 보내 각종 잡물을 봉양하도록 했으며, 민간에서도 일부 사람들은 사찰에 찾아와 헌분(献盆)하고 헌공(献貢)했다. 당시 우란분 공양은 흔히 금은 비취 등으로 장식해서 매우 사치스럽고 화려했다. 장안성 내의 사찰들은 모두 말린 꽃잎, 꽃병, 인조꽃나무 등으로 정성껏 장식했고, 사원 앞에는 공양할 곳을 마련해놓았다. 당대종(唐代宗) 이래에는 궁중에서만 우란분회를 거행했고, 당고조 이하 7성현을 모시고 거대한 폭의 현수막에 황제들의 이름을 새겼으며, 태묘(太庙)에서 도량에 이르는 길가에 백관들이 늘어서서 엎드려 승려들이 경을 읽으며 통과하는 것을 맞이했는데 그 정경이 사뭇 장관이었다.

송나라 때에 이르러 우란분회의 사치스럽고도 장엄함, 그리고 공불

---

203) 승자자일(僧自恣日) : 7월 15일은 〈불설우란분경〉에 보면 승자자일(僧自恣日), 불환희일(仏歡喜日)이 라고 하고 있다. 승자자일(僧自恣日)은 승단의 대중 승려들이 여름 안거 수행을 끝내는 회향하는 날이며, 불환희일(仏歡喜日)이란 부처님께서 환희하는 날이다.

204) 7세 부모 : 지금의 부모, 전생의 부모, 전전생의 부모, 3전생의 부모 ~ 6전생의 부모를 말하는데, 윤회라는 개념 속에서 볼 때, 전생에서도 당연히 부모가 있었을 것이므로, 그런 일곱 부모를 말한다. 따라서 때로는 어느 생의 부모가 다른 생에서도 부모가 될 수도 있는데, 예를 들면 축생으로 태어났 던 적이 있다면 부모가 동물일 수도 있다는 말이다. 부모 없이 태어나는 경우는 화생하는 경우로, 극락에 태어날 때에만 부모 없이 태어난다고 하는 경우이다.

의 의미가 크게 삭감되었다. 대신 망자에 대한 애도가 이것을 대체했는데, 이는 죽은 망자를 구제한다는 의미로 이는 승려에 대한 것이 아니라 죽은 귀신을 향한 것이었다. 도교는 천궁(天宮), 지궁(地宮), 수궁(水宮)을 '삼궁(三宮)'이라고 하고, 그 삼궁을 또 '삼원(三元)'이라고도 했다. 천궁에서는 복을 내려주는데 그 신은 정월 15일 생으로 '상원(上元)'이라 했다. 지궁은 죄를 사하여 주는데 그 신은 7월 15일 생으로 '중원(中元)'이라 했다. 도교 경전에서는 불교 교의를 섭취해서 7월 중원날에 지궁이 하강해 인간 세상의 선악을 단죄한다고 했다. 도사는 밤낮으로 경을 읽어 아귀가 해탈되도록 해주었다. 수궁은 액풀이를 하는데 그 신은 10월 15일 생으로 '하원(下元)'이라고 했다. '삼원'은 훗날 모두 명절로 발전했다.

불교에서도 도교의 중원절 명절을 채용해 7월 15일을 '중원절'이라 하고, 후에는 '귀신절'이라고 불렀다. 중원절은 불교의 우란분회와 통합되어 상원절과 더불어 일 년에 두 번 춘추에 상응하는 대명절이 되었다. 7월 15일 중원절에는 사원에서 우란분회를 만들어 시주들이 돈과 쌀을 의연(義捐)하고 승려들은 경을 읽으며 귀신을 쫓았다. 사원에서는 또 『목련경(目連经)』·『존승주(尊胜咒)』를 인쇄해서 팔았다. 거리에서도 제기, 신발, 모자, 종이옷 등을 팔았다. 사람들은 대나무에 3~5자나 되는 높이에 등롱(燈籠) 모양의 '우란분'을 만들어서는 종이옷과 명전(冥钱, 지전 - 불에 태워 죽은 사람이 사용하게 하는 종이돈 - 역자 주)들을 걸어놓고 그것을 불살라서는 조상에게 제를 지냈다. 아울러 삼, 벼, 수수 등을 같이 묶어 대문과 중당(中堂) 양 옆에 걸어놓아 천지 조상에 대해 경의하는 징표로 삼았다. 어떤 사람들은 과일과 고기 등을 차려가지고 야외에 나가 조상들의 묘에 제사를 지내기도 했다. 사람들은 늘 돈을 모아 무대를 가설해서는 잡극을 보며 놀기도 했다. 민간에서는 종이로 배 모양을 만들어서는 그 종이배 위에 귀신들을 만들어 싣고 그것을 태우기도 했다. 이를 방하등(放河灯) 또는 분법선(焚法船)이라고 불렀다. 후에 민간에서는 또 중원절을 7월 14일로 고쳐버렸다. 전설에 의하면 송나라 말년 중원절을 쇠려고 할 때 원나라 병사들이 갑자기 침입한다고 해서 하루 앞당겨 제사를 지냈기 때문인데, 그 후부터 그것이 습관이 되어 7월 14일로 굳어졌다고 했다. 중원절 풍속은 줄곧 오늘날까지 전해오고 있으며, 지금은 비록 중원절 이벤트 따위는 벌이지 않으나 여전히 조상에게 제를 지내는 등의 습관은 남아 있다.

4) 사그다바축제(萨格达瓦节)와 살수축제(泼水节)

장족(藏族)들은 장족 전통의 불교를 신봉하고 있으며, 불교의 시조 석가모니가 열반하여 성불한 것을 기념하여 해마다 4월 15일이면 사그다바축제(萨格达瓦节)를 거행한다.

4월 한 달 동안 그들은 살생하지 않고 고기를 먹지 않는다. 양력 4월 15일이면 라싸의 장족들은 분분히 쑤유차(酥油茶)[205], 식품, 방석 등을 챙겨가지고 포탈라궁 뒤에 있는 용왕담(龙王潭)에 가서 소가죽으로 만든 배를 타고 오가며 명절을 즐겁게 보낸다. 또 용왕담의 린카리에 텐트를 치고 밤 새워 노래를 부르며 춤을 춘다. 사천 캉딩(康定)의 장족들은 석가모니가 성불한 날을 기리기 위해 4월 초파일이면 포마산(跑马山) 위에 가서 노는데, 이를 '전산절(转山节)'이라고 부른다.

---

205) 쑤유차(酥油茶) : 장족(藏族)과 몽고족(蒙古族)의 애용 음료로 酥油(소·양의 젖에서 얻어낸 유지방)·전차(磗茶)·소금 등을 넣어 만드는 차.

운남 시쌍반나(西双版納) 따이족(傣族)들은 소승불교를 신앙하는데, 그들은 새해맞이를 "살수축제"라고 부른다. 살수는 송구영신의 의미를 담고 있으며 묵은해의 더러움을 씻어버리고 사람들이 평안할 것을 축복해 주며 풍년을 기약하고 즐겁고 행복할 것을 기원하는 의미를 갖는다. 따이족들의 성대한 명절과 소승불교의 전통명절은 서로관련이 있다. 소승불교의 전설에 따르면, 양력 4월 15일은 불교의 시조 석가모니의 탄신일이며, 그의 성도일인 동시에 열반일이기도 하다. 따이족 사람들은 따이족 역법에 따라 양력 4월 중순부터 3일 내지 5일 간 새해맞이 명절을 쇤다. 그때면 따이족 더홍(德宏) 지구의 사람들은 이웃마을들을 다니며 사흘간 살수를 하게 된다. 살수절이면 사람들은 욕의로 갈아입고 젊은이들은 화장까지 하고 채집해온 꽃과 나무잎을 들고 사찰로 향한다. 사찰에서 그들은 나뭇가지와 들꽃으로 꽃탑을 쌓고 사찰 주변에도 흙모래로 보탑을 쌓는데 높이가 3, 4자 가량 되고, 그 위에 색종이를 감은 대나무 가지를 꽂아놓는다. 집집마다 여러 개씩 만드는데 이렇게 하면 가족 내 사망한 사람들을 위해 기도하는 것이 된다고 한다. 그 뒤 사람들은 탑을 둘러싸고 앉아 승려들이 경을 읽는 것을 듣는다. 불교의 "부처가 태어날 때 향기로운 비가 내려 그 몸을 씻었다"는 전설에 의해 점심나절이면 처녀들은 맑고 깨끗한 물에 꽃을 불려서는 나무로 만든 용신에 쏟아 붓는다. 그 물이 용의 입가로 흐르며 부처상에 튕기면 그것을 불세진(佛洗塵, 욕불[浴佛])"이라고 한다. 이때 사람들은 불상을 씻은 물로 두 눈을 씻으며 보호해주시기를 기도한다. 이어 노인들이 손으로 혹은 나뭇가지로 물을 튕겨 서로 먼지를 씻어주고 서로 축복해주게 된다. 젊은이들도 노인들을 따라 살수를 하는데 살수축제는 따이족 사람들에게 즐거움과 생에 대한 격려를 가져다준다.

제2절
윤회 및 성불관념과 민간풍속

　민간에서 가장 큰 영향을 끼친 불교학설로는 인과응보, 윤회설, 수행성불 등의 학설이 있다. 이런 관념들은 사람들에게 커다란 심리적 충격을 주면서 점차 민속신앙으로 발전했다. 영혼은 영원히 존재하며, 부처와 보살을 숭배해야 하며, 귀신의 존재를 믿는 다는 것 등이 바로 그것이다. 이런 것들은 또 부처나 보살에 대한 숭배를 견인하면서 귀신을 두려워하게 하고 죽은 자에 대해 장례의식을 거행하는 것 등으로 나타났다.

1) 사당에 대한 경배

　불교신앙이 가장 특출하고 가장 충분하게 반영된 것은 사당신(祠堂神)에 대한 제사였다. 중국의 많은 지역들에는 도시나 농촌, 산구(山區)와 평원을 불문하고 모두 부처를 모신 절이 있다. 역사적으로 서안, 낙양, 개봉, 대동, 태원, 북경, 남경, 진강, 소주, 항주 등지에는 모두 부처를 모신 사원이 있었고 매우 흥성했다. 양무제 때 수도 건강(建康, 지금의 남경)에만 해도 사찰이 500여 개나 있었고, 편벽한 지방이라고 해도 각종 크고 작은 사원들이 있었으며, 심지어 사찰 건축군(예를 들면 오대산)까지 있었다.

사람들은 향을 피우고 부처한테 절을 하면서 과일 등을 봉양하고 승려들에게 시주하고 사원을 건축했으며, 탑을 세우고 불경을 각인했으며, 소원을 빌었고, 법사를 널리 펴는 등의 방식으로 부처나 보살에 대한 경모의 정을 표현했다.

이로부터 일부 사람들의 신앙에 대한 심리를 조성했고 인생의 이상과 가치 등을 현실생활을 초월한 궤도로 올려놓았다.

2) 장례풍속의 신비화

중국 고대에는 일찍부터 영혼에 대한 관념이 있었다. 즉 인류 자체는 이중 구조로 되어 있어 사람은 죽은 뒤 육체와 영혼이 분리되는데 영혼은 영원히 죽지 않는다는 것이다. 사람이 죽은 후의 영혼을 '귀(鬼)' 또는 '영귀(鬼콧)'라고 불렀다. 영귀에는 두 가지가 있는데 정상적으로 죽었거나 죽은 자에게 후대가 있다면 선영(善콧)이라 했고, 비정상적으로 죽었거나(횡사) 죽은 자에게 후대가 없다면 악영(惡콧)이라 불렀다.

불교는 중국에 유입된 후 이런 영혼설이 인과응보, 윤회설 등과 결부되었고, 사람들은 사람이 죽은 후의 영혼을 믿으면서 생전에 선악에 따라 승천해서 보살이 되거나 다시 사람으로 태어나기도 하고, 소, 양, 돼지, 개 심지어 아귀로 태어나 지옥에 떨어진다고 믿었다.

이런 윤회설 세계관의 지배하에 죽은 자에 대한 사후처리 역시 다양한 방법이 나타나서 장례의 번쇄함을 더해주었으며, 낙후하고 신비한 색채마저 띠게 되었다. 예를 들어 사람이 죽은 날 승려를 모셔서 경을 읽게 했다. 심지어 일부 사람들은 수륙법회(수륙도량 또는 수륙재의라고도 함)를 만들어 모든 수륙생물에 재밥을 주었고, 경을 읽어 참회를 했으며, 49일간 죽은 자의 망령을 위로했다.

송나라 이후에는 전쟁 과정에서 죽은 자들을 위해 대규모의 수륙법회를 거행하기도 했다. 또 송나라 소동파 역시 죽은 아내 왕 씨를 위해 수륙도량을 설치하고 애도의 뜻을 표했다. 이러한 풍속들은 민간에서 넓고도 깊은 영향력을 가지고 있었다.

제3절
불교의 일부제도 및 불사(佛事)와 민간의 습관

불교의 일련의 제도와 중대한 불사활동들은 민간의 습관에 상당한 영향을 주었다. 예를 들면 화장(火葬), 방생(放生), 소식(素食), 차 마시기 등과 같은 사례들이 그것이다.

1) 화장

중국에서 화장하는 습관은 불교에서 기원된 것이 아니라 고대로부터 내려온 일종의 장례방식이었다. 중국의 서북과 서남의 소수민족지역에서는 줄곧 화장하는 습관이 성행해 왔었다. 예를 들면 선진(先秦)시기 "진(秦)나라 서쪽 의거(儀渠)라는 나라의 임금은, 그 친척이 죽자 장작더미 위에 시체를 올려놓고 태웠는데, 이를 등하(登遐)라고 했다. 그리하여 효자라 불렸다."(『묵자·절장하(墨子·节葬下)』) 의거국은 오늘날의 감숙 경양(庆阳) 및 경천(泾川) 일대를 말한다. 당시 의거국 사람들은 시체를 태워 화장했던 것이다. 불교제도의 규정에 따르면 출가한 승려들은 입적 후 반드시 화장을 해야 했다. 일반 승려들은 화장한 후 골회를 단지에 담아 사원 주변에 묻어두고, 일부 고승들은 입적 후 탑(사리탑)을 지어 골회를 안치하였다. 일부 사원에서는 승려들을 화장할 뿐 아니라 일반인들을 대신해 화장해주기도 했고, 심지어는 화장을 해준 대가로 이익을 챙기기도 했다. 불교의 화장습관은 화장법이 민간에 널리 퍼지는 데 많은 영향을 미쳤다. 송, 요, 금, 원시기에 화장하는 일은 매우 보편적이었고, 변강(邊疆)과 중원(中原)지구의 화장은 이미 민간풍속으로 자리매김하고 있었다. 다만 명·청시기 봉건 통치자들의 방해로 점차 쇠락해갔으나 화장하는 일은 종래 맥이 끊이지 않았으며, 특히 불교의 영향으로 말미암아 청해(青海)의 토족(土族), 장족(藏族) 등은 줄곧 화장하는 일을 고취해왔다. 현재의 중국정부도 화장하는 것을 제창하고 있어 화장하는 일은 점차 보편적으로 되어 가고 있다.

2) 방생

불교에서는 "대자대비(大悲为首)"를 부르짖으며 '오계'의 첫 계율을 '불살생'으로 규정하고 있으며, 동시에 '방생'을 제창하고 있다. 불교는 불문 제자들이 자비심으로 늘 방생할 것을 격려하면서 생물을 놓아주는 것은 장수(長壽)를 보답 받을 수 있다고 했다. 위진시기의 사상을 잘 반영하고 있는 『열자(列子)』 중의 「설부편(说符篇)」에는 이렇게 기술되어 있다. "한단(邯郸)에 사는 사람이 정월 초하룻날 산비둘기를 잡아 간자(简子)에게 주니… 간자가 말했다. '정월 초하루에 방생을 해서 은덕을 베푸노라." 이러한 기사를 통해 볼 때, 민간에서 방생하는 습관은 비교적 빨랐던 것으로 보인다. 남조 양(梁)나라 시기 형주(荊州)에는 방생정(放生亭)이 있었다. 수나라 천태종의 창시자 지의(智顗)는 방생을 극력 제창해서 강소·절강 일대의 민풍에 지대한 영향을 끼쳤다. 당시 절강의 천태산(天台山)에는 대규모의 방생지(放生池)가 여러 개 있었다. 후에 당숙종(唐肅宗)은 조서를 내려 전국에 방생지를 설치하도록 했으며, 그렇게 건설된 방생지가 81개나 달했다. 어개(魚介, 물고기와 조개)를 널리 기르고 포획을 금지했다. 안노공(顔魯公)은 방생지 비문을 썼는데, "둥그런 못을 만들고 주변에 소택지를 두어 동식물들이 의지하게 하고, 날짐승들도 보호를 받게 하노라"라고 했다. 송나라 천희(天禧)시기 왕흠약(王欽若)은 항주서호(西湖)를 방생지로 해줄 것을 상주했다. 송나라 천태종의 저명한 학자 지례(知礼)는 불탄일에 방생회를 행하자고 제기했다. 어떤 사찰에서는 방생지를 만들어놓고 사람들이 절에 와서 분향할 때 자기가 기르거나 구매한 물고기며 새들을 방생하도록 하면서 '공덕'을 쌓게 해주었다. 이런 방생 습관은 줄곧 오늘날까지 전해지고 있다.

3) 소식(素食)

중국 고대에는 본래 경사스러운 날이면 술을 마시고 고기를 먹으나, 상복을 입은 기간에는 야채나 과일만 먹는 습관이 있었다. 그러나 그때는 아직 절대로 고기를 먹어서는 안 된다는 설법은 없었다. 인도의 불교 승려들은 탁발을 하므로 음식의 육식과 소식을 선택할 여유가 없었다. 불교가 중국에 유입된 초기 중국의 불교도들은 식품에 대한 엄격한 규정이 없었다. 불교율서 『십송율(十诵律)』에는 이렇게 쓰여 있다. "내가 들으매 세 가지 깨끗한 고기가 있다고 한다. 무엇이 세 가지 인가? 보지 말고, 듣지 말고, 의심하지 않는 것이다." 다시 말해서 자기가 직접 눈으로 보거나 듣거나 의심하지 않은 것은 세 가지 깨끗한 고기라는 것으로 불교도라 해도 먹을 수 있었다. 후에 남조의 경건한 불교신자였던 양무제(梁武帝) 소연(蕭衍)은 불도들이 소식을 할 것을 극력으로 주문했다. 그는 『열반경·사상품(涅槃经·四相品)』 등 대승경문에 근거해 글을 썼는데, 반복적이고 다방면적으로 육식 금지의 필요성과 중요성을 천명했다. 그는 이렇게 강조했다. "중생은 살생을 하지 말지어다. 무릇 중생은 8만 개의 벌레로 되어 있고, 경서에는 80억만 개의 벌레라고 했으므로, 중생의 생명이 끊어지면 바로 8만 벌레의 생명이 끊어지는 것과 같도다."(『광홍명집(广弘明集)』권26 「여주사론단육칙(与周舍论断肉敕)」 그는 육식은 바로 살생이며, 이는 '불살생'의 계율에 위배되는 것이라고 했다. 그는 또 술을 마시고 고기를 먹는 승려들을 엄히 벌할 것을 주장했다. "가장 연로한 자와 제자가 많은 자를 먼저 다스려야 한다. 왜 그런가? 아무 능력도 없는 작은 승려를 다스려봤자 아무런 변화도 일어나지 않을 것이기 때문이다. 대승(大僧)을 다스리면 가히 주변에 경종을 울려주게 될 것이다."(『광홍명집(广弘明集)』권26, 「단주육문(断酒肉文)」 술을 마시고 고기를 먹는 대 승려에 대한 처벌을 강조해 잔주육(断酒肉)의 효과를 기대했던 것이다. 소연이 극력 제창했기에 중국 한나라 이후의 승려들은 깨끗한 고기만 먹는 습관을 기르게 되었고, 그 후 승려들의 생활에 커다란 영향을 끼쳤다. 승려들이 늘 소식만 하고, 또한 맛있는 소식이 만들어지면서 이와 같은 소식문화는 민간의 음식습관에도 영향을 미치게 되었다. 어떤 사람들은 매월 초하루와 15일에는 소식을 하기도 하고, 일부 노인들은 평소에도 소식을 즐겨 먹었는데, 이런 소식문화는 오래도록 이어져 내려왔다. 콩 제품을 위주로 하는 음식이라든가, 유별만 맛의 다양한 소식들은 중국의 음식문화를 더욱 풍부히 해주었고, 민족의 물질문화수준을 향상시키는 데도 큰 영향을 주었다.

4) 차 마시기

예로부터 중국의 민간에는 차를 마시는 습관이 있었고, 불교는 음차(饮茶)를 더욱 강하게 제창했다. 사찰에서는 차를 심기도 하고, 그 차를 마시기도 하는 기풍이 수립되었으며, 이런 것들은 민간인 음차습관의 보급을 촉진시켰다.

좌선은 불교도들이 수련을 하는 중요한 일환이다. 좌선을 할 경우 고요히 앉아 마음을 가다듬어야 하며, 사유를 집중하여 경지에 이르도록 해야 한다. 그리하게 되면 심신이 '경안(轻安, 몸과 마음이 가벼움을 느끼는 것 - 역자 주)'에 이르고, '명정(明净, 밝고 맑아지는 것 - 역자 주)'을 관조하는 상태에 이르게 된다. 정좌는 반드시 두 다리를 양반다리로 해서 앉아야 하고, 몸은 단정히 하고 정도(正道)를 생각하며, 머리를 바르게 하고, 등허리를 곧게 펴며, 산만한 동요나 기울어짐을 허용하지 않으며, 깊이 잠들어 꿈을 꾸거나, 침상에 누워 잠을 자지 말아야 한다. 특히 좌선기간은 3개월 정도로 긴 시간 정좌하면 반드시 피로와 피곤이 몰려오게 마련이고, 그렇게 되면 정신을 맑게 할 필요가 있다. 게다가 불교는 점심을 넘기면 음식을 먹지 못하는 규정이 있기 때문에 오후에 수분을 보충해줄 필요가 있다. 불교의 규정에는 또한 알코올 같은 신경 자극 음료는 마셔서는 안 되고, 비린내가 나는 음식물도 먹지 못하게 하고 있다. 그러므로 대뇌를 흥분시키고 피로를 가셔주는 찻잎은 좌선에 도움이 되고, 점심을 넘겨 음식을 보충하지 못하는 교의의 규정에 부합되는 가장 이상적인 음료가 되었던 것이다.

중국의 불교 승려들은 애초에 민간에서 채집한 찻잎에 향료나 과료를 섞어 마시는 방식을 취해 찻잎에 귤껍질, 계피, 생강 등을 같이 넣어 끓여서 마시곤 했는데, 이를 '다소(茶苏)'라고 했다. 당나라 때에는 선종(禅宗)이 성행하면서 선사들에서는 음차를 매우 강조했다. 찻잎 역시 예전처럼 향료에 섞어서 마시지 않고, 찻잎만 끓여서 마셨다. 사원에는 전문적으로 '다당(茶堂)'을 설치해서 선승들이 불리(佛理)를 토론하고 시주들을 접대하며, 명차를 음미하는 곳으로 만들었다. 법당 서북쪽에는 '다고

(茶鼓)'를 설치해 북을 울려 여러 승려들을 불러 차를 마시도록 했다. 선승들은 좌선할 때, 향 한 대가 타면 차를 마셔서 정신을 추스르곤 했다. 사원에는 '다두(茶头)'를 두어 전문적으로 차를 끓여서 손님을 접대하도록 했다. 어떤 사찰에는 대문 앞에 '시다승(施茶僧)'을 두어 길손들에게 차를 대접하도록 하기도 했다. 불교사원의 차는 '사원차(寺院茶)'라고 했다. 사원차는 또 별도로 나누기도 했는데, 이를테면 부처, 보살, 조사(祖师) 한테 올리는 것은 '존차(奠茶)'라 하고, 수계 연한의 순서에 따라 마시는 차는 '계랍차(戒腊茶)'라 했으며, 여러 승려들이 마시는 차는 '보차(普茶)'라고 하였다. 선승들은 일찍 일어나 세수를 하고 이를 닦음 다음 먼저 차를 마시고 부처에게 예를 올린 후 공양을 하고는 또 다시 먼저 차를 마시고 불사를 돌봤다. 어떤 선승들은 하루에 4, 50잔의 차를 마셨다고 한다. 음차는 선승들의 일상생활에서 없어서는 안 되는 중요한 일이었고, 선승들의 보편적인 습관과 특별한 기호가 되었다.

불교 사원에서는 음차를 제창하면서 차나무 재배와 찻잎 채집도 중시했다. 많은 사원에는 모두 차밭이 있었고, 찻잎을 직접 가공까지 했다. 예를 들면 벽라춘(碧螺春)이라는 차는 강소성 동정산(洞庭山) 벽라봉(碧萝峰)에서 재배되었는데, 물이 맑고 선명한 녹색을 띠었으며, 본래는 '수월차(水月茶)'라 불렸는데, 동정산 수월원 산승이 제일 먼저 제작한 것이었다. 오룡차의 시조는 복건성 무이산(武夷山)의 '무이암차(武夷岩茶)'가 원조이다. 송, 원 이래 무이산 승려들이 만들어낸 걸작이다. 명나라 승려가 만든 '대방차(大方茶)'는 안휘성 남부 '둔녹차(屯绿茶)'의 전신이다. 현재 중국의 많은 명차들은 모두 사원에서 기원된 것들이다. 전해지는 바에 의하면 맛을 보유하는 특수한 기능을 가진 도자기 자사호(紫砂壶) 역시 명나라 때 강소성 남부 의흥(宜兴)에 있는 금사사(金沙寺)의 한 노승이 만든 것이라고 한다. 당나라 육우(陆羽)는 차를 마시는 애호가였는데, 그는 다도에 능했기 때문에 후세사람들로부터 '다신(茶神)'이라는 명호가 붙여졌다. 그가 쓴『다경(茶经)』은 세계 최초의 찻잎에 관한 전문서이다.

육우는 비록 불교도는 아니지만, 사묘에서 태어났고, 일생 동안 사묘를 떠나본 적이 없었다.『다경』은 그가 각 명산대찰들을 돌아다니면서 친히 찻잎을 채집하고 제작하면서 승려들의 경험에 비추어 종합해낸 결과물이다.

불교사원의 음차습관은 민간의 음차풍속에도 지대한 영향을 끼쳤다. 당나라 봉연(封演)은 자기의 저서『봉씨견문기(封氏闻见记)』권6 「음차(饮茶)」에서 이렇게 말했다. "개원 시기 태산(泰山) 영암사(灵岩寺)에는 항마사(降魔师) 대흥선교(大兴禅教)가 있었는데, 선을 닦기에 게으르지 않았고 음식보다는 차를 즐겨 마셨다. 그는 이르는 곳마다 차를 마시곤 했다. 이에 그를 모방하는 자들이 많아지면서 점차 풍속으로 발전했다." 선사의 승려들이 차를 마시는 풍기는 점차 만연되어 북방 민간의 흔한 풍속이 되었다. 송나라의 저명한 절강 여항(余杭) 경산사(径山寺)에서는 언제나 승려, 시주, 향객들이 같이 참여하는 다연(茶宴)을 열어 차를 맛보고 품평을 하며 각종 찻잎의 품질을 가리는 '두차(斗茶)' 활동을 거행했다. 그들은 또 어린 찻잎을 부수어 분말을 내서는 그것을 더운 물에 타서 '점차법(点茶法)'으로 마셨는데, 이는 또 다른 차를 마시는 방법이었다. 이러한 것은 민간에서 음차습관이 한층 더 많이 보급되는데 커다란 작용을 하였다. 불교는 중국을 거쳐 한반도로 퍼지면서 찻잎 역시 현지 사원으로 들어갔고, 민간에서도 차를 마시는 풍속이 퍼지게 되었다. 중국의 찻잎은 한나라 때 일본으로 건너갔다. 후에 남송시기 절강 여항 경산사는 당시 '동남제1선사(東南第1禪寺)'라 불렸는데, 이곳으로 향배하러 오는 손님들을 접대하기 위해 펼친 '다연(茶宴)'은 전국적으로 유명했다. '다연(茶宴)'은 다구(茶具, 음차방법, 예의순서 등을 구전키 한 다도(茶道)의 중심지가 되었다. 일본에서 중국으로 유학온 승려들은 귀국하면서 경산사의 '다연' 방식까지 배워서 돌아갔다. 그들은 일본의 향토민속과 결합시켜 오늘날 일본의 '다도'를 형성시켰던 것이다.[206]

---

206) 《日本茶道源于浙江余杭徑山》(《光明日報》, 1998년 04월 23일)